teadue
1460

Dello stesso autore in edizione TEA:

Le indagini del commissario Bordelli
1. *Il commissario Bordelli*
2. *Una brutta faccenda*
3. *Il nuovo venuto*
4. *Perché dollari?*
5. *Morte a Firenze*
6. *La forza del destino*

Altre opere
Il brigante
Città in nero (a cura di)
Delitti in provincia (a cura di)
Donne donne
Buio d'amore

Marco Vichi

Perché dollari?

Con il racconto inedito
La strada per Firenze

Per informazioni sulle novità
del Gruppo editoriale Mauri Spagnol visita:
www.illibraio.it

TEA - Tascabili degli Editori Associati S.r.l., Milano
Gruppo editoriale Mauri Spagnol

www.tealibri.it

Prima edizione TEADUE marzo 2007
Ottava ristampa TEADUE settembre 2014

PERCHÉ DOLLARI?

a tutte le donne del mondo,
perché la terra gira intorno al sole

« L'uomo è un animale capriccioso,
creatura e vittima delle possibilità perdute. »
JOSEPH CONRAD

« Amo vivere in taverne tristemente,
o rincorrere impossibili amori. »
ANONIMO DI UN ANONIMO SECOLO

PERCHÉ DOLLARI?

Firenze, novembre 1957

Il dottor Diotivede stava osservando al microscopio un lembo di tessuto intestinale di una sessantenne, morta per sospetto avvelenamento. Era molto concentrato. L'odore di cadavere stagnava in ogni angolo del laboratorio, ma lui non lo sentiva. Girava le rotelle e osservava i microrganismi che si davano alla pazza gioia. Il magistrato aspettava con urgenza quei risultati, e lui era in ritardo. Sentì aprire la porta, poi dei passi che si avvicinavano.

«Dev'essere uno spettacolo molto interessante...» disse il commissario Bordelli.

«Se tu vedessi una bistecca con questo attrezzo non la mangeresti più» disse Diotivede, senza alzare la testa dal microscopio.

«Non ci tengo, grazie.»

«Cosa sei venuto a fare? Non ho cadaveri tuoi in questo momento.»

«Volevo solo farti una domanda» disse Bordelli. Il medico rimase immobile, senza parlare. Continuava a osservare quel pezzo di tessuto. Il commissario si mise a girellare per la stanza, guardandosi in giro. A quel tanfo non si sarebbe mai abituato. In fondo al laboratorio c'era la lettiga con la sessantenne a pancia aperta. Quel mestiere qualcuno lo doveva fare, pensò Bordelli, ma stare sempre a tu per tu con i morti non gli sembrava una cosa molto sana.

«Se ti dico la parola *pavone*, cosa ti viene in mente?» chiese a un tratto.

«Sei venuto qui solo per questo?»

«Fai conto che sia un gioco. Dimmi tutto quello che ti viene in mente» disse ancora il commissario. Diotivede staccò l'occhio dal microscopio e si sfilò gli occhiali. Aveva sessantaquattro anni e i capelli bianchissimi tagliati a spazzola, ma sulla sua faccia c'era qualcosa di infantile.

«Pavone?» disse

«Esatto.»

«Mi viene in mente un uccello che fa la ruota.»

«Speravo che tu non lo dicessi.»

«A te non sarebbe venuto in mente?» disse il medico, rimettendo l'occhio sul microscopio.

«Certo, ma non l'avrei detto» fece Bordelli.

«Non siamo tutti uguali.»

«Dai, non ti viene in mente altro?» insisté Bordelli. Il medico ci pensò un attimo.

«Una pensione piena di topi nella periferia di Torino.»

«Ci portavi le tue amanti?»

«No, mi ci portavano loro» disse il medico, serio. Bordelli si rigirava in mano una sigaretta spenta. Nel laboratorio di Medicina Legale non si poteva fumare.

«Sai, Diotivede... non ti ho mai visto con una donna.»

«Nemmeno io.»

«Be', ma io te ne ho parlato.»

«Siamo diversi» disse il medico.

«Magari sei anche sposato e io non ne so nulla.»

«Guarda che non ho tempo da perdere.»

«Allora andiamo avanti... Pavone...» ripeté il commissario. Il medico si drizzò di nuovo sulla schiena e tolse i vetrini dal microscopio. Si avviò con calma verso il cadavere della vecchia signora.

«Ai primi del secolo c'era una donna, una di spettacolo. La chiamavano la Pavona» disse.

«E come mai?»

«Pare che fosse specializzata in spogliarelli con piume di pavone» disse il medico, prelevando qualcosa dal corpo della morta.

«Pare?» fece il commissario, ironico.

«Io non l'ho mai vista, in quegli anni ero bambino.»

«Qui in città non c'è niente che si chiami così?» disse Bor

delli. Il medico mise qualcosa tra due vetrini puliti e tornò al microscopio.

«C'è un'associazione culturale. Organizzano mostre di pittori sconosciuti e viaggi all'estero in città d'arte.»

«Ti sei messo a fumare sigari?» disse Bordelli, vedendo sopra un ripiano un grosso sigaro ancora incartato.

«Me l'hanno regalato» fece Diotivede, e rimise l'occhio al microscopio. Bordelli prese il sigaro e lo annusò. Era avvolto in una carta bianca molto fine, e aveva una fascetta rossa con stampato sopra uno stemma.

«È cubano. Deve costare un mucchio di soldi» disse Bordelli.

«Non me ne intendo»

«Se non lo fumi...»

«Prendilo» tagliò corto Diotivede. Il commissario se lo mise in tasca.

«Grazie. Ti va di continuare il gioco di prima?»

«Mi pare che da qualche parte ci sia una villa che si chiama Il Pavone.»

«Non ti ricordi dove?»

«Se non sbaglio è in cima a via delle Forbici.»

«Potrebbe essere interessante» disse Bordelli.

«Cos'è questa storia del pavone?»

«Nulla d'importante, magari un giorno te la racconto» fece il commissario, con la sigaretta spenta in bocca. Diotivede lasciò i batteri e andò a lavarsi le mani in un piccolo lavandino lì accanto.

«Hai qualche novità su quel tipo che molesta le signore?» disse, per cambiare discorso.

«L'abbiamo arrestato un paio di settimane fa, non l'hai letto sui giornali?»

«Non posso leggere tutto.»

«Lavori troppo. Dimmi la verità, Diotivede... quando guardi qualcuno t'immagini la sua milza e gli intestini?»

«Sempre le stesse battute...»

«Mi vengono dal profondo.»

«Sono in ritardo con il lavoro» disse il medico.

«Non ti va mai di scherzare?»

«Non oggi. Dopo quella signora devo cominciare una bambina, e sono in ritardo.»

«Ti lascio lavorare» disse il commissario. Salutò il medico con un cenno e appena uscì nel corridoio accese la sigaretta. Una bambina, pensò. Ci voleva davvero una lunga abitudine per fare un lavoro come quello.

La sera, a casa, seduto davanti al televisore con il volume al minimo, Bordelli si rigirava tra le mani le due lettere anonime arrivate qualche giorno prima, una dopo l'altra. Erano più o meno uguali. Sopra un foglio di carta erano state incollate delle lettere ritagliate da un giornale. C'era scritto solo Il Pavone. Tutte e due le lettere erano senza francobollo e senza mittente, e la questura aveva dovuto pagare la multa delle Poste.

Alla televisione c'era uno spettacolo di ballerine, e vederle correre e saltare senza musica era abbastanza divertente. Bevve un sorso di cognac, e pensò che il giorno dopo sarebbe andato a cercare la villa di cui parlava Diotivede.

In quel periodo non era impegnato in indagini di grande importanza. Finalmente in questura c'era un po' di calma, anche se non da molto. Solo pochi giorni prima era stata arrestata una donna che aveva ammazzato il marito ricco a coltellate e aveva inventato la classica storia del ladro che entra, viene scoperto e tira fuori un coltellaccio lungo così. Per farla crollare avevano sudato non poco, ma alla fine la donna aveva confessato. Era d'accordo con il suo amante eccetera eccetera... Che palle, pensò. Aveva sempre in testa le solite cose di lavoro. Accese una Nazionale e si guardò intorno, cercando con gli occhi tutte le cose che gli ricordavano Cecilia. Una bottiglia vuota, un posacenere, il divano, un vasetto con una rosa secca. Cose da nulla ma piene di ricordi di poco tempo prima, anche se adesso gli sembravano già lontanissimi. Cecilia aveva vent'anni meno di lui. Una notte, dopo che avevano fatto l'amore, gli aveva detto che non sarebbe più tornata. Lui le aveva chiesto perché, e lei aveva detto di nuovo che non sarebbe più tornata.

La loro relazione era andata avanti per quasi un anno. Bordelli stravedeva per quella donna giovane e viziata che viveva con la madre in uno dei villini liberty di via Scipione Ammirato. A quarantasei anni non avrebbe mai immaginato di perdere la testa per una donna come lei, eppure era successo. Quei suoi modi raffinati e un po' arroganti, e la sua libertà davanti agli uomini lo pungevano a sangue, ma nello stesso tempo lo attiravano. Magari se fosse stata diversa non gli sarebbe piaciuta in quel modo. Forse uno di quei giorni poteva provare a chiamarla al telefono. Gli sembrava già passato un sacco di tempo da quella notte, e magari lei poteva aver voglia di rivederlo, anche solo per curiosità, e forse poteva ricominciare qualcosa. Ecco che si rimetteva a correre con la fantasia. Preso dal dubbio fece il conto esatto dei giorni, e scoprì che dall'ultima volta che l'aveva vista erano passate meno di due settimane. Non aveva mai avuto il senso del tempo. Gli capitava anche di non riuscire a piazzare un avvenimento nell'anno giusto... a meno che non si trattasse del periodo della guerra, disseminato di amici morti che nella sua memoria erano come croci piantate lungo la strada. Se chiudeva gli occhi poteva vedere i carri armati nazisti e sentire il rumore degli Stukas. Erano ricordi molto vivi. Chissà quando se ne sarebbero andati dalla sua testa, pensò, tenendo gli occhi aperti.

Forse era meglio dire che il suo senso del tempo era governato più dall'emozione che dalla memoria, e non aveva regole fisse. Ad esempio, Nadia... quanti anni prima era stato con Nadia? Quattro? Otto? E per quanto tempo erano stati insieme? A occhio e croce avrebbe detto sei mesi, ma se gli avessero detto due anni non si sarebbe meravigliato. Nadia, una delle rare bionde che gli avevano fatto perdere la testa. Un corpo bellissimo, e due occhi luminosi in un musino da bambola intelligente. Un giorno lei lo aveva lasciato, più o meno con lo stesso metodo di Cecilia. Insomma, come fanno spesso le donne in generale, cioè all'improvviso e senza voltarsi a salutare. Con Nadia, a parte le belle nottate che passavano a letto, non è che le cose andassero a gonfie vele. Lei era sempre insoddisfatta, diceva che non si sentiva amata, che lui non aveva mai una parola dolce per lei, che il suo uomo lo voleva affettuoso e pieno di attenzioni. Lui giurava di essere esattamente così, ma riusciva solo a irritarla.

« Non sai quello che dici » faceva lei, amara.

« Le paroline dolci non sono una prova che ci sia l'amore » le aveva detto lui un giorno al telefono, per difendersi dalle solite accuse.

« Adesso non fare il poliziotto. »

« Che ho detto? »

« Ecco, ora sei un poliziotto ipocrita. »

« Non capisco... »

« Oh no, lo dici sempre che non capisci. »

« Giuro che questa volta non capisco proprio cosa volevi dire. »

« Ma beeeene! Questa è la prova che in altre occasioni hai mentito! »

« Era solo una frase fatta, Nadia. »

« Non sento che mi ami, ecco tutto! »

Insomma c'erano momenti difficili, ma c'era spazio anche per cose belle. E quando se ne andò fu comunque una sorpresa. Non l'aveva mai più vista, nemmeno per caso. O magari si erano incrociati per strada e non si erano riconosciuti. Fece uno sbadiglio e si sentì stanco. Forse era colpa della stagione. Finì di guardare l'ultimo telegiornale, poi si alzò e spense il televisore... un 21 pollici con il mobile di legno che aveva comprato per fare contenta Cecilia. Qualunque cosa guardasse gli faceva venire in mente le notti che avevano passato insieme in quella casa, dentro e fuori dal letto, giocando a mille giochi, bevendo e fumando, ascoltando Modugno e Belafonte, che lei adorava. Ripensando a quei momenti si sentiva scaldare. Non era molto incoraggiante.

Spense la luce e andò in camera a sdraiarsi sul letto. Accese una sigaretta. Prese dal comodino il libro che stava rileggendo, una vecchia edizione della *Coscienza di Zeno*. Cominciò a leggere. Buttò fuori il fumo, e dall'esofago gli salì in gola del succo acido. Si sentiva ancora sullo stomaco i peperoni di Totò, il cuoco della trattoria Da Cesare dove andava a mangiare quasi tutti i giorni, seduto in cucina sopra uno sgabello. Ma la colpa non era di Totò, era lui che ne aveva mangiati troppi, di peperoni.

« Non li devo più mangiare » pensò, schifato dal gusto amaro che gli era rimasto in fondo alla lingua. Ma quel letto vuoto e quel silenzio gli pesavano più di quei maledetti peperoni. Passò una mano sopra le lenzuola e gli sembrò di sentire l'odore di Cecilia. Forse era meglio non pensare più a quella ragazza... magari fra un paio di mesi... una telefonata... come stai... perché non ceniamo insieme... forse...

Per leggere la targa di pietra si fece largo tra le foglie gialle e rosse della vite americana, che avvolgevano i grandi pilastri del cancello. Poi lesse: Villa Il Pavone. Ci aveva messo un po' a trovarla, ma Diotivede non si era sbagliato. Quel vecchio medico legale passava giornate intere chiuso nel suo laboratorio, però sapeva un sacco di cose che altri non sapevano.

Era mattina presto, e nonostante il sole il freddo di novembre si faceva sentire. Bordelli si affacciò alle sbarre del cancello. Alberi secolari e un grande giardino incolto. A una cinquantina di metri dalla strada c'era una villa del Settecento, grande e solida, con gli intonaci sporchi. Sembrava abbandonata. Diverse persiane erano sdentate, alcune avevano ceduto sui cardini e si erano inclinate da un lato. Nel giardino, dall'erba alta sbucavano fontanelle e statuette di marmo ricoperte di muffa verdognola e striate di nero. Sul ciglio dell'alto muro di cinta erano stati murati dei cocci di bottiglia. Il commissario provò a spingere il cancello, e si accorse che non era chiuso.

«Cerca qualcuno?» disse una voce rauca alle sue spalle. Bordelli si voltò. Un vecchio era affacciato a una grande finestra del primo piano della casa di fronte, un enorme edificio antico che aveva la facciata sulla strada.

«Guardavo quella villa abbandonata» disse il commissario.

«Sarà anche abbandonata...» disse il vecchio, muovendo appena la testa, grossa e quadrata. Aveva i capelli bianchi pettinati per bene, e un naso deforme che sembrava colato giù dalla fronte.

«Ci abita qualcuno?» chiese Bordelli.

«Ci abiterà anche qualcuno...» fece il vecchio. Quando non parlava, biascicava qualcosa.

19

«Non credo di aver capito bene» disse Bordelli. Il vecchio ballonzolò un po' sulle gambe come Mussolini.

«Io non ci vedo mai nessuno, è sempre tutto chiuso, sono anni che è tutto chiuso, però...»

«Però?»

«Però ogni tanto una luce accesa ce la vedo... e non mi faccia dire altro» disse il vecchio alzando una mano.

«Ha visto qualcosa di strano?» lo incoraggiò Bordelli.

«No no, non ho visto nulla, non ci tengo io a vedere certe cose... per me quella villa la dovrebbero buttare giù, glielo dico io.»

«Addirittura?»

«Ci son successe delle storiacce di nulla riposo» disse il vecchio, usando un'espressione antica.

«Che genere di storiacce?»

«Eeeh... sapesse...» fece il vecchio, guardando l'infinito.

«Ci è morto qualcuno?» insisté Bordelli.

«Uno? Altro che uno! Prima della guerra ci hanno ammazzato una donna, strangolata con le mani... e l'anno dopo è stata fatta a pezzi una fantesca... poi nel '40 c'è stato anche un impiccato, e qualche anno fa un vecchio è caduto dal tetto...»

«Una villa sfortunata» commentò Bordelli.

«Sarà anche sfortunata...»

«Pensa che ci siano i fantasmi?»

«Come minimo» disse il vecchio, abbassando la voce.

«Sa per caso di chi è?» chiese il commissario.

«Non voglio aver nulla a che spartire con quella gente.»

«Come si chiamano?»

«È gente malata... si sposano fra cugini, sono sempre in giro per il mondo, non mangiano il maiale! Fosse per me quella casa la butterei giù a picconate, parola di Attilia...»

«Chi è Attilia?»

«Come chi è? Sono io!»

«Certo... mi scusi» disse Bordelli. Adesso che lo sapeva, con un po' d'impegno riuscì a trovare la femmina che c'era in lei. La vecchia si voltò verso l'interno e urlò:

«Arrivo! Accidenti a te!»

«La stanno chiamando...»

«Avessi dato retta alla mi' mamma... non sarei finita con questo vecchio imbecille» fece la vecchia, e chiuse la finestra senza salutare. Il commissario si voltò di nuovo a guardare la villa. Dopo le parole della vecchia la vedeva con occhi diversi, e il potere della suggestione gli fece immaginare che nascondesse chissà quali segreti. Poi pensò che certamente erano tutte coglionate. Ma nello stesso momento sentì che ormai aveva voglia di saperne di più su quella grande villa abbandonata.

Erano appena le nove. Aveva lasciato la Seicento qualche centinaio di metri più in basso, e s'incamminò lungo la stradina guardando le facciate delle ville e i parchi più o meno curati. C'era un bel silenzio, e si sentivano cantare gli uccelli. Solo ogni tanto arrivava dal viale il rumore di una macchina lontana, ed era quasi piacevole. Non molto distante da quella strada aveva vissuto da bambino con i suoi genitori. Cinque stanze a piano terra in viale Volta, con un giardino davanti. Un sacco di ricordi. Poi c'era stata la guerra. La sentiva ancora troppo vicina, e cercava di non pensarci. Tutte le donne con cui aveva dormito in quegli anni gli avevano detto che di notte urlava frasi sconnesse e cercava qualcosa sotto il cuscino, che poi era il mitra. Anche Cecilia glielo aveva detto, una mattina di qualche mese prima, con il viso un po' spaventato.

«Hai gridato: Spara! Spara!... e ti sei messo a scavare il materasso con le mani. Non è stato piacevole da vedere.»

«Scusa...»

«Hai ammazzato molte persone?» aveva detto lei, vestendosi.

«In guerra succede, non potevo farci nulla.»

«Quanti?»

«È successo molto tempo fa» aveva detto lui, sperando che lei la smettesse con quelle domande.

«Comunque hai ammazzato degli uomini.»

«Se nessuno lo avesse fatto adesso in Italia si parlerebbe tedesco.»

«Faccio l'amore con un assassino. Non ci avevo mai pensato» aveva detto lei agganciandosi il reggiseno.

«Ci sono uomini peggiori di me che non hanno mai ammazzato nessuno, almeno non con le proprie mani.»

«Questo non ti rende mica immacolato...»

«Dai, vieni un po' qui.»

«Lasciami... Così mi fai male.»

Alle nove e mezzo Bordelli parcheggiò la Seicento in via Cavour, di fronte all'Ufficio del Registro. Entrò e salì le scale fino al primo piano. L'aria sapeva di fumo vecchio e di chiuso. Non c'era quasi nessuno. Faceva un caldo boia. Un paio di impiegati in maniche di camicia camminavano lentamente nel corridoio con dei fogli in mano, chiacchierando. Bordelli entrò nella stanza del Catasto Urbano. Prima di lui c'erano tre persone, e per accelerare le cose tirò fuori il tesserino della Polizia.

«È urgente» aggiunse. Un vecchio impiegato senza capelli gli portò il fascicolo delle Sezioni in cui si trovava via delle Forbici. Il commissario individuò la villa e l'impiegato andò a prendere il registro degli Articoli di Stima, che aprì sul bancone con un gesto stanco. Trovarono quello giusto, e Bordelli trascrisse su un foglietto il nome del proprietario: Lapo Morsini Mortara, nato a Roma il 6 maggio del 1878, abitante in Firenze in via di Pian dei Giullari 44/bis.

Uscì dal Catasto e s'infilò nel bar di piazza San Marco. Chiese un caffè, poi prese l'elenco del telefono e cercò quel nome. Trovò soltanto Gianni Morsini Mortara, via di Camerata 175/c, una viuzza antica che saliva verso San Domenico. Con quel cognome composto non c'era nessun altro. Comunque fosse, quei Morsini Mortara possedevano immobili in zone molto belle e molto ricche. Dopo aver bevuto il caffè comprò un gettone e fece il numero. Gli rispose una voce maschile molto seria.

«Come dice, signore?»

«Vorrei parlare con il signor Lapo Morsini Mortara» ripeté il commissario.

«Non mi pare un bello scherzo» disse l'uomo, e riattaccò. Bordelli comprò un altro gettone e richiamò.

«Non riattacchi, sono un commissario di polizia. Ho urgente bisogno di parlare con il signor Lapo Morsini Mortara.»

«Polizia?»

«Polizia...»

« Ma lei non sa nulla, signore? »

« Di cosa parla? »

« Il conte Lapo è morto da sei anni e due mesi. »

« Mi dispiace. »

« I figli e i nipoti ne sono usciti a pezzi... però mi creda, è stato un duro colpo anche per tutti noi della servitù » sospirò l'uomo.

« C'è in casa qualcuno della famiglia? »

« No signore, in questo momento sono tutti all'estero. »

« Quand'è che torna qualcuno? »

« Non saprei, signore. A me non lo dicono di certo. »

« Capisco. Scusi, come è morto il sign... il conte Lapo? » chiese Bordelli.

« Un incidente, signore. »

« Di che genere? »

« È caduto... dal tetto » disse il domestico. La vecchia di via delle Forbici non aveva raccontato soltanto leggende popolari, pensò il commissario.

« Dal tetto? Ma quanti anni aveva? » chiese.

« Appena settantatré anni, signore. »

« Mi scusi la domanda... cosa ci andava a fare sul tetto, il conte Lapo? »

« Il comignolo, signore. Un uccello ci aveva fatto sopra il nido, e il condotto non tirava bene. »

« Come mai il conte non ha chiamato qualcuno? »

« Per risparmiare, signore. Il conte Lapo aveva un grande rispetto per il denaro »

« È un'ottima cosa. »

« Per lo stesso motivo il conte Lapo era anche una persona generosa » disse il domestico. C'era amore nelle sue parole.

« Non ne dubito » fece Bordelli.

« Molto generosa, mi creda » ribadì con dolcezza la voce nel telefono.

« Sa dirmi a chi appartiene adesso la villa di via delle Forbici? Quella che si chiama Il Pavone... »

« Ho altri compiti in questa proprietà, signore, non so nulla di queste cose » disse l'uomo con diffidenza.

« Non importa, la ringrazio comunque. »

«Arrivederci, signore.»

«Arrivederci.» Bordelli accese una sigaretta e uscì dal bar. I registri del Catasto erano in ritardo come al solito. Riattraversò la piazza ed entrò di nuovo nel palazzo dell'Ufficio del Registro. Cercò l'ufficio Successioni e chiese all'impiegato il fascicolo di Lapo Morsini Mortara, morto nel '51. L'impiegato andò in archivio e tornò dopo una decina di minuti con una cartella tenuta da un elastico. Dalla denuncia di Successione risultava che il conte aveva undici eredi. Il commissario scrisse tutti i nomi sopra un foglietto, ringraziò e uscì dal palazzo.

Arrivò in questura poco dopo le undici, e mentre imboccava l'ingresso Mugnai uscì dalla guardiola con una mano alzata. Bordelli fermò la Seicento e tirò giù il vetro.

«Che succede, Mugnai?»

«Un signore ha chiesto di lei, commissario. La sta aspettando davanti al suo ufficio.»

«Chi è?»

«Un tenente colonnello dei carabinieri, però viaggia in borghese.»

«È molto che aspetta?»

«Sarà un'oretta» fece Mugnai, guardando l'orologio. Bordelli sfilò dalla tasca il foglietto con i nomi degli eredi del conte Lapo, e glielo passò.

«Per favore Mugnai, fai portare questa lista a Porcinai. Voglio sapere il prima possibile gli indirizzi di tutte queste persone.»

«Subito, dottore.» Bordelli lo salutò con un cenno e andò a parcheggiare la macchina nel cortile, al solito posto. Salì le scale fino al primo piano. In fondo al corridoio vide un tipo alto che passeggiava su e giù davanti alla porta del suo ufficio, con una borsa di pelle nera in mano. Era piuttosto elegante, e doveva avere qualche anno più di lui. Il commissario si avvicinò e gli porse la mano.

«Mi scusi l'attesa» disse, studiandolo.

«Lei è il commissario Bordelli?»

«In persona.»

«Tenente Colonnello Bruno Arcieri» disse il carabiniere stringendogli forte la mano. Nonostante il suo aspetto da meridionale, aveva uno strano accento, quasi milanese, ma con una vaga inflessione fiorentina.

«Prego, si accomodi» fece Bordelli, pensando distrattamente a tutte le volte che si era trovato in contrasto con l'Arma. La rivalità sembrava insanabile, ma quasi sempre era piuttosto corretta. Entrarono in ufficio e si sedettero. Il colonnello posò la borsa nera in terra, accanto alla sedia. La scrivania era sommersa di fogli sparsi e cartelle, e Bordelli spostò qualcosa per poter appoggiare i gomiti.

«Mi dica, colonnello.»

«So che lei ha fatto la guerra nella San Marco... quella giusta, intendo» disse Arcieri, serio.

«Per lei qual è quella giusta?»

«Quella che combatteva per conto del Re» disse il colonnello, come se fosse ovvio. Bordelli fece ondeggiare la testa.

«Sento ancora rimbombare nel cervello quei maledetti urlacci tedeschi. E lei dov'era, colonnello?»

«Mi sono fatto tutta la campagna d'Italia, da Roma fino a Milano. Ero con gli inglesi, come ufficiale di collegamento, ma ho avuto anche il comando di un gruppo di uomini.»

«Badogliani...»

«Soldati del Regio Esercito.»

«Be', allora possiamo darci del tu» propose il commissario.

«Non ci trovo nulla di sbagliato» disse il colonnello, con un'incrinatura nella voce. Sembrava che fosse stato preso alla sprovvista.

«Bene, sono tutto orecchi» fece Bordelli, offrendo una sigaretta al suo ospite. Il colonnello rifiutò con un gesto misurato della mano. Sembrava un uomo molto ordinato.

«Vengo subito al dunque, commissario. Attualmente lavoro per il SIFAR, e sono venuto apposta da Roma per incontrare lei. Avrei bisogno di un favore.»

«Di che genere?» chiese Bordelli.

«So per certo che nei vostri archivi avete un fascicolo piuttosto corposo su di una certa persona, e vorrei che me lo consegnasse. Mi rendo conto che non è una cosa da poco.»

« Be', soprattutto mi sembra strano che... »

« Certo, potrebbero fare la richiesta da Roma » lo interruppe Arcieri, con un sorriso imbarazzato.

« Appunto » disse il commissario accendendo una sigaretta.

« Le sembrerò esagerato, ma questa faccenda è molto... delicata. »

« Non ci davamo del tu? »

« Ci sono occasioni in cui vale il proverbio chi fa da sé fa per tre » disse il colonnello, ignorando l'osservazione del commissario. Dopo una breve pausa continuò.

« Ho bisogno con urgenza di quel fascicolo e... come dire... preferisco che non passi da nessun altra mano prima di arrivare a me. »

« C'è qualcuno di cui non si fida, giù da voi? » disse Bordelli, accorgendosi solo dopo che nemmeno lui era passato al tu.

« Non sarei così drastico, ma se posso evitare certi rischi... » disse il colonnello, concludendo la frase con lo sguardo.

« Mi scusi la domanda, come mai è venuto proprio da me? » disse Bordelli, rinunciando definitivamente al tu.

« Forse lo capirà quando le dirò di chi si tratta » tagliò corto Arcieri, con un mezzo sorriso. Bordelli guardò il colonnello negli occhi e sentì che poteva fidarsi di lui. Aveva lo sguardo dell'uomo tutto di un pezzo, allergico ai compromessi

« Qual è il nome? »

« Ettore Sparnacci. »

« Ah, il fascista fiorentino amico di Starace e intimo di Pavolini... »

« Esatto. Per questo sono venuto da lei, commissario. So da che parte sta. »

« E come mai le interessa tanto un vecchio fascista che ormai avrà settant'anni? »

« Ne ha sessantasei. Non m'interessa lui, ma il fascicolo che lo riguarda » precisò Arcieri.

« Certo... ma come mai? »

« Ora mi chiede troppo » disse il colonnello, sforzandosi di sorridere.

« Bene, procediamo » conclude Bordelli, prendendo il telefono per chiamare l'Archivio. Arcieri alzò una mano per fermarlo, con la faccia preoccupata.

«Posso chiederle di andare personalmente a cercare quel fascicolo? Gliene sarei molto grato» disse con un tono gentile ma deciso. Bordelli rimise giù il telefono, pensando che il carabiniere del SIFAR era davvero molto diffidente.

«Come vuole, colonnello» sospirò.

«Molto gentile» disse Arcieri, sollevato. Il commissario si alzò in piedi e girò dietro la scrivania..

«Venga con me. Prenderà lei stesso il fascicolo dallo scaffale, così non avrà nessun dubbio.»

«Grazie mille» disse Arcieri, già in piedi con la borsa in mano. Il commissario accompagnò all'Archivio il colonnello del SIFAR. Chiesero insieme all'enorme Porcinai la collocazione del fascicolo su Ettore Sparnacci, e il colonnello in persona lo cercò a lungo negli scaffali polverosi. Alla fine lo trovò, e trattenendo un sorriso lo aprì subito, ma solo per constatare la consistenza dei documenti. Poi lo infilò nella borsa con un gesto vagamente furtivo. Sembrava molto contento. Disse che il fascicolo sarebbe stato presto restituito. Salutò Bordelli con una stretta di mano carica di soddisfazione e se ne andò facendo un cenno di saluto a Porcinai.

Il commissario rimase qualche secondo a pensare. Nella sua testa stava lentamente riaffiorando la faccenda del pavone. Quella storia lo incuriosiva, non poteva farci nulla.

«Porcinai, hai avuto quella lista?» disse, pensando all'elenco degli eredi del conte Lapo.

«Ci stavo lavorando» fece Porcinai. Era obeso, e viveva seduto in quell'Archivio malsano. Si portava il pranzo da casa e mangiava sulla scrivania.

«Per quando pensi di finire?» chiese il commissario.

«Ti faccio sapere.» Si davano del tu perché avevano la stessa età. Bordelli alzò una mano per salutare e uscì da quello stanzone che puzzava di muffa e di carta vecchia. Tornò nel suo ufficio, e si lasciò andare sulla sedia. Vide sulla scrivania il sigaro di Diotivede, lo scartò e lo accese. Soffiò una grande boccata di fumo bianco verso il soffitto. Pensò ancora una volta che voleva dare un'occhiata più da vicino a quella villa, magari di notte, di nascosto... e immaginandosi di farlo sentì un brivido di emozio ne, come quando da ragazzino andava nei campi a rubare la frutta. Fece uscire il fumo dal naso e sentì l'aroma dolce e acïdo di quel tabacco cubano.

Verso le otto prese dal cassetto una torcia elettrica e uscì dalla questura in macchina. Dopo una decina di minuti parcheggiò la Seicento in via delle Forbici, a poche decine di metri da villa Il Pavone. I lampioni erano radi e illuminavano poco. C'era silenzio, a parte il mugolio soffocato di un televisore a volume alto. Si avvicinò al cancello della villa, lo afferrò per le sbarre e spinse. Fece un po' di fatica ad aprirsi un passaggio, per via dei cardini arrugginiti e dell'erba alta. Entrò e lo richiuse. La luce della luna non riusciva a passare lo strato di nuvole nere, e nelle zone dove il chiarore del lampione non arrivava il buio era quasi totale. Aiutandosi con la torcia attraversò il giardino selvaggio, con l'erba che gli arrivava a mezza coscia. Si avvicinò alla villa. Era imponente, e aveva l'aria di essere disabitata da molti anni. Le persiane mezze marce erano tutte chiuse. Andò ancora avanti. Due corte scalinate laterali in pietra serena, una di fronte all'altra, portavano all'ingresso principale. Bordelli salì i gradini e spinse il portone con la mano. Era chiuso. Tornò giù e voltò l'angolo della villa, camminando sopra un largo marciapiede. Al centro della fiancata c'era un'altra porta, più piccola. Anche quella era chiusa. Continuò fino al retro dell'edificio, e vide una porticina spostata verso un angolo. Chiusa. Sull'altra facciata c'era la quarta porta, e nemmeno quella era aperta. Continuò a camminare nel giardino buio, in mezzo a quel mare di erbacce. I putti di marmo delle fontanelle apparivano all'improvviso nel cerchio giallo della torcia, anneriti dal tempo e con la faccia cattiva. Addossata al muro di cinta c'era una catasta di legna ormai marcita. Bordelli continuò il suo giro, e sotto due grandi pini marittimi vide una pagoda liberty di ferro giallastro e arrugginito. La illuminò con la torcia. Ci si arrivava salendo dei gradini di terracotta, e nel mezzo c'erano un tavolo e sei sedie, sempre dello stesso stile. Chissà quante chiacchiere erano volate sotto quel tetto di lamiera. Muovendo la torcia vide bril-

lare qualcosa sopra il tavolo, e si avvicinò. Salì i gradini e vide una bottiglietta di Coca-Cola. La prese e l'alzò in aria, puntandoci sopra il fascio di luce. Sul fondo c'era ancora un po' di liquido nerastro, segno che la bottiglia non era lì da molto tempo. Illuminò il pavimento di terracotta, verdognolo di muschio, e vide alcune cicche schiacciate. Nemmeno quelle avevano l'aria di essere troppo vecchie. Magari dei ragazzini avevano fatto forca a scuola ed erano venuti qui a fumare di nascosto, pensò rimettendo la bottiglietta sul tavolo. Anche lui da ragazzino faceva forca a scuola, e andava a fumare di fronte al laghetto della Torre del diavolo, su a Maiano. Si voltò a guardare la grande villa disabitata, e gli scappò un sospiro. Ragazzini o no, sentiva crescere una gran voglia di entrare in quella casa. Ma non poteva certo andare dal magistrato con una richiesta del genere. Scosse la testa e scese i gradini della pagoda. Facendosi luce con la torcia quasi scarica si avviò verso il cancello, e a un tratto si sentì uno scemo. Con tutte le cose che doveva e poteva fare, si stava lasciando vincere dalla curiosità come una zitella. Magari quella faccenda delle lettere era solo lo scherzo di qualche idiota, e non valeva la pena perderci tempo.

Fuori piovigginava. Il commissario stava sdraiato pancia sotto sul divano di Rosa, abbandonato come uno straccio buttato in terra. Lei era seduta sul bordo e gli massaggiava le tempie con l'acqua di colonia. Il grammofono suonava un disco di Ella Fitzgerald, regalo di Bordelli. Sul tavolino c'era un bicchiere di cognac. La vita non faceva sempre schifo.

«Se passa quella legge sulle case chiuse io mi ritiro» disse Rosa, tranquilla.

«La Merlin non molla, vedrai che ce la fa» disse Bordelli. Aveva gli occhi chiusi e i muscoli rilassati.

«Be', tanto mi sono stufata» disse lei. Lavorava nelle case chiuse dai tempi della guerra d'Africa, ma era ingenua come una bambina. Non era più giovanissima, e faceva marchette un giorno sì un giorno no. Aveva sempre avuto un grande senso del risparmio, e due anni prima era riuscita a comprarsi un appartamentino sui tetti, in via de' Neri. Era un quartieraccio,

però dalla finestra del salottino si vedeva la torre d'Arnolfo... e poi era a un passo dal fiume, che lei adorava. Tutta quell'acqua che si muoveva le dava una sensazione bella che non sapeva spiegare a parole, e ogni volta che la vedeva riusciva solo a fare un grande sospiro.

Il commissario l'aveva conosciuta qualche anno prima durante una retata, e si erano messi a scherzare. Prima di separarsi si erano scambiati il numero di telefono. Con il tempo erano diventati amici, e Bordelli aveva approfittato sempre più spesso dell'ospitalità di Rosa e dei suoi modi da mamma premurosa.

«Sta passando il mal di testa?» disse lei.

«Mmmm...»

«Dovresti perderla, questa testona... magari per una donna.»

«Non faccio altro, Rosa» biascicò lui.

«Secondo me non ti sei mai innamorato veramente» fece lei, e massaggiò più forte.

«Ahia... Però quella ragazza... sai... Cecilia... ahia...»

«Cecilia cosa?»

«Sì insomma... un po' mi manca...»

«Dici a letto?»

«Dico in generale.»

«Vuoi fare il romantico?»

«Non smettere, ti prego» mugolò Bordelli, che aveva sentito diminuire la pressione sulle tempie. Rosa era molto brava con le mani, e fortunatamente per lui era generosa. Continuò a massaggiarlo senza dire più nulla. Quando stava zitta voleva dire che nella sua testa aveva qualcosa da sistemare, magari anche soltanto la spesa per il giorno dopo. Lui stava a occhi chiusi e pensava, al limite del dormiveglia. L'odore di acqua di colonia gli ricordava sua nonna Elsa... in certi pomeriggi di domenica lo faceva sedere in terra davanti alla sua poltrona, lo teneva fra le ginocchia e gli strofinava sulla cute un bioccolo di cotone intriso di acqua di colonia. Lui non aveva mai capito a cosa servisse, ma gli piaceva, e sentendo il cotone bagnato che gli raschiava la testa quasi si addormentava. Anche in quel momento stava bene. Quella pressione sulle tempie gli dava sollievo. Rosa a un certo punto sbuffò.

«Cecilia qua, Cecilia là... ma senza la tua Rosina che faresti, brutto bestione?»

«Hai ragione. Non capisco proprio come potevo vivere, prima di conoscerti.»

«Non sei originale, me lo dicono tutti» fece lei, ridacchiando.

«Non ne dubito... però non smettere.»

«Mi fanno male le mani.»

«Ancora un po'... mi piace...» disse Bordelli, che in quei momenti era egoista come un neonato che cerca il capezzolo.

«Lo so che ti piace» fece lei piantandogli i pollici sotto la nuca, proprio dove la colonna vertebrale entra nel cranio. Poi li fece scorrere lentamente verso l'alto, premendo forte, e quando arrivò in cima alla testa Bordelli sentì gli spiriti maligni che se ne andavano dalla fronte.

Poco dopo mezzanotte si era appena addormentato nel suo letto, e squillò il telefono. Cercò il ricevitore nel buio, facendo cadere qualcosa.

«Sì?»

«Dormiva, dottore?» disse una voce conosciuta.

«Dimmi, Baragli...» Era un brigadiere invecchiato alla questura di Firenze, prossimo alla pensione.

«Un uomo è salito in cima a un tetto di via Mazzetta, commissario... e spara con un fucile da caccia.»

«Spara a chi?»

«Non si capisce. Forse spara per aria.»

«Arrivo» disse Bordelli, e riattaccò. Accese la luce, scese dal letto e si trascinò fino al bagno. Si lavò la faccia in fretta e uscì di casa. Via Mazzetta era a pochi passi da casa sua, non valeva la pena di prendere la macchina. L'aria fredda spazzò via gli ultimi residui di sonno. Mentre attraversava piazza del Carmine sentì un paio di spari. Oltrepassò via dei Serragli e imboccò via Sant'Agostino. In fondo alla strada vide un paio di Giuliette della polizia, un'ambulanza e un gruppetto di persone addossato al palazzo sulla sinistra. Nonostante il momento, passando in piazza Santo Spirito si voltò a guardare la facciata della chiesa,

31

e mandò un saluto a quel pazzo di Brunelleschi. Entrò in via Mazzetta e gli venne incontro Baragli.

«È lassù, commissario. Ogni tanto tira una fucilata» disse il brigadiere, calmo, affiancandosi a lui.

«Avete provato a parlarci?»

«Certo...»

«E com'è andata?»

«Parlare parla, ma non si riesce a capire bene cosa dice.»

«Si sa da dove è salito?» chiese Bordelli, passando davanti alla fila di curiosi che borbottavano sul marciapiede.

«In cima a questo palazzo c'è una scaletta che porta sul tetto, ma il matto ha chiuso a chiave la porta e ha detto che se qualcuno apre lui spara» disse Baragli. Gli agenti passeggiavano su e giù, controllando che nessuno si muovesse. Le finestre invece erano tutte chiuse.

«Provo a salire» disse Bordelli. S'infilò nel portone e salì fino in cima alle scale. C'erano due agenti che fumavano, e appena lo videro schiacciarono le cicche e scattarono sugli attenti.

«Andate pure giù, faccio da solo» disse il commissario. I due agenti fecero di nuovo il saluto e se ne andarono in fretta giù per le scale. Dall'ultimo pianerottolo partivano altri scalini, molto stretti, e in cima si vedeva la porta di ferro per accedere al tetto. Bordelli salì i gradini e bussò due o tre volte a mano aperta.

«Ehi, mi sente?» disse a voce alta, poi appoggiò l'orecchio alla porta. L'uomo non rispose. Si sentì uno sparo, e subito dopo il matto urlò:

«VOLETE FARE I SIGNORINI, EH? SIETE SOLO DEI PIDOCCHI RIVESTITI!» Poi un altro sparo. Il commissario dette ancora dei colpi alla porta.

«Mi sente? Ehi!» gridò più forte. Finalmente sentì dei passi che si avvicinavano.

«Chi c'è?» disse una voce.

«Apra questa porta e facciamo due chiacchiere...»

«Non mi serve nessuno, faccio da me» disse la voce. Poi si sentì lo scatto del fucile che si apriva. Lo stava ricaricando.

«Vuoi sparare ancora?» fece Bordelli, passando al tu. Forse era meglio essere più confidenziali.

« E chi spara? Non sto mica sparando » disse la voce, calma. A un tratto il commissario pensò che quella voce la conosceva bene, però gli sembrava strano che fosse proprio lui, Ennio. Di solito sembrava un tipo tranquillo, capace di sopportare la vita disgraziata che aveva sempre fatto. Forse non era lui.

« Ennio, sei te? » disse. Silenzio.

« Sei te, Ennio? »

« Chi lo sa se sono io, chi lo sa se uno è lui » fece il matto. Sì, era proprio Ennio, ora non aveva più dubbi.

« Ennio sono io, Bordelli... lascia perdere le fucilate e apri questa porta. »

« Quali fucilate? NON SPARO MICA, PERCHÉ CAZZO DOVREI SPARARE? » Si sentirono due boati quasi simultanei. Ennio Bottarini, detto il Botta, quarant'anni, ladro di professione ma piuttosto sfortunato. Non faceva che entrare e uscire di galera, come molti altri suoi amici. Abitava nel quartiere. Bordelli lo conosceva da un sacco di tempo, e diverse volte era riuscito a evitargli la galera.

« Dai Ennio, apri la porta... » Il Botta ricaricò e sparò di nuovo tutte e due le cartucce.

« Che ti succede, Botta? »

« Nulla mi succede, non mi è mai successo nulla... Quando succede qualcosa io sono sempre da un'altra parte » disse il Botta, agitato. Il commissario si sedette sull'ultimo scalino e accese una sigaretta.

« Apri, Ennio, non fare il bambino. »

« Lo so io chi sono i veri ladri... Io non rubo mai ai poveracci, puttane delle loro mamme! »

« Con chi ce l'hai? »

« E come se non bastasse il mondo è pieno zeppo di troie » disse il Botta, e cominciò a ricaricare.

« C'è di mezzo una donna? Perché non apri, così ne parliamo. »

« Le zoccole non mancano mai, te le ritrovi anche nella minestra » fece Ennio, e sparò una bestemmia.

« Sono d'accordo, ma non vale la pena di arrabbiarsi » disse Bordelli, poco convinto di quello che aveva appena detto.

« Appena sentono il puzzo dei soldi arrivano come le mosche. »

« Non è una novità, Ennio. »

« Viva le donne, cazzo! »

Ci volle una buona mezz'ora di chiacchiere, ma alla fine Ennio si calmò e aprì la porta. Aveva la faccia stanca e rugosa, gli occhi piccoli come se ci fosse caduto dentro l'aceto. Si fece da parte e Bordelli salì sul tetto, attento a non rompere le tegole.

« Che bella vista » disse con un brivido di freddo, guardandosi in giro. Si vedevano campanili e torri spuntare sopra il mare di tetti scuri, e di là d'Arno, sopra la collina, le sagome del Forte Belvedere e della basilica di San Miniato. Ennio stava zitto. Aveva addosso una giacca marrone di fustagno, molto vecchia, con le tasche gonfie di cartucce. Teneva il fucile con una mano, la canna rivolta verso il cielo.

« Che ti succede, Botta? »

« Non mi va di parlarne. »

« Come vuoi... Sai che per colpa tua ho fatto una coglionata? » disse il commissario, che all'improvviso aveva avuto un'idea.

« Cioè? » disse Ennio, curioso.

« Sono uscito di casa in fretta e ho lasciato le chiavi dentro. Non è che potresti... »

« Va bene » disse il Botta, con un sospiro.

« Andiamo? »

« Andiamo. » Scesero insieme fino al piano terra. Il commissario disse a Ennio di aspettare un attimo e uscì in strada da solo.

« Tutto a posto » disse agli agenti, e fece un cenno per dire di mandare tutti a casa. La gente cominciò a muoversi senza protestare, e l'ambulanza partì a passo d'uomo. Dopo un minuto la strada era già sgombra.

« Potete andare anche voi » disse Bordelli agli agenti. Quando le Giuliette girarono l'angolo di via Maggio tornò dentro il portone, e trovò il Botta seduto in terra, con il fucile di traverso sulle gambe. La barba lunga, i capelli sporchi. Sembrava un partigiano che ignorava la fine della guerra.

« Possiamo andare » disse il commissario. Il Botta si alzò e lo seguì fuori dal portone, con la doppietta appesa alla spalla. Nella strada si era aperta qualche finestra. Una vecchia al primo piano biascicava qualcosa, con un tremolio della testa. I due s'incamminarono in silenzio verso la casa di Bordelli, fumando una sigaretta. L'unico rumore era quello dei loro passi sulla strada. Nel cielo nero passava veloce qualche nuvola biancastra, e qua e là si vedevano delle stelle.

« Ennio, non mi vuoi dire cosa ti è successo? »

« Mi girano. »

« Questo l'avevo immaginato... ma il motivo? »

« Diverse cose. Però lasciamo perdere. Mi sono sfogato, ora va meglio. »

Dopo piazza Piattellina girarono a destra. Entrarono nel portone di Bordelli e imboccarono le scale. Al terzo piano il commissario indicò la porta di casa sua. Ennio appoggiò al muro la doppietta e si chinò sulle ginocchia per guardare la serratura. Poi da una tasca interna tirò fuori un ferretto a punta e si mise a lavorare. Dopo quindici secondi la serratura scattò.

« Ecco fatto » disse Ennio. Rimise in tasca il ferretto e riprese in mano il suo vecchio fucile a due canne. Il commissario entrò in casa e con un cenno invitò il Botta a seguirlo. Appese la giacca e andarono nella stanza del televisore. I termosifoni erano caldi, si stava bene.

« Bello quel coso » disse il Botta, indicando il 21 pollici.

« Siediti, Ennio. Ti va un bicchiere? »

« Cos'ha di forte? »

« Dovrei avere del cognac, sennò... »

« Va bene quello. » Il Botta appoggiò il fucile in un angolo e si sedette in poltrona, guardandosi in giro con una faccia strana. Bordelli versò del cognac in due bicchieri e ne passò uno a Ennio.

« Che hai da guardare? »

« Lei commissario vive solo, vero? »

« Perché? » disse Bordelli, pensando subito a Cecilia

« Si vede... »

« Da cosa? » chiese il commissario, guardando con attenzione quella stanza che vedeva tutti i giorni. A un tratto gli sembrò triste e scialba.

«Mancano i colori, è tutto grigio» disse il Botta. Il commissario si grattò la faccia, già ruvida di barba, ma non disse nulla. Accesero altre due sigarette. Era passata da poco l'una. Stettero un po' in silenzio, poi Bordelli riempì di nuovo i bicchieri.

«Sei pratico delle colline intorno alla città, Ennio?» disse per cambiare discorso.

«Dipende» fece il Botta.

«Conosci villa Il Pavone? È in via delle Forbici.»

«Mi dice qualcosa.»

«Adesso è abbandonata» disse il commissario.

«Chi ha troppe cose non riesce a usarle tutte» disse il Botta con un sorriso amaro.

«Ennio... vorrei entrare in quella villa senza che nessuno lo sappia, ma non ho la chiave.»

«Basta scassinare la porta» disse il Botta.

«Appunto. Mi fai vedere come si fa?» buttò lì il commissario.

«Come vuole. Fa sempre piacere insegnare a qualcuno.»

«È difficile?» chiese Bordelli.

«Vuole solo aprire o anche richiudere? Lo devo sapere prima» disse il Botta, con la faccia seria.

«Cosa cambia?»

«Cambia tutto. Se vuole solo entrare si può andare alla grossa, se vuole richiudere senza danni ci vuole delicatezza.»

«Voglio anche richiudere. Ci vuole molto a imparare?»

«Dipende dall'allievo.»

«Mettiamoci al lavoro» disse Bordelli alzandosi.

«Subito?»

«Hai qualche impegno?»

«Be', dovrei andare a dar da mangiare ai pavoni, ma posso telefonare al mio giardiniere» fece il Botta, e buttò giù un po' di cognac. Poi si alzò e seguì Bordelli sul pianerottolo. Per fortuna c'era una sola porta per ogni piano, e nessuno li avrebbe disturbati.

«Se mi ascolta bene, in un'oretta la metto in grado di aprire il settanta per cento delle serrature» disse Ennio a bassa voce, sfilando di nuovo il ferretto dalla giacca di fustagno.

«Perché non il cento per cento?» disse Bordelli, un po' deluso.

«Per quello ci vuole più tempo.»

«Cominciamo.»

«Ora mi segua bene, non è difficile ma si deve capire il meccanismo.» Il commissario si preparò alla lezione. Nei primi minuti il professor Ennio Bottarini spiegò la teoria, parlando di cilindretti e di dentini, poi espose le differenze principali fra le serrature, dividendole in tre gruppi fondamentali, quelle *da nulla*, le *rognose* e quelle *da bestemmia*.

«Questa qui di che tipo è?» s'informò Bordelli.

«È una rognosa, ma di buon livello.»

«Sarà anche rognosa, però l'hai aperta in dieci secondi.»

«Io sono io» disse il Botta, serio. Poi propose di passare alla pratica. Si chiusero fuori dalla porta, e il maestro fece la dimostrazione. La serratura scattò subito. Poi il Botta la richiuse come avesse avuto la chiave e passò il ferretto a Bordelli.

«Cerchi di immaginare cosa succede là dentro» disse, indicando la serratura. Il commissario cominciò a lavorare. Ci mise molto impegno, ma dopo cinque minuti non era ancora successo nulla. Il Botta scosse il capo.

«Niente paura, riproviamo. Guardi bene però» disse, sospirando come se stesse insegnando a un bambino ad appuntare una matita. Continuarono l'esercitazione, e dopo una mezz'ora Bordelli provò finalmente la grande emozione di sentire una serratura che si apre senza bisogno della chiave.

«Ce l'ho fatta» disse.

«Sentito che bello? È come provarci con una donna e sentire che ci sta.»

«Adesso capisco cosa sentite voi ladri quando entrate in una casa.»

«Bisogna festeggiare.»

«Aspetta» disse Bordelli. Per essere sicuro ci provò ancora un paio di volte, e ci riuscì senza problemi.

«È solo questione di sensibilità» disse Ennio. Chiusero la porta e tornarono nella stanza del televisore.

«Questo posso tenerlo?» disse Bordelli, alzando il ferretto magico.

«Glielo regalo ··

«Grazie, ci ho già fatto la mano...»

«Io ne ho quanti ne voglio» fece Ennio alzando una spalla.

«In quante case hai rubato, Botta? Dico in tutta la tua vita. ›

«All'inizio le tenevo a mente, poi ho perso il conto.»

«A che cifra eri arrivato?»

«Mille e cinquecento, più o meno. .»

«E come fai a non essere ricco?»

«Ricchi diventano quelli che rubano alla luce del sole e quelli che sono già ricchi» fece il Botta, e guardò la sua dop pietta.

Si svegliò prima che suonasse la sveglia. Dalle stecche delle persiane si vedeva già il chiarore dell'alba. Si stirò e chiuse gli occhi. Il Botta se n'era andato verso le due e mezzo barcollando sul cognac, con la doppietta a tracolla.

Si girò dall'altra parte e si riaddormentò quasi subito.

Il trillo della sveglia lo fece sobbalzare. Spostò la levetta con un gesto automatico, e rimase a letto. La luce del giorno entrava a forza dalle persiane e illuminava la stanza. C'erano vestiti dappertutto. Sopra le sedie, sopra il cassettone, anche per terra. Era arrivato il momento di fare il sacco dei panni da portare alla signora Lina, la lavandaia di via dell'Orto.

Si addormentò un'altra volta, e si svegliò poco dopo per colpa di un motorino che passava. Senza alzarsi prese il telefono e chiamò la questura. Si fece passare Porcinai, l'archivista, per sapere se aveva trovato qualche indirizzo degli eredi del conte Lapo. Porcinai disse che aveva già fatto, e che tutte quelle persone risultavano residenti all'estero... America, Australia, Giappone. Il commissario ringraziò e mise giù il telefono. Chissà se sarebbe mai riuscito a parlare con quei signori.

Si alzò senza fretta, rovistò nei cassetti in cerca di vestiti puliti e andò in bagno. Mentre si faceva la barba accese la radio Dopo il radiogiornale, Yves Montand cantò quella bella canzone francese con le parole di Prévert, e lui ci mugolò sopra di naso. Poi si fece una doccia calda e si vestì.

Prima di uscire bevve un caffè dentro l'ultimo bicchiere pulito. Quello era un altro problema. Non mangiava quasi mai a casa, ma la sua cucina era sempre sporca. Cecilia non ci aveva mai messo piede, non sopportava quello schifo. Aveva ragione lei, doveva decidersi a pagare una donna che venisse a lavare i piatti e a pulire un po' la casa.

Scendendo le scale mise in bocca una sigaretta spenta, e l'accese solo quando salì sulla Seicento. Faceva freddo, ma il sole si stava alzando in un cielo pulitissimo. Bordelli era sensibile al tempo, e dopo tutte quelle nuvole un po' di luce gli faceva bene.

Passò la giornata in questura a smaltire un bel pacco di burocrazia arretrata. Ogni tanto guardava il telefono chiedendosi se fosse il caso di chiamare la bella e viziata Cecilia. Aveva detto bene Ennio, la sua casa era grigia, mancavano i colori. Mancava una donna. Magari Cecilia. Mancava l'odore della sua pelle, il suo modo di sorridere mentre facevano l'amore. Prima o poi avrebbe riprovato a chiamarla, magari un fine settimana.

Verso le otto e mezzo infilò la pistola nella fondina sotto l'ascella e uscì in macchina dalla questura. Tornò per la terza volta in via delle Forbici. Parcheggiò la Seicento a un centinaio di metri dalla villa, prese la torcia dal portaoggetti e proseguì a piedi. C'era vento, e nel cielo correvano strisce di nuvole illuminate dalla luna piena. Si fermò un attimo davanti al cancello e si guardò in giro. Non c'era nessuno. Un attimo dopo vide in fondo alla strada una luce in movimento, e sentì il motore imballato di una macchina. Fece appena in tempo a spingere il cancello e a infilarsi nel giardino. Si nascose dietro un pilastro. La macchina si avvicinò correndo e si fermò di colpo, poco distante dal cancello. Dal rumore del motore doveva essere un'auto piuttosto grossa. Si sentirono le portiere aprirsi, poi richiudersi. Dei tacchi da donna risuonarono sull'asfalto.

« Sei una stronza, mi fai sempre fare la figura del fesso! » disse con rabbia una voce maschile.

« Ma che dici? » fece una donna, senza nessuna paura. Si stavano allontanando.

« Tutta la sera a ridere come una gallina con quell'imbecille. »

« Che ci posso fare se mi faceva ridere? »

« Ti guardava come se volesse scoparti davanti a tutti. »

« Ma dai... »

«E te ci stavi come una puttana.»

«Mi sono rotta le palle di avere il cane da guardia!» La discussione fra innamorati sparì dentro un portone che si richiuse con un tonfo. Tornò il silenzio. Il commissario aspettò ancora qualche secondo, poi s'incamminò verso la villa nuotando fra quelle erbacce. Accese la torcia, ma era fioca per via delle batterie scariche... si era dimenticato di comprarle, un errore che il Botta non avrebbe mai commesso. Alla luce della luna le faccine sorridenti dei putti erano ancora più cattive, e a volte sembrava che cambiassero espressione.

Per lavorare con più tranquillità scelse la porta sul retro della casa. Illuminò la serratura con la torcia. Se non si sbagliava era una semplice rognosa, più o meno come la sua. Ma non ci avrebbe scommesso. Sfilò dalla tasca l'attrezzo appuntito che gli aveva regalato Ennio e si dette da fare. Infilò il ferretto e cominciò a muoverlo come aveva imparato. L'emozione di fare una cosa proibita gli dava il vuoto allo stomaco, come quando era ragazzino. Lontano, un cane abbaiava con rabbia. Si sentiva un vero ladro, era divertente. Dopo un quarto d'ora aveva le mani gelate, ma la serratura era ancora chiusa. Niente, non si apriva. Accese una sigaretta e si mise a camminare nel giardino buio con le mani in tasca, pensando che ognuno doveva fare il suo mestiere. Passò in mezzo ai grandi alberi secolari che circondavano la villa e andò fino alla pagoda. C'erano i mozziconi e la bottiglia, non era cambiato nulla. Buttò la sigaretta in terra e la pestò con il tacco, poi tornò da quella maledetta rognosa deciso ad aprirla. Ormai era una questione d'onore.

Lavorò ancora qualche minuto, e finalmente arrivò alle sue orecchie un rumore inconfondibile, un piccolo scatto metallico che ormai conosceva bene. Sentì un brivido di soddisfazione, quasi come quando baciava una donna per la prima volta. Aveva ragione Ennio, aprire le serrature in quel modo aveva qualcosa a che fare con le donne. Impugnò la Beretta, spinse piano la porta e se la richiuse dietro. Faceva più freddo che fuori. Puntò la torcia ormai quasi scarica, e vide una grande stanza quadrata con il pavimento di graniglia, senza mobili. Di fronte e a sinistra c'erano due porte chiuse. Entrò e illuminò tutto intorno. L'aria puzzava, e gli angoli del soffitto erano neri di muffa. Dal centro di un rosone pendeva un filo elettrico tagliato di netto. Avanzò fino alla porta che si apriva sulla parete alla sua sinistra, attento a non fare rumore. Nel perfetto silenzio gli sembrò di sentire un cigolio, e trattenne il respiro. Quelle emozioni le aveva già vissute durante la guerra, quella vera, contro i nazisti e i repubblichini. Gli era capitato molte volte di entrare insieme ai suoi compagni in vecchie cascine o in qualche villa, immaginandosi ogni secondo di veder sbucare un mitra che sparava, e a volte era successo per davvero.

Rimase immobile ancora per un po', in silenzio. Non sentiva più nulla. Forse si era sbagliato. Abbassò lentamente la maniglia, poi spinse la porta. Era aperta. La luce giallina della torcia illuminò una stanza più piccola, senza altre porte e con un tavolo nel centro. In un angolo c'era un vecchio tappeto arrotolato. Nulla d'interessante. Richiuse la porta e andò fino all'altra. Abbassò la maniglia, e quando aprì gli arrivò sulla faccia una ventata fredda. Pensò subito a un fantasma, poi sorrise. Era colpa dei racconti di suo padre, che da bambino lo spaventava con storie di sedute spiritiche e di apparizioni. Davanti a lui c'era un lungo corridoio vuoto di cui non riusciva e vedere la fine, perché la luce della torcia era sempre più debole. Avanzò lentamente sopra un tappeto logoro, ricoperto di insetti morti. Nel naso gli entrava con forza l'odore dolciastro delle tappezzerie vecchie, uguale a quello che sentiva da bambino nel villino della zia Vittorina, a Marina di Massa. Sulle pareti c'erano i segni dei quadri che erano stati portati via. Alcuni erano molto grandi, e Bordelli immaginò una fila di ritratti. Andò avanti, a passi lenti. A un tratto la torcia si spense, e dovette fermarsi. Provò a muovere su e giù l'interruttore, ma non successe niente. Infilò la torcia in tasca, rimise la pistola nella fondina e cercò i fiammiferi. Ne accese uno. La fiamma cominciò a tremare, ma non si spense. Il fantasma aveva smesso di soffiare. Avanzò ancora, verso un grande ingresso senza porta che si apriva sul nero. Il fiammifero finì e ne accese un altro. Riuscì a tenerlo acceso quasi fino alla soglia di quella stanza buia. Sul muro ingiallito, sopra la cornice di pietra, c'era uno stemma dipinto. Due torri, due stelle e due grandi Emme intrecciate. Accese un terzo fiammifero e andò ancora avanti. Alzò la fiammella in aria, sopra la testa. Nel salone intravide la sagoma imponente di un divano coperto con un lenzuolo, e un camino da poterci stare dentro in piedi. Fece in tempo a vedere delle bestiole nere con molte zampe che si rincorrevano sulle mattonelle principesche, poi anche quel fiammifero si spense...

«Salve commissario» disse una voce di uomo. Bordelli sentì freddo alla testa, estrasse la pistola e la puntò in direzione della voce, senza dire nulla. Il buio era completo, e non si sentiva nessun rumore.

«Non si preoccupi, sono io che la cercavo» disse ancora la voce, con un tono divertito. Nel buio si accese un fiammifero, in fondo al salone, e alla fiamma tremolante apparve una barba lunga e bianca. Il commissario teneva ancora la Beretta puntata.

«Metta pure via il cannone commissario, non ne ha bisogno» disse l'uomo, accendendo i ceri di un candelabro appoggiato sopra un lungo tavolo scuro.

«Lei chi è?» disse finalmente Bordelli, guardando quel vecchio alto e grosso e senza capelli, illuminato dalle fiammelle. Aveva addosso una specie di tuta da ginnastica e un maglione pesante.

«Le va un caffè?» disse il vecchio. Il bianco dei suoi occhi grandi e intelligenti brillava come marmo bagnato.

«Lei chi è?» ripeté il commissario, con la Beretta stretta in mano.

«Mi segua, prego. Di là si sta meglio.» L'uomo prese il candelabro e s'incamminò dalla parte opposta. Bordelli gli andò dietro. Il vecchio aprì una porta ed entrarono in una sala più piccola. Anche su quelle pareti c'erano i segni dei quadri, e i pochi mobili erano coperti da un lenzuolo. Quasi in mezzo alla stanza c'era un tavolo con delle poltroncine intorno. Il vecchio appoggiò il candelabro.

«Si sieda Bordelli, il caffè arriva subito» disse. Fece un fischio e poco dopo si aprì una porta. Venne avanti un uomo sui sessanta, basso e con la testa troppo grossa.

«Che c'è, capo?»

«Milton, finalmente è arrivato il commissario... portaci due caffè.»

«Bene capo.» Testa grossa se ne andò e si chiuse dietro la

porta. Il commissario si era seduto in una poltrona puzzolente, la Beretta in mano appoggiata sopra una coscia. Finché non ci capiva qualcosa non si sentiva tranquillo. Il vecchio tirò fuori un sigaro, lo scartò e lo accese alla fiamma di una candela, poi si lasciò andare sulla poltrona di fronte, con un sospiro. Era un uomo vecchio ma forte, con la testa larga e quadrata e un naso molto grosso.

« Vuole un sigaro? Sono cubani, qui non si trovano » disse, buttando fumo dalla bocca. Bordelli rifiutò con un gesto.

« Ce ne ha messo di tempo a capire » fece il vecchio.

« A dire il vero non ho ancora capito nulla. »

« Dovevo assolutamente parlare con lei, e così le ho scritto quelle lettere. »

« Poteva venirmi a trovare in ufficio » disse Bordelli.

« Mi sarebbe piaciuto, ma non posso muovermi. »

« E come mai? »

« Questione... di salute. »

« È allergico alla luce del sole? »

« Non penserà che io sia un vampiro » disse il vecchio.

« Da qualche minuto mi aspetto qualunque cosa. »

« Saprà tutto. Ogni cosa a suo tempo, come diceva mia nonno. »

« Lo diceva anche il mio, quando mi voleva raggirare » disse il commissario, tirando fuori le sigarette. Dalla poltrona saliva un tanfo schifoso, come se lì sopra ci fosse morto un animale.

« Volevo solo aspettare che si sentisse a suo agio » disse il vecchio.

« Perché non mi ha scritto una lettera normale? »

« Una lettera può capitare in mano a qualcuno, e non volevo rischiare. »

« Deve avere dei buoni motivi per prendere tutte queste precauzioni. »

« Ottimi » disse il vecchio.

« Come mai ha cercato proprio me? »

« Diciamo che un amico mi ha detto cose positive sul suo conto. »

« Chi è quel degenerato? »

43

« Un degenerato che mi ha parlato molto bene di lei » disse l'uomo, sempre vago. Bordelli sorrise.

« L'ultimo che andava in giro a parlare bene di me l'ho dovuto arrestare per truffa » disse.

« Anche il peggiore degli uomini ha i suoi miti » fece il vecchio.

« Finalmente una frase che capisco anch'io » disse Bordelli, mettendo la Beretta nella fondina. Si aprì la solita porta. Entrò un uomo con due tazzine in mano, tenute per il manico, e le appoggiò sul tavolo. Non era il tipo di prima, era un altro. Magro e alto, gli occhi neri e attenti. Puzzava leggermente di circo.

« Ecco, capo » disse, e appoggiò le tazzine sul tavolo.

« Grazie, Tarzan. »

« Se hai bisogno fai un fischio. » Il tipo se ne andò e si chiuse dietro la porta.

« Vi chiamate per soprannome come i partigiani? » disse Bordelli.

« Non c'è zucchero » disse il vecchio, porgendogli la tazzina.

« Grazie » disse Bordelli, e la posò sul tavolo.

« Non le va più? »

« Ancora non lo so. »

« Io non aspetto, mi piace bollente. » Il vecchio bevve il caffè a piccoli sorsi, poi mise giù la tazzina. Tirò dal sigaro con gusto facendo uscire il fumo dal naso, e scosse la cenere per terra.

« Le voglio raccontare una bella storia... »

« Va a finire bene? » lo interruppe Bordelli.

« Ancora non si sa, per questo volevo parlare con lei. »

« Non le conviene, i miei romanzi finiscono tutti male. »

« Aspetti di ascoltare l'inizio » disse il vecchio con un sorriso.

« Prego. »

« La storia comincia molto tempo fa, in un'epoca non troppo gioiosa... Lei quanti anni aveva nel '21, commissario? »

« Undici. »

« Io ne avevo già trentaquattro » disse il vecchio.

« Non si direbbe. » Il vecchio si alzò e si mise a camminare per la sala, ignorando il complimento. La sua ombra scorreva lenta sulla parete.

«Nel '21 in una piccola città del nord c'era un laboratorio di ricerca... Ah, la meravigliosa e appassionante ricerca! Anche i poliziotti provano la grande emozione della ricerca, non è così?»

«Più o meno» fece Bordelli. Il vecchio continuava a camminare, e a volte spariva quasi nel buio.

«La ricerca, Bordelli. L'uomo ha sempre voluto sapere tutto: perché la fiamma brucia? Cos'è la pioggia? Dove nasce il vento? Qual è il segreto dell'immortalità? Ma ci sono anche altre domande: qual è il veleno più potente di tutti? Qual è il sistema migliore per sottomettere gli altri? Come si fa ad ammazzare il maggior numero di persone nel minor tempo possibile? Le domande sono infinite, e prima o poi la risposta arriva... per tutte.»

«Ho anch'io una domanda. Non avrebbe qualcosa di serio da bere?» disse Bordelli, che aveva la gola secca per la polvere. Il vecchio strinse il sigaro fra i denti e mise le mani nelle tasche.

«Vediamo... preferisce uno Château Margaux del '49 o un Saint-Emilion Château Cheval Blanc del '47?» disse, fermandosi in mezzo alla stanza.

«Mi va bene anche una birra, se non è calda» fece Bordelli. Il puzzo della poltrona non dava tregua, gli sarebbe rimasto appiccicato ai vestiti. Ma non aveva voglia di stare in piedi, e preferiva resistere.

«Un porto bianco?» disse il vecchio.

«Va benissimo.»

«Vado io, così facciamo prima.» Il vecchio uscì dalla porta lasciandola aperta, e Bordelli lo sentì parlare con qualcuno. Quello stanzone quasi vuoto illuminato da candele faceva davvero pensare ai fantasmi. Magari quello dell'impiccato, oppure quello della fantesca fatta a pezzi.

Il vecchio tornò con una bottiglia e due bicchieri da osteria. Posò tutto sul tavolo, poi riempì i bicchieri e ne passò uno al commissario. Bevvero un sorso, poi il vecchio ricominciò a camminare per la sala.

«Nel '21, a Udine, un ricercatore italiano scopre quasi per caso che combinando insieme, attraverso un procedimento speciale, due comuni virus tipo quello del raffreddore, si ottiene un nuovo virus resistente e letale per l'uomo, un virus che non si può combattere con un vaccino perché si modifica continuamente... e ha perfino la caratteristica di poter essere conservato in soluzione a bassissimo costo. Un litro di quel prodotto ad alta concentrazione, lasciato cadere da un aereo sopra una città come Mosca, ucciderebbe metà della popolazione in pochi mesi, dopo una lunga agonia...»

«C'è chi sarebbe contento» disse Bordelli.

«Appunto» disse il vecchio facendo una smorfia dolorosa, come se stesse immaginando una persona infettata da quel virus. Poi continuò.

«Quel ricercatore stava studiando altre cose, ma il destino ha voluto che lui si imbattesse in quella scoperta sensazionale. Una stupida miscela di virus praticamente innocui poteva mettere in pericolo il genere umano. Se la formula fosse finita nelle mani di uno come Hitler, chissà se adesso saremmo qui a fare due chiacchiere.»

«Perché non scoprono mai il segreto dell'eterna giovinezza?» disse Bordelli.

«Prima o poi ci arriveremo, è solo questione di tempo. Fra qualche decennio qualcuno magari scoprirà anche il modo di manipolare gli embrioni umani a piacimento. Nulla riuscirebbe a stupirmi.»

«Sta parlando sul serio?»

«Sto parlando di possibilità e di epoche. Cosa pensa che avrebbe fatto Leonardo da Vinci se qualcuno gli avesse detto che si poteva imprigionare un paesaggio dentro una scatola di metallo per poi stamparlo sopra un pezzo di carta?»

«Avrebbe inventato la psichiatria...»

«Eppure quel vecchio matto che apriva cadaveri aveva progettato il differenziale e la tuta da palombaro, e praticamente anche il motore a scoppio... solo che gli mancava la benzina. Tutto può essere inventato, ma purtroppo certe cose, per funzionare, hanno bisogno di altre scoperte.»

«Se la mette così non posso che darle ragione. Quanto tempo manca all'elisir dell'immortalità? Magari faccio in tempo» disse Bordelli, che non era mai riuscito a digerire l'idea della morte Il vecchio riaccese il sigaro a una candela.

«Spero che non lo scoprano mai. Provi a immaginare interi continenti completamente ricoperti di formiche umane... formiconi rabbiosi che si ammazzano tra loro per mangiarsi. In nessun libro sacro si trova una fine del mondo così. L'Inferno di Dante in confronto è una bruciatura di sigaretta.»

«Non ne azzecco una» disse Bordelli.

«Bisogna sempre immaginare le conseguenze, anche questo dovrebbe essere compito degli scienziati. Ma andiamo avanti Il nostro ricercatore di Udine continuò a fare esperimenti di laboratorio, senza parlarne con nessuno, e alla fine capì una cosa: il procedimento che serviva a sposare quei due innocui virus per generare il virus micidiale, poteva essere utilizzato anche per fare ricerche sulla cura di certe malattie. Fece due conti, immaginò le conseguenze, capì che la sola formula avrebbe portato in breve tempo alle sue stesse conclusioni sulla combinazione di quei virus... e così decise di buttare via tutto. Ovviamente la formula è talmente semplice che non può dimenticarla. Ce l'ha stampata qua dentro» disse, battendosi la punta dell'indice sulla fronte.

«Non vorrà regalarla a me, spero» disse il commissario abbozzando un sorriso.

«Me la porterò nella tomba Forse un giorno qualcun altro capiterà per caso di fronte alla stessa scoperta, ma prima di allora il mondo farà a meno della formula Ciottoli Seconda... l'avevo chiamata così dal mio cognome.»

«E la Ciottoli Prima?» chiese Bordelli, che cominciava a essere molto curioso.

«Era la formuletta di un preparato per la cura delle verruche, una cosa da nulla... invece con la Ciottoli Seconda potevo finire nelle enciclopedie, e magari anche nei cruciverba. Ma se l'avessi divulgata, forse dopo qualche decennio non ci sarebbero stati più né cruciverba, né enciclopedie, né occhi per leggere. Non ci sarebbe stato più nulla.»

«È per questo che si nasconde?»

«Ci stavo arrivando.» Ciottoli prese il candelabro e lo avvicinò al commissario, poi si sedette sulla poltrona accanto alla sua.

«Non so come, nel '22 si sparse la notizia che un certo Um

berto Ciottoli aveva fatto una grande scoperta in campo medi co...»

«Eppure non aveva detto nulla a nessuno» obiettò Bordelli

«Nulla della scoperta finale, ma durante le mie ricerche sui virus ogni tanto mi capitava di scambiare un parere con i colleghi, come sempre. E comunque i laboratori vengono sempre tenuti d'occhio dalle spie di tutto il mondo. Nessuno vuole arrivare secondo. Fatto sta che i tedeschi vennero a sapere di quella scoperta, e subito dopo anche i russi.»

«Comincio a emozionarmi.»

«Poi lo seppero anche i francesi, i norvegesi, gli americani, i cinesi, i giapponesi, insomma tutti tranne l'India, l'Africa nera e gli esquimesi.»

«E tutti volevano avere la Ciottoli Seconda.»

«Esatto.»

«Un bel casino» disse Bordelli, riempiendo i bicchieri con l'ultimo goccio di porto. Il vecchio si lasciò andare contro lo schienale, dette una boccata al sigaro e liberò una palla di fumo. Le spire bianche salivano lente verso il soffitto e sparivano nel buio.

«Bruciai tutti i miei appunti e con l'aiuto di documenti falsi scappai in Algeria. Da quel giorno vivo nascosto. Sono trent'anni che non mi fermo più di sei mesi nello stesso posto... ha fame, Bordelli?»

«Per ora sto bene. Mi scusi, le due persone che ho visto chi sono?» chiese il commissario.

«Sono uomini che hanno il mio stesso problema, anche se per motivi diversi.»

«Ad esempio?»

«Nulla di così interessante. Sono dei derelitti, proprio come il sottoscritto. Ma non siamo soli, ce ne sono a milioni in tutto il mondo... poveri, minorati, puttane, i migliori amici di Gesù Cristo. Non ci conosciamo, ma viviamo tutti insieme nell'unica società che ci è concessa, la nostra... una società che non si vede, che forse non esiste per nessuno, tranne che per noi.»

«Preferivo la rivoluzione.»

«Le rivoluzioni insegnano solo cos'è giusto e cos'è sbagliato, ma non cambiano nulla. Caro commissario, ci sono uomini che vivono seguendo le regole e dormono tranquilli nel loro letto, altri vivono contravvenendo alle regole e dormono tranquilli nel loro letto, poi c'è una terza categoria, che vive fuori da ogni regola e deve scegliersi un posto dove nascondersi... ma forse è l'unica categoria libera. È vero, facciamo una vita piuttosto faticosa, però ci sentiamo liberi.» Ciottoli allungò una mano verso Bordelli e gli strinse una spalla, guardandolo fisso. Sembrava un pazzo. I suoi occhi erano ancora più tondi. Non aveva finito il suo discorso.

«Siamo un esercito senza gerarchia, senza armi, non combattiamo contro nessuno. Vogliamo solo sopravvivere il meglio possibile.»

«Come mai quei due la chiamano capo?» chiese Bordelli, ormai quasi convinto di trovarsi di fronte a un pazzo molto simpatico.

«È solo uno scherzo» disse Ciottoli.

«Come al solito non vuole rispondere.»

«Lasci perdere queste stupidaggini, commissario. L'ho invitata a venire qui per un motivo molto importante.»

«Allora il bello deve ancora arrivare» disse Bordelli.

«Vengo subito al dunque. Dobbiamo andare via dall'Italia in aereo, tutti insieme, e ci troviamo nella spiacevole condizione di dover evitare nel modo più assoluto il rischio di un controllo accurato. Vorremmo la sua collaborazione. Fino a ora non avevamo avuto grossi problemi, ma purtroppo ci sono stati degli inconvenienti...»

«Quanti siete?»

«Con me sette, ma non è il numero che conta. Abbiamo tutti un buon motivo per non rimanere qui. Personalmente ho il KGB attaccato al sedere da tre anni... un anno e mezzo fa a Varsavia mi hanno mancato per un pelo.»

«Sempre per via della Ciottoli Seconda?»

«Eh già.»

«E gli altri sei? Come mai si nascondono?» chiese il commissario. Ciottoli fece un sospiro, come se gli pesasse parlare della vita privata degli altri.

«Tre sono ricercati per motivi politici, anche se non in Italia.

Uno è scappato dal manicomio dove era stato rinchiuso per una macchinazione della moglie e dei figli. »

« Una famiglia molto unita. »

« Un altro è accusato di omicidio, ma è innocente. »

« Come fa a saperlo? »

« Quando hanno ucciso quella donna lui era a casa mia, stavamo giocando a carte. »

« Ne manca uno. »

« Be', quello ha fatto uno sgarbo a Cosa Nostra, e ogni giorno bacia la terra ringraziando di essere ancora intero. »

« Sembra proprio un film. »

« Sembra, ma le assicuro che è peggio. »

« Io dicevo un brutto film. »

« Vogliamo andare a Hong Kong, commissario. Vogliamo andarci senza lasciare tracce, e contiamo sul suo aiuto. »

« Sta facendo tutto da solo. »

« Deve darci una mano... ma ovviamente non deve saperlo nessuno, nemmeno la Polizia » disse Ciottoli.

« Sempre più difficile. »

« Dev'essere una cosa tra lei e me. »

« E una volta a Hong Kong come farete? »

« Laggiù abbiamo degli amici. Dobbiamo solo arrivarci, il resto è sotto controllo. »

« Cosa dovrei fare di preciso? »

« Trovare il modo di farci salire sopra un aereo senza che nessuno ci perquisisca o ci controlli. Noi non esistiamo, siamo dei fantasmi. »

« Tutto qui? » fece Bordelli, ironico.

« No. Dopo dovrà anche telegrafare a Hong Kong una certa frase che le dirò a suo tempo » disse Ciottoli, serio.

« Non ho ancora capito se lei mi sta prendendo in giro. »

« Non posso dimostrarle il contrario, deve fidarsi delle mie parole. »

« Non mi sta chiedendo poco. »

« Se volevo poco andavo dal tabaccaio. Però le offro molto: duemila dollari americani. »

« Non è una questione di soldi » disse il commissario. Cominciava ad avere fame, ma la curiosità era più forte. Si trovava in una villa disabitata, seduto in una grande sala maleodorante illuminata da un candelabro, in mezzo a vecchi mobili coperti da lenzuoli, e beveva porto con un vecchio pazzo che parlava di Gesù Cristo e di Hong Kong. Una spiegazione ci doveva essere.

« Non siamo criminali, se è questo che la preoccupa » disse Ciottoli.

« Be', non so nulla di lei... »

« Faccia conto di fare un favore a un amico » disse Ciottoli.

« Allora perché mi offre dei soldi? »

« Paghiamo sempre chi ci dà una mano, fa parte della nostra visione della vita. »

« Quanti sono duemila dollari? » chiese Bordelli.

« Per un italiano sono molti soldi » disse il vecchio. La sua voglia di andarsene a Hong Kong era tutta in quegli occhi tondi.

« Com'è che avete tutti questi dollari? » chiese il commissario.

« Sudore della fronte, come tutti. Solo che invece di stare alla catena di montaggio facciamo lavoretti in giro per il mondo... »

« Che tipo di lavoretti? »

« Quello che capita... soprattutto consulenze e mediazioni in grandi affari, ma a volte lavoriamo anche per conto di qualche governo. Piccole cose piuttosto noiose, e anche difficili da spiegare. »

« Capisco... » fece Bordelli, abbozzando un sorriso.

« A Hong Kong dobbiamo incontrare un ministro portoghese che vuole affidarci un incarico molto delicato. »

« Quale? »

« Ancora non lo sappiamo, ma abbiamo già lavorato con lui e paga molto bene. Per noi è sopravvivenza » disse Ciottoli, quasi drammatico. Bordelli non riusciva a capire se quel vecchio fosse sincero o se recitasse una parte. A volte gli sembrava di vederlo sorridere con gli occhi, come se fosse soddisfatto delle balle che raccontava.

« Non è facile credere a quello che dice, le assicuro » disse.

« Questo significa che non accetta? » disse il vecchio, per tornare al tema principale.

« Quanto tempo ho per decidere? » chiese Bordelli.

«Prima ce ne andiamo e meglio è» sussurrò Ciottoli. Il commissario si alzò in piedi e si stirò.

«Lei e i suoi amici... avete dei documenti validi?»

«Quelli non sono un problema. Da qualche parte abbiamo anche i timbri per fare il visto di tutti i paesi che vogliamo. Il problema è un altro. Dobbiamo essere matematicamente sicuri che nessuno ci perquisisca, e non possiamo andare in giro a organizzare la faccenda... questa città è piena di spie.»

«Sta scherzando?» disse Bordelli. Lo scienziato si passò una mano sulla testa pelata.

«È la cosa più seria che ho detto stasera. Ci aiuterà o no?» disse.

«Sento il bisogno di un po' d'aria» disse il commissario.

«Anche noi, Bordelli» fece il vecchio, alzandosi.

«Allora non credo che Hong Kong sia la città giusta.»

«Mi dia presto una risposta, Bordelli. Ancora un po' e ci trasformiamo in topi.»

«Mi ci faccia pensare.» In quel momento una ventata fredda spense due o tre candele, e si sentì un gemito.

«Lei crede ai fantasmi, commissario?» disse Ciottoli.

«Forse c'è una finestra aperta.»

«Certo» disse il vecchio, con un sorriso. Prese il candelabro e senza dire più nulla accompagnò Bordelli all'uscita, sul retro della villa. Gli strinse la mano e chiuse la porta. Bordelli fece un bel respiro e s'incamminò verso il cancello, guidato dalla luce giallognola che arrivava dalla strada. Si sentiva ancora addosso il puzzo dolciastro di quella poltrona, molto simile a quello che si respirava nel laboratorio di Medicina Legale. Gli sembrava di essere appena uscito da un oltretomba un po' strano. Forse il fantasma era proprio lui, Ciottoli, circondato dai suoi amici che lo chiamavano capo.

«Diotivede, ti dice niente il nome Ciottoli?» chiese Bordelli. Erano le nove di mattina. Il medico stava spalmando una pappa marrone sui vetrini del microscopio, con gesti abitudinari. Lungo una parete del laboratorio c'erano due lettighe con sopra due cadaveri, coperti da un lenzuolo come i mobili di villa Il Pavone. Insomma tutto come sempre.

« Perché non mi racconti con calma cosa ti sta succedendo? Ti senti esaurito? » disse Diotivede con aria preoccupata.

« Ogni cosa a suo tempo, come dicevano i nostri nonni. »

« Ti diverti a fare il misterioso? »

« Umberto Ciottoli... ne hai mai sentito parlare? »

« Non mi dice nulla » fece il medico, poi si chinò e mise l'occhio sul microscopio. Quando Bordelli pensava a Diotivede se lo immaginava in quella posizione, piegato in avanti che guardava schifezze.

« Bene, ti lascio lavorare » disse.

« Sei venuto fino a Careggi per chiedermi se avevo sentito nominare questo Ciottoli? »

« Be', confesso che avevo anche voglia di vedere qualche cadavere. »

« Ora sì che ti riconosco. »

« Buon lavoro. »

« Riposati » disse Diotivede, senza alzare la testa. Il commissario uscì da Medicina Legale, scese la scalinata e montò sulla Seicento.

Attraversò la città senza fretta e parcheggiò sul Lungarno, di fronte alla Biblioteca Nazionale. C'era il tramontano. e il cielo era senza nuvole. Entrò nella biblioteca e chiese di poter consultare l'emeroteca. Seguì lungo un corridoio il bel culo di una giovane impiegata, ipnotizzato dal rumore dei tacchi, e per analogia gli venne una gran voglia di telefonare a Cecilia.

« Si accomodi » disse la ragazza, entrando in una grande stanza dove c'erano alcune scrivanie. Aveva un sacco di capelii neri, legati dietro la testa, e due grandi occhi tristi. Bordelli le disse cosa voleva consultare e la ragazza sparì dietro una porta. Tornò dopo una decina di minuti, spingendo un carrello carico di vecchi quotidiani ingialliti.

« Ecco qua... La Nazione, tutta l'annata del '22 » disse. Aveva una bella voce, un po' da bambina.

« Grazie mille » fece Bordelli. Ma avrebbe voluto dire: 'non mi sembra che lei sia felice, e nemmeno io sto passando un bel periodo... perché non viene a cena con me, stasera?' Forse era un modo per smettere di pensare a quella gallina di Cecilia.

«Quando ha finito lasci pure tutto qui, ci pensiamo noi. Le ricordo che qui non si può fumare» disse l'impiegata. Poi se ne andò senza alzare gli occhi, sbattendo i tacchi sul pavimento. Bordelli pensò che quella ragazza gli piaceva molto. Era un buon segno, Cecilia stava sgombrando il campo. Ormai un po' si conosceva. Era fatto così. Finché sperava si faceva del male, poi finalmente lasciava perdere e ne cercava un'altra. A volte era capace di innamorarsi in pochi secondi. La vita era troppo corta, e il tempo valeva più di qualsiasi donna... Dopo questo bellissimo pensiero si mise in bocca una sigaretta spenta e cominciò a sfogliare i giornali con pazienza, leggendo velocemente i titoli. Gennaio, febbraio, marzo... Verso la fine di ottobre gli passò davanti la marcia su Roma. Sulla faccia di Mussolini si poteva già leggere la grandezza e la rovina dell'Italia. Andò avanti, e al diciannove novembre trovò un articolo piuttosto lungo sulla misteriosa scomparsa dello scienziato Umberto Ciottoli. C'era la foto. Era lui, il pazzo della villa. Il giornalista non diceva nulla di interessante, perché nessuno sapeva nulla. Per riempire le righe ipotizzava l'ingaggio milionario di una nazione straniera, oppure un rapimento. Nei giorni seguenti trovò altri articoli, più brevi. Si continuava a parlare del mistero dello scienziato scomparso, ma non si diceva molto di più. Bene. Ciottoli non aveva raccontato balle. Almeno non su tutto.

Bordelli chiuse i vecchi giornali sul tavolo e si avviò verso il bancone delle richieste. Voleva ringraziare la bella ragazza mora, così poteva anche guardarla di nuovo, e magari sarebbe riuscito a dirle qualcosa... qualunque cosa... le piace Elvis Presley? Ha mai letto *Memorie del sottosuolo*? Poi l'avrebbe invitata a cena... due chiacchiere, una bottiglia di vino, una bella serata senza pensare a Cecilia.

Camminando senza fretta si preparò delle frasi da buttare lì con disinvoltura, immaginandosi la scena e arrossendo come un ragazzino. Arrivò al bancone con il cuore accelerato, ma la bella ragazza non c'era. Si sentì quasi sollevato. Dopo tutta quella preparazione, se l'avesse vista si sarebbe sentito obbligato a dirle qualcosa, e forse avrebbe fatto una figuraccia. Troppo giovane e troppo bella. Magari gli avrebbe riso in faccia. Meglio così. Uscì dalla Biblioteca, e scendendo gli scalini vide la ragazza che avanzava nella piazzetta, verso l'ingresso. Furono attimi lunghissimi. Lei si avvicinava, ormai più bella del sole, avvolta in un cappotto chiaro e morbido che seguiva le sue curve... e lui scendeva i gradini, pesante e vecchio, sognando cose impossibili, incantato da quei due occhi neri e scintillanti e da quei fianchi che ondeggiavano. Pensò che se l'avesse lasciata passare senza dirle nulla, poi si sarebbe dato del coglione. Si incrociarono sul marciapiede.

«Mi scusi, signorina...»

«Ha già fatto?» disse lei, fermandosi.

«Certo, grazie» fece lui, arrossendo. Lei abbozzò un sorriso gentile e fece per andarsene.

«Aspetti... volevo dirle una cosa... ma non so se...» Forse ce la poteva fare, in fondo cosa rischiava? Solo di sentirsi dire di no. Be', poi avrebbe passato un paio d'ore tristissime a domandarsi come mai non piacesse a tutte le donne del mondo. Ma a quello ci era abituato.

«Mi dica» fece lei, stringendosi nel cappotto per il freddo.

«Non voglio darle fastidio... sono un commissario di polizia...»

«Ah...» fece lei guardandolo bene, come per capire se fosse vero. Bordelli stava quasi per tirare fuori il tesserino, ma si bloccò in tempo.

«Nulla... era solo per dirle che... non è che mi capita spesso... anzi a dire il vero credo che sia la prima volta...»

«Mi scusi ma non capisco.»

«No, niente... dimentichi tutto, arrivederci» disse Bordelli imbarazzato, e se ne andò con il viso in fiamme. Tese l'orecchio per cogliere un commento della ragazza, ma non sentì nemmeno il rumore dei tacchi sui gradini. Un secondo dopo fece un giuramento a se stesso: dopo cinque passi si sarebbe voltato, e se la ragazza era ancora là le avrebbe detto qualcosa. Assolutamente. Contò fino a cinque e si voltò. La ragazza era ferma sull'ultimo scalino in alto, bella come Venere, con lo sguardo puntato su di lui. C'era di mezzo un giuramento, non poteva far finta di nulla. Tornò indietro e si fermò in fondo alle scale.

«Signorina... posso avere l'onore di invitarla a cena?» disse serio, quasi drammatico, poi cercò di rimediare con un sorriso, ma non gli venne bene. La ragazza non si mosse, aprì appena la bocca ma non disse nulla. Sembrava un po' allarmata. Bordelli allargò le braccia e le lasciò ricadere sui fianchi.

«Non ce l'ho fatta a non chiederglielo, mi dispiace» disse, e s'incamminò verso la macchina. Alzò gli occhi. Davanti a lui, dall'altra parte dell'Arno, oltre gli edifici e le antiche mura della città la collina saliva fino alla facciata bianca della basilica di San Miniato... e lui avrebbe voluto essere lassù, a fumare una sigaretta camminando fra le tombe delle Porte Sante, per non sentire addosso lo sguardo di quella bella ragazza mora che magari stava ridendo di lui. Se la immaginò mentre raccontava quella storiella alle amiche... e poi tutte insieme a ridere di quel poliziotto coglione che a cinquant'anni cercava ancora di abbordare le ragazzine. Decise di non voltarsi più. Vedere la scalinata vuota gli avrebbe fatto tristezza. Arrivò alla Seicento e infilò la chiave nella portiera. Non aveva giurato, e prima di salire in macchina lanciò un'occhiata verso la Biblioteca... la ragazza era davanti alla porta d'ingresso e guardava verso di lui. Restarono a studiarsi di lontano per qualche secondo, poi la ragazza scese i gradini e si fermò sul marciapiede. Bordelli richiuse la portiera e le andò incontro con il cuore che gli batteva nelle tempie. È solo una donna, si ripeteva camminando verso di lei. Era passato attraverso la guerra, aveva visto in faccia i nazisti che urlavano e sparavano, aveva ancora nelle orecchie i boati delle bombe... ma si faceva mettere in difficoltà da una donna. Da ragazzino in quelle situazioni arrossiva e non riusciva a spiccicare una parola, e quella timidezza gli era rimasta un po' addosso. Erano solo i primi momenti a metterlo in agitazione, poi di solito si scioglieva. Dai che è solo una donna, si ripeteva. Attraversò a passo lento piazza dei Cavalleggeri e si fermò di fronte alla ragazza.

«Mi chiamo Rosaria» disse lei, tremando un po' per il freddo.

«È un bellissimo nome.»

«Me lo dicono tutti» sorrise lei.

«E anche lei, signorina... sì, insomma...»

« Grazie. » Stavano a due metri di distanza, come se nel mezzo ci fosse stata una siepe.

« Io mi chiamo Franco. »

« Ah... »

« Trema dal freddo » disse il commissario, incantato da quei due occhioni neri che lo fissavano.

« È vero che lei è della polizia? »

« Non si vede? »

« Non so... non ho mai conosciuto un vero poliziotto. »

« Ha mai letto *Memorie del sottosuolo*? »

« Perché me lo chiede? »

« Posso invitarla a cena? » disse Bordelli un po' confuso. Lei accennò un sorriso imbarazzato

« Non stasera. »

« Domani? »

« Domani non posso. »

« Dopodomani? » chiese Bordelli, rendendosi conto di essere troppo insistente.

« Magari la richiamo io » disse la ragazza

« Le lascio il numero dell'ufficio »

« Mi dica. »

« Non lo scrive? »

« Lo tengo a mente » fece lei.

« Che memoria... » Il commissario disse nome cognome e qualifica, poi ripeté quattro o cinque volte il numero diretto della questura, dove poteva trovarlo più facilmente. Lei fece un sorriso, lo salutò alzando una manina e corse su per le scale.

Se lo dimenticherà, pensò Bordelli. Non mi telefonerà mai. Era solo curiosa, poi mi ha guardato bene e ha scartato l'idea. Troppo vecchio. E anche poliziotto. Attraversò di nuovo la piazza e montò sulla Seicento. Nonostante tutto si sentiva bene, era riuscito a dire due parole a una ragazza. Non era ancora morto. Nemmeno Cecilia era riuscita ad ammazzarlo

« Rosa, scusa l'ora. »

« Lo sai che sono brutta, così di notte » disse lei, chiudendosi addosso una vestaglia rosa.

«Sei sempre bellissima.»

«Bugiardo.»

«Mai con le donne.»

«Sei un bastardo..»

«Ci beviamo un cognac?»

«Mi sono già lavata i denti.»

«Dai, poi te li rilavi.»

«Non ci avevo pensato...»

«Stiamo tutta la notte sul pianerottolo?»

«Entra, scimmione» fece lei, tirandolo dentro. Andarono in soggiorno, e Bordelli si sdraiò su quello che ormai considerava il suo divano. Dai vetri della porta finestra si vedeva il terrazzino di Rosa pieno di piante, più avanti una fuga di tetti e in fondo l'ombra nera della Torre d'Arnolfo. Rosa mise un disco di Armstrong e servì il cognac su un vassoio di vetro degli anni Venti.

«Chissà come avrà fatto questo vassoio così fragile a soprav-vivere alla guerra» disse Bordelli.

«Come te, bestione. Con un po' di fortuna.»

«Io ne ho avuta una porzione per dieci, di fortuna...»

«Magari l'hai rubata a nove soldati che sono morti» disse lei, versando il cognac.

«Rosa, non voglio sentire queste cose.»

«Facciamo un brindisi?» rise lei.

«Che i nostri desideri si avverino» disse Bordelli alzando il bicchiere e pensando a... Rosaria... e anche un po' a Cecilia, e a Paola, a Giuliana, a Nadia la bionda... e a tutte le donne del mondo.

«Hai una faccia che non mi piace» disse Rosa, fissandolo.

«In che senso?»

«Sento odore di passera...»

«Macché passera, sono appena stato mollato» disse Bor-delli.

«Come si chiama?»

«Ma chi?»

«Quella che hai davanti agli occhi in questo momento... vo-glio sapere chi è.»

«Non so di cosa parli.»

«Dimmi quando indovino... Adele, Anna, Angela, Ada,...

Alessandra, Amelia, Arianna... Alberta, Benedetta, Barbara, Bruna... Beatrice, Bianca, Chiara, Carla, Carlotta, Clara, Cinzia, Caterina... Donatella, Daniela, Daria...»

«Va bene, si chiama... Roberta.»

«Bugiardo... Danila, Dorotoea, Francesca, Flavia, Filomena, Federica, Giovanna, Giulia, Ginetta, Grazia, Gisella, Loredana, Lida, Lidia, Lisa...»

«Renata, lo giuro» disse Bordelli, per farla smettere.

«Mmmmm... non ci credo per niente. E com'è?»

«Nulla di speciale.»

«Capelli?»

«Biondi.»

«Alta?»

«Non molto.»

«Ci sei già andato a letto?»

«No.»

«Questa è la prima cosa vera che dici, figlio di puttana...»

«Grazie.»

«Quand'è che ti sposerai, scimmione?»

«Rosa, mi stavo rilassando...» disse il commissario, e si versò un altro cognac. Lei aveva cambiato faccia, e fissava il vuoto. Bordelli capì che stava per dire una cosa triste.

«Ogni tanto penso... che avrei potuto avere una famiglia, dei figli» disse lei a un tratto, con un tremito alle labbra. Bordelli pensò che Rosa era una gran donna, perché aveva il coraggio di non nascondersi nulla.

«Ci mettiamo a piangere davanti al cognac? Lo sai che non sta bene, Rosa...»

«Stronzo! Non sei per niente romantico.»

«Mi hanno sempre detto il contrario.»

«Ci sono donne che non capiscono un cazzo.»

«Sono d'accordo con te.»

«Mi è venuta fame» disse Rosa alzandosi, di nuovo allegra.

«Spaghetti?» fece Bordelli.

«Olio e peperoncino?»

«Li sento già sulla lingua...»

«Vado a mettere l'acqua» disse Rosa, e andò in cucina a fare il suo dovere. Bordelli rimase sdraiato a guardare il soffitto, pensando a Rosaria che tremava di freddo nel suo cappotto chiaro...

A un tratto gli venne in mente Umberto Ciottoli, illuminato dalle candele. Si alzò dal divano e andò in cucina da Rosa.

«Sta quasi bollendo» disse lei, con gli spaghetti in mano.

«Mettici molto peperoncino.»

«Ti faccio prendere fuoco. Hai visto che i russi hanno mandato nello spazio una povera cagnolina?»

«Laika» fece Bordelli. Rosa buttò la pasta.

«Comunisti senza Dio! Povera cagnolina... perché non ci hanno mandato uno di loro?» disse spingendo gli spaghetti nell'acqua con la mano.

Era appena arrivato in ufficio. Aveva comprato delle batterie nuove per la torcia e si era bevuto un altro caffè al bar di via San Gallo. Accese una sigaretta. Si sentiva strano. Qualunque cosa pensasse aveva sempre in testa Rosaria. Capelli neri, grandi occhi tristi. Era già la più bella di tutte. Chissà se avrebbe chiamato. Comunque poteva sempre cercarla alla Biblioteca Nazionale, se riusciva a trovare il coraggio. Magari Rosaria aveva dimenticato il suo numero e non aspettava altro Oppure no... lo aveva solo preso in giro e non aveva nessuna voglia di trovarselo davanti un'altra volta. Perché era sempre tutto così difficile? Era meno complicato far fuggire sette fantasmi a Hong Kong, anche se ci voleva un certo impegno. Lasciò perdere Rosaria, prese una penna dal mucchio e si mise a fare scarabocchi per aiutare la testa a pensare meglio. Non era facile montare sopra un aereo con la certezza di non essere né controllati né perquisiti. Poteva andare tutto liscio, ma anche tutto storto. I passaporti non erano un problema, aveva detto Ciottoli. Questo era già un vantaggio. Ma la certezza matematica era un'altra cosa.

A fine pomeriggio squillò il telefono, e sperò che fosse Rosaria. Cercando le sigarette alzò il ricevitore. Era Paternò, un giovane agente della Sala Radio. In una cantina del quartiere di San Gervasio era stata trovata una donna morta.

«Indirizzo?» chiese Bordelli.

«Via Carnesecchi 49/bis, ci stanno già andando due macchine.»

«Vado anch'io. Avverti il sostituto procuratore e il dottor Diotivede» disse il commissario, e mise giù. S'infilò con calma l'impermeabile e uscì dall'ufficio. Appena arrivò in cortile cominciò a piovigginare. Montò sulla Seicento, e passando davanti alla garitta rispose con un cenno al saluto di Mugnai. Sbucando in piazza della Libertà pensò che forse la donna morta era Rosaria... era per questo che non telefonava, non poteva esserci nessun altro motivo.

In via Marconi mise in bocca una sigaretta, e l'accese tenendo il volante con le ginocchia. In piazza Nobili voltò a destra. In via Carnesecchi vide i lampeggianti di due Millequattro della Polizia che giravano in mezzo a un capannello di gente. C'era anche un'ambulanza. Appena Bordelli scese dalla Seicento gli si avvicinarono dei giornalisti. Erano sempre più veloci ad arrivare, ma facevano domande sempre più imbecilli.

«Sono appena arrivato, non so nulla» disse più volte Bordelli. Si raccomandò con gli agenti di non far passare nessuno e s'infilò nel palazzo. Un giovane poliziotto gli indicò l'ingresso alle cantine.

«La signora si chiamava Norina Magherini, commissario. Viveva sola» disse.

«Il sostituto procuratore è arrivato?»

«No dottore, non si è visto.»

«Vado di sotto» disse Bordelli. Scese la vecchia scala di pietra, sentendo già nel naso il puzzo di cadavere. Un altro agente lo accompagnò in una legnaia di due metri per quattro, illuminata da una lampadina appesa a un filo. Tutti e due si coprirono il naso con un fazzoletto. La donna avrà avuto una sessantina d'anni. Era sdraiata pancia a terra, un braccio sotto il corpo, l'altro disteso in avanti, e la faccia girata verso la porta. Aveva gli occhi coperti da una ciocca scomposta di capelli grigi e la bocca mezza aperta. Bordelli si chinò per guardarla meglio. Curioso di vederla in faccia scostò i capelli con un dito, e ritrasse la mano di scatto. Gli occhi della donna erano spalancati, e l'orecchio sinistro era stato mangiucchiato dai topi.

«Sembra morta da un pezzo» fece Bordelli, alzandosi. In

quel momento entrò Diotivede con la sua borsa nera, e si scambiarono un cenno. Il medico legale annusò l'aria senza il minimo fastidio, poi si chinò a controllare il cadavere. Bordelli e l'agente stavano a guardare in silenzio, premendosi il fazzoletto sul naso. Dopo un minuto Diotivede sfilò dalla borsa il suo taccuino nero e scrisse qualcosa, come sempre. Poi si rialzò in piedi.

«Sono quasi certo che si tratti di infarto» disse, rimettendo il taccuino al suo posto.

«Odio quella parola» fece Bordelli, da dietro il fazzoletto.

«Cause naturali va meglio?»

«Grazie. Da quanto tempo è morta?»

«Almeno due giorni.»

«Sei proprio sicuro che sia morta per... cause naturali?»

«Ho detto quasi certo, sarò sicuro solo dopo averla esaminata. Ma mi sbaglio raramente.»

«Sei modesto.»

«Che fai con quel fazzoletto sulla faccia?» chiese il medico, con aria sorpresa.

«Mi tengo il naso perché non mi caschi» fece Bordelli. Lungo la parete passarono saltellando un paio di topi grossi come pannocchie, e sparirono in mezzo alla catasta di legna.

«Qui ho finito» disse Diotivede, spolverandosi il cappotto con la mano. Il commissario disse all'agente di andare di sopra a chiamare gli uomini della Misericordia, e aspettò che si fosse allontanato.

«Hai qualcosa da fare nelle prossime due ore?» chiese a Diotivede.

«Pensavo di andare all'Ideale a vedere l'ultimo di Fellini.»

«Da solo?»

«Non so se ho voglia di dirtelo.»

«Io te lo direi.»

«Io no» fece il medico.

«Insomma vuoi andare al cinema...»

«Era un'idea, perché?»

«Be', ti volevo proporre una serata diversa» fece Bordelli.

«Alcol e donne?»

«Magari un'altra volta... Vorrei solo che tu mi accompagnassi in un posto.»

«Dove?»

«È qua vicino, te lo dico mentre ci andiamo.»

«E va bene, così forse capirò come mai sei così strano» disse Diotivede, alzando un sopracciglio. Si sentirono dei passi, e i barellieri incappucciati entrarono nella cantina. Caricarono la donna e la portarono via. Un secondo dopo arrivò un agente, fece il saluto militare e si bloccò davanti al commissario. Gli comunicò che il sostituto procuratore aveva ritenuto superflua la propria presenza, e aspettava un rapporto dettagliato. Poi se ne andò.

Diotivede e Bordelli salirono con calma i gradini che portavano al piano terreno, e uscirono in strada. C'era più gente di prima, e dovettero sgomitare un po' per passare. Poi montarono sulla Seicento e partirono.

«Dov'è che andiamo?» disse il medico. Bordelli guidava lentamente. Mise in bocca una sigaretta, ma fece capire che non l'avrebbe accesa. Si sarebbe accontentato della sensazione.

«Qualche giorno fa mi sono arrivate due lettere anonime...» disse, e raccontò in breve a Diotivede tutto quello che era successo in quegli ultimi giorni, compreso l'incontro con Umberto Ciottoli e compagni. Salendo su per via delle Forbici gli disse che stavano andando proprio a villa Il Pavone. Voleva fargli conoscere quel tipo, per sapere cosa ne pensasse.

«Hong Kong...» borbottò Diotivede.

«Mi serve una tua opinione su quel matto.»

«Se non gli apro la pancia non ti posso dire nulla.»

«Se lo avessi detto io ti saresti incazzato» fece Bordelli con un sorrisetto.

«Mi sembra normale. È un po' come per le barzellette sugli ebrei... solo loro le possono raccontare.»

Bordelli fermò la Seicento a una cinquantina di metri dal cancello della villa. Scesero in silenzio. Camminarono lungo i muri e s'infilarono nel giardino. Avanzavano dietro il cono di luce della torcia, passando dove l'erba era già stata calpestata da Bordelli, nei giorni passati.

«Ho cambiato idea» disse a un tratto Diotivede, fermandosi.

«Ormai ci siamo.»

«Non farmi entrare in questa storia, Bordelli. Non mi sento portato per certe cose.»

«Chi apre cadaveri tutto il giorno è portato per qualunque cosa.»

«Non parlare di quello che non sai.»

«Per favore, entra con me. Non devi fare nulla, solo guardare» disse il commissario.

«Preferisco non venire.»

«Se non vieni mando tutto a monte. Ciottoli e la sua banda di disgraziati se la dovranno cavare in qualche altro modo.»

«Cosa c'entro io in tutto questo?»

«Va bene, se vuoi ce ne andiamo» disse Bordelli, accennando un movimento verso il cancello. Il medico rimase immobile per qualche secondo, con lo sguardo fisso, poi ricominciò a camminare verso la villa.

«Grazie» disse Bordelli, facendo luce con la torcia.

«Sento che me ne pentirò» disse Diotivede. Finirono di attraversare il mare d'erba e arrivarono alla villa. Girarono sul retro, e Bordelli chiese al medico di reggergli la torcia.

«Hai la chiave?» chiese il medico a voce bassa.

«Quasi» bisbigliò Bordelli alzando in aria il ferretto di Ennio.

«Un vero teppista» fece Diotivede.

«Ora so cosa c'è dentro una serratura e come funziona il meccanismo» disse il commissario con una certa emozione.

«Non dirmelo, potrei commuovermi...»

«Fai così perché non hai provato» disse Bordelli cominciando a lavorare.

«Nemmeno tu hai mai provato a fare un'autopsia.»

«Volontariamente no, ma di pance aperte ne ho viste anche troppe.» Dopo un paio di lunghissimi minuti la serratura scattò.

«Ci hai messo un sacco di tempo» commentò Diotivede.

«Sempre meno ogni volta.»

«Da quanto tempo lo fai? Ne hai parlato con uno specialista?»

«Dai, entriamo» disse Bordelli. Riprese in mano la torcia e s'infilò nella villa. Il medico lo seguì, un po' imbronciato

«Che buon odore...» disse, annusando l'aria.

«In confronto al tuo laboratorio è aria di montagna.»

«Stai attento, alla terza battuta del genere potrei non sopravvivere» disse Diotivede. Imboccarono il corridoio, arrivarono in fondo ed entrarono nella sala.

«Dottor Ciottoli» chiamò a voce alta Bordelli, cercando nel buio con la torcia. Si aprì la solita porta e apparve la fiamma di una candela. Poi il fascio di luce illuminò una barba bianca e una nuvola di fumo.

«Buonasera, commissario... Chi c'è con lei?» disse Ciottoli, allarmato.

«Un amico.»

«Doveva venire solo.»

«Non si preoccupi, so cosa faccio.» Bordelli avanzò nella sala, seguito dal medico. Si fermarono a un passo da Ciottoli. Diotivede sembrava un po' imbarazzato. Il vecchio lo guardava fisso, mordendo il sigaro.

«Lei chi è?» chiese.

«Non volevo venire qui» disse Diotivede.

«Spero che questo imprevisto abbia a che fare con il nostro piano» disse Ciottoli serio, guardando il commissario.

«Molto divertente» fece Bordelli, accendendo una sigaretta.

«Che c'è di divertente?» disse Ciottoli. Il commissario si voltò verso Diotivede.

«Non è durata abbastanza la commedia?» disse, soffiando il fumo dalla bocca.

«Quale commedia?» fece il medico, tranquillo. Bordelli scosse il capo.

«Siete due bravi attori, ma se non mi dite tutto dall'inizio alla fine la scampagnata a Hong Kong ve la fate organizzare dal parroco di San Gervasio» disse. Diotivede stava per parlare, ma Ciottoli lo anticipò.

«Non capisco di cosa stia parlando, dottor Bordelli.»

«Mi meraviglio soprattutto di te, Diotivede. Non potevi dirmi tutto subito? Avrei risparmiato un sacco di noie.»

«Come l'hai capito?» disse il medico, sorridendo come un bambino colto in fallo.

«Il sigaro» fece Bordelli.

«Banale come un attacco di appendicite.»

«Da quanto tempo vi conoscete?»

«Da molto prima che arrivasse Benito» disse Diotivede.

«Chi è che vuole raccontare la storiella dal principio?» chiese Bordelli. Il vecchio scienziato e Diotivede si guardarono per qualche secondo, poi Ciottoli scosse il capo e tirò una lunga boccata dal sigaro.

«Intanto perché non ci sediamo?» disse, e si avviò verso la porta. Guidò gli ospiti nell'altra sala e indicò le solite poltrone imbottite che puzzavano di bestia morta. I due ospiti si misero a sedere, e Diotivede annusò l'aria con un certo interesse.

«Questo buon odore ti fa sentire a casa?» disse Bordelli.

«Non puoi capire la poesia di certe cose» fece il medico. Ciottoli accese tutti i ceri del candelabro, e rimase in piedi a guardare le fiamme che si allungavano facendo piccole fumate nere.

«Eccoci qua. Cos'è che vuole sapere, commissario?»

«Non mi piace fare qualcosa senza sapere per chi la faccio» disse Bordelli. Una candela si spense sfrigolando, e lo scienziato la riaccese. Il suo viso largo ballava con il tremolio delle candele. Se Bordelli lo avesse visto alla luce del sole forse non lo avrebbe riconosciuto. Di colpo si aprì la solita porta e si affacciò un uomo basso e tozzo che Bordelli non aveva ancora visto.

«Tutto a posto, capo?» Aveva un forte accento siciliano.

«Per favore, portaci una bottiglia e tre bicchieri» disse Ciottoli. La porta si richiuse e i tre rimasero in silenzio. Sopra la testa di Ciottoli il fumo del sigaro saliva verso il soffitto in lunghi nastri. La porta si riaprì e l'uomo basso appoggiò sul tavolo una bottiglia di porto e i bicchieri. Aveva addosso un vestito elegante, ma molto vecchio. Rimase un attimo a guardare i due sconosciuti, poi se ne andò e chiuse la porta. Ciottoli riempì i bicchieri e prese in mano il suo. Poi finalmente si mise a sedere. In quel momento una ventata fredda fece tremare le candele, spegnendone un paio.

«Ora basta, Poldo!» disse Ciottoli a voce alta, con aria divertita. Diotivede girò con calma lo sguardo lungo i muri della sala, ma era tutto buio.

«Fantasmi?» fece Bordelli, sorridendo.

«Non ci crede, vero?» disse Ciottoli.

«Confesso che mi piacerebbe crederci...»

«Poldo! Fai contento il commissario!» disse lo scienziato. Un'altra ventata gelida fece agitare la fiamma delle candele spegnendone una, e Bordelli si drizzò sulla schiena. Diotivede giocherellava con la cintura del cappotto, con aria tranquilla.

«Lo chiamo Poldo, ma non so il suo vero nome» disse Ciottoli. Il commissario accese con calma una sigaretta, pensando che i fantasmi non esistevano. Quella ventata fredda era stata solo una coincidenza.

«Torniamo alla storiella» disse, fissando le fiammelle dei ceri. Ciottoli si alzò per riaccendere quelli che aveva spento il fantasma, poi guardò Diotivede. Rimasero un po' in silenzio, scambiandosi una lunga occhiata. Poldo non si faceva più sentire.

«Parla tu» disse Diotovede. Lo scienziato fece oscillare la testa, poi fissò Bordelli.

«Se non arriviamo a Hong Kong entro quindici giorni per noi è un vero guaio» disse cupo.

«Questo l'ho capito.»

«Dobbiamo sapere se è con noi, commissario»

«È questo il punto, *noi* chi?» chiese il commissario, tranquillo.

«Te l'avevo detto che era un po' rompicoglioni» disse Diotivede socchiudendo gli occhi. Bordelli lo ignorò. Ciottoli buttò il mozzicone in terra e tirò subito fuori un altro sigaro. Lo scartò, lo ciucciò un paio di volte e lo accese. Poi si lasciò andare sulla poltrona.

«Mi dà la sua parola che questi discorsi non usciranno mai da questa stanza?»

«Ora è lei che si deve fidare...»

«Bene. Le racconterò come stanno veramente le cose» disse.

«Sono tutto orecchi» fece Bordelli, sistemandosi meglio sulla poltrona puzzolente. Ciottoli fece una breve pausa per riordinare i pensieri, poi cominciò.

«Diversi anni fa, con tre amici, fondai... come dire... potremmo chiamarla un'agenzia di servizi un po' particolare. Eravamo tutti e quattro dei fuggiaschi, anche se per motivi diversi, e ci sentimmo subito un gruppo...»

«Lei da cosa fugge?»

«A partire dal '19 ho lavorato per molti governi. Non solo per i soldi, credo sempre in quello che faccio.»

«Se è per questo anche Hitler e Mussolini ci credevano.»

«Certo, solo che io *credo* meglio di loro.»

«Su questa strada si potrebbe andare avanti all'infinito, in un manicomio di lusso.»

«Non io.»

«E sulla storiella della formula cosa mi dice?» chiese Bordelli. Lo scienziato sorrise, un po' colpevole.

«È una bugia. Nel '22 sono sparito perché ero stato individuato dai servizi segreti spagnoli. Non sto a entrare in dettagli, sono cose che appartengono alla preistoria.»

«E questa Agenzia di che si occupa?»

«Mi è più facile farle degli esempi... Il KGB ci sta ancora cercando per uno scherzetto che abbiamo messo in piedi nel '53. Con documenti falsificati alla perfezione, la nostra Agenzia è riuscita a far cambiare percorso a una certa somma di denaro del governo sovietico...»

«Quanti soldi?»

«L'equivalente di qualche milione di sterline.»

«Siete stati bravi a rimanere vivi in questi quattro anni» disse Bordelli.

«Quel denaro era destinato al pagamento di cinque sommergibili nucleari, e l'Agenzia lo ha dirottato altrove.»

«A chi sono andati?»

«Diciamo... a uno staterello africano bisognoso di affetto» disse lo scienziato, ridendo solo con gli occhi. Diotivede accavallò le gambe.

«Digli di quella volta che avete fatto fessi gli americani» disse.

«Ah sì?» fece Bordelli.

«È stata una bella soddisfazione. Novecento casse di munizioni che invece di arrivare in un posto...»

«...arrivano in uno staterello sudamericano bisognoso di affetto.»

«Vedo che comincia a divertirsi, dottor Bordelli.»

«Me ne racconti un'altra.»

«Be', un paio d'anni fa abbiamo fatto un servizio anche in Svizzera.»

«Questa la voglio sapere...»

«In effetti è stata una faccenda molto impegnativa, ma la soddisfazione non è mancata. Una montagna di soldi sparita nel nulla... ha mai visto singhiozzare un banchiere svizzero?»

«Sto già piangendo.»

«È stata una delle migliori operazioni dell'Agenzia.»

«Mi domando come avete fatto. Derubare un banchiere svizzero è facile come bere un uovo senza bucare il guscio» disse Bordelli, sinceramente curioso. Ciottoli sorrise, si stava rilassando e raccontava volentieri.

«Dalla banca svizzera è partito il finanziamento per un'azienda texana che opera in Cile. I soldi servivano per costruire una fabbrica di armi pesanti. Noi ci siamo messi nel mezzo. Per la banca eravamo l'azienda americana, e per l'azienda eravamo la banca. Un amico fidato a Panama, la corruzione di un paio di persone, e di quei soldi non è rimasto nemmeno l'odore. Non le dico la cifra perché è difficile da pronunciare.»

«Fate sul serio» disse Bordelli, scambiando un'occhiata di vertita con Diotivede.

«Penso proprio che in quei giorni tra la banca e i cow-boys ci siano state telefonate piuttosto confuse. Avrei tanto voluto ascoltarle, ma nella vita non si può avere tutto» concluse Ciottoli, con un sorriso da vero bastardo. Il commissario sbirciò Diotivede con la coda dell'occhio, e vide che anche lui sorrideva.

«E a chi sono andati quegli spiccioli?» chiese.

«FLN algerino. Fa schifo dirlo, ma la libertà costa un sacco di soldi, caro commissario. Molto più di quanto s'immagini.»

«Insomma avete preso per il culo mezzo mondo.»

«Quasi tutto il mondo, ormai» disse lo scienziato, fingendosi offeso.

«Appunto. E allora com'è che adesso avete bisogno di un povero poliziotto solo per fare una capatina a Hong Kong?» fece il commissario. Ciottoli si prese la barba con una mano, e la tirò dolcemente finché non gli scappò dal pugno. Poi ricominciò da capo. La luce nei suoi occhi era cambiata.

«Una cosa triste, dottor Bordelli, molto triste. Stiamo lavorando a un'operazione piuttosto complicata, e tutto quello che riguarda gli spostamenti difficili era nelle mani di uno dei nostri, un turco dal nome impronunciabile che noi chiamiamo Sandokan. È un vero genio in queste cose. Parla correntemente sette lingue, ha agganci in tutto il mondo, e soprattutto è capace di trasformarsi completamente in pochi secondi...»

«Come Fregoli.»

«Più o meno. Doveva raggiungerci qui due settimane fa, ma non è mai arrivato. L'ultima volta che l'ho sentito era in Uruguay, e stava cercando di togliersi dai piedi un paio di agenti dei servizi segreti britannici.»

«Pensa che l'abbiano beccato?»

«Lo sapremo a Hong Kong. Ma se è successo, di Sandokan non troveremo più nemmeno un osso. Nel mondo dei vivi nessuno si preoccuperà mai di sapere che fine ha fatto. Anche lui è solo un'ombra senza nome, e da molti anni non ha mai avuto la stessa identità per più di due mesi. Ma se davvero sono riusciti a prenderlo, da ora in poi la nostra Agenzia deve stare ancora più attenta a come si muove. Se l'Intelligence Service ha catturato Sandokan vuol dire che sono diventati più bravi, e questo sarebbe un grosso fastidio.»

«Perché non aspetta ancora qualche giorno? Magari il suo amico turco arriva.»

«Impossibile aspettare ancora, abbiamo preso un impegno. Ma non possiamo nemmeno rischiare di farci prendere all'aeroporto con quella roba addosso...»

«Quale roba?»

«Diamanti... centinaia di diamanti grossi come noccioli di ciliegia. Vengono dal contrabbando sudafricano. Per metterli insieme c'è voluto parecchio tempo, e sono anche morte molte persone.»

«E voi li dovete portare in gita a Hong Kong.»

«Esatto.»

«Un altro scherzetto dei vostri» disse Bordelli sbirciando Diotivede, che seguiva quella chiacchierata in silenzio. Ciottoli vuotò il bicchiere e si alzò. Riaccese il sigaro a una candela, e si mise a camminare su e giù nella sala buia.

«Da Hong Kong i diamanti dovrebbero riprendere il volo pochi giorni dopo...»

«Per dove?»

«Non saprei, ma la destinazione finale è un paese dell'America Latina.»

«Quale?»

«Questa è l'unica cosa che non posso dirle, e credo che possa capirmi. Ma se tutto va bene, fra un anno o due lo saprà dalla televisione e dai giornali.»

«A cosa serviranno me lo può dire?»

«Non se lo immagina?»

«Sì, ma preferisco sentirlo dire da lei.»

«Be'... a finanziare un'insurrezione armata.»

«Davide contro Golia.»

«Come sempre» bisbigliò Diotivede. Lo scienziato fece una smorfia.

«So bene che alcuni di quei diamanti spariranno durante il viaggio e finiranno in mani sbagliate. Il mondo è pieno di persone avide e senza ideali. Ma il grosso arriverà dove deve arrivare... sempre che noi riusciamo ad atterrare in tempo a Hong Kong» disse fissando Bordelli.

«Perché non pagate un diplomatico? Alcuni di loro fanno spesso questi servizi» disse il commissario. Ciottoli scosse la testa.

«Troppo costoso e troppo rischioso. Per questo genere di servizi quei signori chiedono più del cinquanta per cento, e prima o poi cercano di sfruttare quello che hanno saputo.»

«Come mai siete finiti proprio a Firenze?»

«Il percorso dei diamanti è stato fissato da tempo. Per sicurezza è stato diviso in tappe, ognuna delle quali è stata affidata a un gruppo diverso. Organizzazioni politiche clandestine, frange autonome dei servizi segreti, e così via. Chi si occupa di un segmento del viaggio non sa nulla degli altri spostamenti.»

«Ingegnoso.»

«Forse da Hong Kong i diamanti torneranno in Europa, poi magari passeranno dall'Asia Minore o dal Giappone... è addirittura possibile si fermino di nuovo qui a Firenze, per poi ripartire verso il Libano o la Scandinavia... forse passando dalla Turchia...»

«A che scopo?»

«Per seguire una lunga scia confusa ci vuole molto più tempo, e per noi il tempo è più prezioso di quei diamanti.»

«E qui entra in ballo il commissario» disse Bordelli. Lo scienziato allargò le braccia.

«Ho chiesto aiuto a un mio vecchio amico, e lui ha indicato il commissario Franco Bordelli come l'unica persona in città di cui si fida ciecamente» disse lo scienziato, lanciando un'occhiata a Diotivede.

«Sono commosso» disse Bordelli, voltandosi verso il medico.

«Sei troppo sensibile, non è nulla di che» fece Diotivede, piegando appena le labbra per simulare un sorriso. Ciottoli si avvicinò trascinandosi dietro una scia di fumo.

«Con Peppino ci conosciamo dai tempi della scuola, e da ragazzi...»

«Chi è Peppino?» lo interruppe Bordelli.

«Lui» disse Ciottoli.

«Io» disse Diotivede. Rimasero tutti e tre in silenzio per qualche secondo, senza un vero motivo. Poi Ciottoli si rimise a sedere.

«Abbiamo fatto un sacco di coglionate insieme... il primo sigaro, la prima sbronza...»

«Accidenti, ci si potrebbe scrivere un romanzo» disse Bordelli.

«Se dici sempre cose intelligenti mi farai venire un complesso» disse Diotivede, con un luccichio cattivo negli occhi. Il commissario lo lasciò perdere e guardò Ciottoli.

«Insomma è stato... il qui presente Peppino che le ha consigliato di chiamare il commissario Bordelli, il genio della fuga.»

«Mi ha semplicemente detto che si fida di lei fino al punto che... che le lascerebbe in custodia i propri testicoli, tutti e due» disse lo scienziato, mordendo il sigaro con soddisfazione. Bordelli si voltò verso il medico e lo fissò.

«Gli hai detto davvero così, Peppino?»

«Basta con questo Peppino» disse Diotivede.

«Sono proprio parole tue?»

«È solo un modo di dire, non devi illuderti che lo farò sul serio.»

«Sono solo stupito, non ti credevo capace di un'immagine così delicata.»

«Spero che non me la ruberai per il tuo prossimo sonetto» disse Diotivede. Prima che il commissario potesse replicare, Ciottoli fece un bel colpo di tosse e richiamò l'attenzione dei due ragazzini.

«Scusate, ma il tempo stringe» disse, chiudendo un pugno.

«Era rimasto alle sbornie» fece Bordelli, accendendo una sigaretta. Ciottoli annuì e versò ancora porto nei bicchieri.

«Erano diversi anni che non vedevo Peppino. Gli mandavo una cartolina ogni tanto, battuta a macchina e senza firma, e sempre il giorno prima di andarmene da qualche posto. Così, solo per fargli sapere che ero ancora vivo. Un paio di settimane fa sono andato a trovarlo, di notte. Era come se lo avessi visto il giorno prima. Gli ho spiegato la situazione, e lui ha capito molto chiaramente in che situazione difficile si trovava l'Agenzia. Gli ho parlato di Hong Kong e si è offerto di aiutarci...»

«Ho capito. Peppino le ha proposto sette casse da morto e lei gli ha subito chiesto se conosceva qualcun altro che potesse occuparsi della faccenda...»

«Io tratto solo cadaveri, dovresti saperlo» disse Diotivede, impassibile. Ciottoli mandò giù un sorso di porto facendo un rumore di gola, poi tirò forte dal sigaro cubano.

«Dottor Bordelli, veniamo al dunque» disse strizzando gli occhi.

«Certo, veniamo al dunque: lei sta chiedendo a un commissario di polizia di aiutarla a trafugare un paio di chili di diamanti a Hong Kong.»

«Sono convinto che lei sia un poliziotto intelligente, in grado di capire che a seconda delle situazioni la stessa regola può essere giusta o sbagliata. Non è da tutti saper guardare le cose dall'alto, nell'insieme.»

«Io credo che anche la Ragion di Stato debba avere un limite» fece Bordelli.

«La Legge è uguale per tutti se tutti sono uguali, commissa-

rio. Fuori da questo principio si entra nel regno del sopruso»
disse Ciottoli, con la faccia scura.

«Sono curioso di sapere il seguito.»

«Caro Bordelli, girando il mondo si capiscono molte cose,
ma una soprattutto salta agli occhi, grossa come una casa. È
un'enorme banalità, ma voglio dirla lo stesso: l'intelligenza del-
l'uomo è al servizio della bestia che non ha mai smesso di essere.»

«È facile essere d'accordo» fece il commissario. Diotivede
aveva l'aria divertita. Lo scienziato si alzò di nuovo, riaccese ancora una volta il sigaro alla fiamma di un cero e soffiò il fumo
verso l'alto, poi si piazzò davanti a Bordelli.

«Il mondo produce tonnellate di escrementi, caro commissario. È inutile cercare di spalarli. Li puoi buttare lontano
quanto vuoi, ma prima o poi ci ricammini sopra. È la produzio-
ne di sterco che andrebbe fermata. Ma questo non si può fare,
perché se c'è chi mangia stai sicuro che lo sterco arriva... e allora ci si rassegna a spalarlo a destra e a sinistra, cercando di metterlo nel posto meno sbagliato.»

«E qui intervenite voi, con le vostre pale dorate...»

«Facciamo del nostro meglio, caro Bordelli, ma l'odore che
ci rimane addosso non è Chanel numero cinque.»

«Perché non vende cinquanta di quei diamanti e non si
compra un'isola nel Pacifico?» lo provocò il commissario.
Ciottoli scosse il capo.

«Morirei di noia. Sono un uomo d'azione, e nonostante gli
spostamenti sto ancora mandando avanti le mie ricerche.»

«Che genere di ricerche?» chiese Bordelli. Lo scienziato dilatò gli occhi soddisfatto, come se non aspettasse altro che
quella domanda.

«In questi ultimi anni mi sono concentrato sull'acqua. Conto in breve tempo di riuscire a muovere un motore a scoppio
con l'acqua del rubinetto, o quasi. Ma soprattutto sto cercando
di produrre acqua potabile e organoletticamente gradevole...
ehm... dall'urina umana, e possibilmente anche da quella animale.»

«E come mai?» disse il commissario, incredulo. Ciottoli fece un sospiro, come se la risposta fosse ovvia.

«Lei non ci crederà, dottor Bordelli, ma tra qualche decennio l'acqua diventerà un bene raro.»

«Non è meglio provare a togliere il sale all'acqua di mare?»

«Questo si può già fare, ma il processo di dissalinazione costa cifre inavvicinabili. Io voglio scoprire un procedimento a bassissimo costo, e la trasformazione dell'urina è la via giusta. Anche la NASA sta lavorando a un progetto simile, per facilitare la spedizione di uomini nello spazio. Ma per loro i costi di trasformazione e la qualità dell'acqua non sono un problema. Io miro a qualcosa che possa essere alla portata di tutti... una ricetta popolare» disse Ciottoli con gli occhi tondi. Sembrava molto convinto.

«Sì, ma... com'è possibile che l'acqua finisca?» chiese il commissario, perplesso.

«L'acqua non finirà. Saranno l'inquinamento e l'espansione incontrollata delle città a renderla inutilizzabile.»

«Come fa a esserne sicuro?»

«Il vero compito degli scienziati è vedere il futuro.»

«Forse lo immaginate soltanto.»

«No commissario, noi il futuro lo vediamo. Facciamo calcoli precisi, esaminiamo elementi che nessun altro considera. La gente normale pensa a sopravvivere, gli intellettuali parlano di cose importanti ma immateriali, i politici sono buoni solo per prendere provvedimenti di emergenza, e unicamente per guadagnare voti. Agli escrementi ci dobbiamo pensare noi scienziati. È il nostro vero compito, anche se lo chiamano in molti altri modi. Nessuno si preoccupa delle schifezze che stiamo spargendo sul mondo, addirittura nell'aria. Tutti sono convinti che i gas salgano verso la stratosfera e si dissolvano. ma non è così.»

«Ah no?» fece Bordelli.

«Resta tutto lassù, e nessuno ci pensa. Il Capitale non sa fare altro che rapinare il presente, la lungimiranza non rientra nei suoi disegni. Il denaro investito deve essere moltiplicato in fretta, e non importa se i sottoprodotti del profitto sono la malattia, la miseria e la schiavitù. Pagheremo molto cara la nostra idiozia.»

«Sembra un anatema» fece Bordelli.

«È qualcosa di simile, mi creda. Ma la colpa è solo nostra»

disse Ciottoli. Il commissario lanciò un'occhiata a Diotivede, e gli sembrò di vederlo sonnecchiare. Il medico se ne accorse e lo guardò.

«Mi riposo gli occhi» disse. Ciottoli ricominciò a tirarsi la barba, nervoso.

«Deve aiutarci a partire, commissario. Quei diamanti servono a produrre una scintilla di libertà che potrebbe propagarsi. È arrivato il momento di cambiare le cose. Sa cosa dicono certi teologi sudamericani? Che gli oppressi sono colpevoli quanto gli oppressori. Dio ci ha creati liberi, se siamo schiavi abbiamo il dovere morale di liberarci... e chi non lo fa è in peccato mortale.»

«Chissà il Papa come ci rimane male.»

«Adesso sa tutto, commissario... a parte piccoli dettagli che non posso proprio dirle.»

«Capisco.»

«Possiamo contare su di lei o no?» disse Ciottoli, impaziente. Il commissario si voltò con calma verso Diotivede.

«Perché non mi hai raccontato subito come stavano le cose?» disse. Il medico arricciò le labbra.

«Non volevo che ti sentissi in dovere di fare qualcosa solo perché te lo chiedevo io. In un casino del genere ti ci dovevi infilare liberamente, non volevo influenzarti. È stata solo delicatezza» disse.

«Dovevi fare il democristiano» fece Bordelli.

«Commissario, ora che ha saputo come stanno le cose deve dirmi cosa intende fare» disse Ciottoli, ondeggiando sulla poltrona. Bordelli guardò ancora una volta il medico legale.

«Ti vorrei fare una domanda, Diotivede. Ma la tua risposta la prenderò come un giuramento. Posso fidarmi di Umberto Ciottoli?» disse accennando allo scienziato.

«Come di me stesso» fece il medico, tranquillo.

«Parola di Peppino?»

«Vaffanculo» borbottò Diotivede.

«Andiamo al sodo» disse Ciottoli. Il commissario alzò una mano.

«Ancora un attimo di pazienza. Prima vorrei conoscere i suoi amici» disse.

«Nessun problema commissario, sono ragazzi a posto.» Ciottoli andò fino alla porta e sparì nell'altra stanza. Tornò dopo un minuto seguito da sei ombre.

«Eccoci qua» disse Ciottoli. I sei uomini si misero in fila. Erano esemplari umani molto diversi tra loro. Soltanto lo sguardo aveva la stessa intensità disperata. Il commissario riconobbe le tre persone che aveva già visto.

«Glieli presento» disse lo scienziato. Indicò il primo, che sembrava il più giovane. Magro, capelli neri, le ossa della faccia ricoperte appena di pelle.

«Lui è Karl Bormann. Prima che me lo chieda le confermo che è un lontano nipote del noto nazista. È un grande studioso di microbiologia. Vive nascosto dal '51 per colpa di una falsa accusa di omicidio. A Berlino, nella casa accanto alla sua hanno trovato un ebreo morto ammazzato, e tutti hanno urlato il suo nome.»

«Come fa a essere sicuro che non sia stato proprio lui?» chiese Bordelli.

«Perché lo so.»

«Io non ucciso ebrei» disse Bormann.

«Assolto» disse Bordelli, e accennò in aria un segno della croce. Lo scienziato tirò forte dal sigaro e continuò le presentazioni. Dette una pacca sulla schiena al secondo della fila. Era un bel vecchio, con gli occhi ironici e la testa grossa. Il commissario lo aveva già visto.

«Tullio Demenzi, classe '88. In offesa al suo cognome è uno degli uomini più intelligenti che conosco. Quando ci siamo conosciuti era ricercato dal KGB per aver sottratto documenti dagli uffici governativi sovietici. Se li porta ancora dietro, e se lo prendono lo mandano vivo alla facoltà di anatomia.»

«Che tipo di documenti ha rubato?» chiese il commissario a Tullio. Lui si mosse sulle gambe, nervoso.

«Prove sull'esistenza di galere disumane, di torture su prigionieri politici e di uccisioni sommarie» disse, con una voce da basso.

«Roba grossa. Cosa ne farete?» chiese il commissario a Ciottoli.

«Al momento giusto li divulgheremo, le armi vanno sapute

usare» disse Ciottoli. Poi puntò il dito verso il terzo. Magro e alto, tutto nervi, gli occhi sempre in movimento. Bordelli aveva già visto anche lui, era quello che puzzava come il culo di un leone. Ma quella sera era profumato.

«Manuel Smorlesi, madre spagnola. Ex poliziotto a Palermo. Nel '52 ha dovuto fare fagotto perché ha scoperto dei legami tra politici di governo e Cosa Nostra...»

«Quale governo?»

«Il nostro, commissario.»

«Sono accuse gravi. Avete le prove?» disse Bordelli. Manuel mandava lampi dagli occhi.

«Non ha importanza, tanto non arriverei nemmeno alla soglia della procura» disse. Il commissario non si sentì di replicare. Ciottoli buttò il fumo dal naso e si avvicinò al quarto. Cinquant'anni, anche lui alto e asciutto. Un bel fisico e l'aria da Casanova.

«Carmine Stracuzzi. Biologo. Non è un vero e proprio ricercato... posso dirglielo, Carmine?»

«Certo.»

«Dodici anni fa sposò una donna ricca e noiosa che lo portava alle feste mondane, lo obbligava a giocare a canasta e voleva fargli mettere sempre la cravatta. Undici anni fa è scappato di casa e non è più tornato.»

«Lo capisco» commentò Bordelli, accendendo un'altra sigaretta. Cominciava a sentirsi un po' strano, chiuso là dentro a guardare quella gente al lume delle candele. Diotivede invece si divertiva come un bambino davanti ai cartoni animati, o almeno così sembrava dalla sua faccia.

Il quinto uomo era quello basso e tozzo che si era affacciato poco prima. Onde di grasso gli uscivano fuori dal colletto della camicia. Aveva le orecchie arrotolate, e lo sguardo di chi ha appena tagliato a pezzi qualcuno senza nessun pentimento. Ciottoli gli appoggiò una mano dietro il collo.

«Questo pachiderma si chiama Giove Sbrana. Per anni ha girato l'Italia liberando gli animali dello zoo, e quando lo hanno preso è finito dritto in manicomio. Ma non è per questo motivo che si nasconde... vuoi dirglielo tu, Giove?» Il grassone annuì.

o. Il vento si era calmato, e dalle persiane non filtrava ancora
a luce del sole. Dalla strada arrivava il rumore dei carretti che
ndavano al mercato di piazza Tasso, tirati a mano.

Non si alzò subito. Rimase a letto senza accendere la luce. Si
cordò del sogno, e sentì una leggera delusione al pensiero di
on saper volare. Ma la sensazione di averlo fatto non se la sa-
bbe mai dimenticata. Nei sogni poteva fare cose che nella vita
sciente erano impossibili. Come quando sognò di avere la vi-
a circolare o di essere due persone contemporaneamente...
i dietro tutti questi pensieri emerse come sempre il viso di
osaria, bella come la luna... Rosaria che non avrebbe mai te-
onato. Dalle persiane cominciò a entrare il chiarore dell'al-
. Si sentivano accendere Lambrette e Vespe, e anche qualche
T. Bordelli si alzò e andò a fare una doccia, poi entrò in cuci-
. Era sporca, e i mobili erano vecchi. Cecilia glielo diceva
mpre che quella cucina faceva schifo. Forse era per quello
e se n'era andata, pensò con un sorriso. Poi si domandò cosa
rebbe detto Rosaria di quella cucina sudicia, e smise di sorri-
e. Mise il caffè sul fuoco e andò a vestirsi.

Dieci minuti dopo scese le scale e uscì in strada. Girò l'ango-
i piazza Piattellina e s'incamminò con calma verso il Carmi-
. Dopo qualche minuto attraversò via Maggio e voltò in via
azza. Nell'aria stagnava un forte odore di cesso pubblico.
nse un portone e s'infilò in un palazzo di pietra scura. L'in-
sso era buio. Trovò l'interruttore e sulle scale si accese una
e gialla. Salì al mezzanino. Bussò a una porta, aspettò trenta
ondi poi bussò più forte. Sentì un lamento, dei passi stanchi,
porta si aprì. Si affacciò un uomo assonnato sui quarant'an-
magro e piccolo, senza capelli, il naso gonfio con i capillari
piati.

Commissario...» disse rauco, strusciandosi una mano sugli
i.

Scusa l'ora, Romolo. Dormivi?»

Vuole passare?»

Solo un minuto, ti devo chiedere un favore» disse il com-
ario entrando in casa. Romolo chiuse la porta e Bordelli
ò un'occhiata circolare alla stanza, che conosceva bene.
avolo con quattro sedie, una lampadina, un fornello a gas,

«Una decina di anni fa ho fatto... una cosa che non è piaciuta troppo a qualcuno... e allora ho dovuto...» Ciottoli alzò una
mano per fermarlo.

«Lascia fare a me Giove, non sei bravo a raccontare. Insomma
commissario, un bel giorno il nostro Giove Sbrana, sfrut-
tando una notevole somiglianza con il senatore Spadoni, è riuscito a spacciarsi per lui e a partecipare a un'importante riunione della massoneria. Durante i rituali iniziatici per accogliere
un nuovo membro, si è assentato dicendo che doveva correre
urgentemente al bagno, e invece è andato dritto fino al guarda-
roba. Ha rubato tutto quello che poteva e se n'è andato in Mes-
sico. Se lo prendono lo mettono in ginocchio sul granturco, e
siccome lui non vuole, da quella notte ha pensato bene di riti-
rarsi a vita privata» concluse lo scienziato.

«Be', se avesse infilato un dito nel sedere a Frank Costello vi-
vrebbe più tranquillo» disse il commissario. Poi guardò Giove.

«Lei cosa fa di preciso nell'Agenzia?» gli chiese.

«Corrispondenza e archivi» disse Giove. Lo scienziato decise di intervenire di nuovo.

«Se l'Agenzia deve scrivere una lettera è lui che la scrive, e i
nostri archivi portatili farebbero invidia alla Banca d'Italia, ma
non è tutto. Giove sta scrivendo la storia dell'Agenzia, una
puntigliosa e veritiera storia della nostra Agenzia... per i poste-
ri, capisce Bordelli?»

«Ammirevole.»

«So bene che lei sarebbe il primo a leggere quella roba,
commissario.»

«Certamente» ammise Bordelli. Lo scienziato fece un passo
avanti e mise una mano sulla spalla all'ultimo dei suoi compagni, un uomo piccolo e massiccio come un bulldog che sembrava il più vecchio di tutti. Aveva la faccia piena di peli come
quella di un barbone, e teneva lo sguardo fisso sui due sconosciuti.

«Le presento Mario, non ci ha mai detto il suo cognome e
noi non glielo chiediamo. È il tecnico dell'Agenzia, sa modifica-
re o sabotare qualunque impianto meccanico, idraulico, telefo-
nico, elettrico o elettronico, e sa anche cucinare. È da molti anni che si nasconde, molti più di tutti noi. Nel '38 a Frosinone

sparò nei testicoli a un ragazzo che aveva picchiato e violentato la sua sorellina di tredici anni. Il ragazzo era il figlio di un gerarca fascista, che ovviamente giurò di fare a Mario lo stesso servizio. Poi ci fu la guerra, la confusione e tutto il resto. Ma dopo l'amnistia del '46 il gerarca è diventato procuratore della Repubblica, e siamo venuti a sapere che sta ancora cercando l'uomo che ha castrato suo figlio. Bene commissario, ora sa con chi ha a che fare... è con noi o no?» disse Ciottoli, sbrigativo. Il commissario si alzò indolenzito dalla poltrona puzzolente, infilò le mani in tasca e rimase per un po' a guardare Diotivede. Il medico aveva sulle labbra un sorrisino di marmo che Bordelli conosceva bene, ce l'aveva quando pensava qualcosa che non avrebbe mai detto.

Gli uomini dell'Agenzia fissavano il commissario aspettando una risposta. Ciottoli cercava di simulare tranquillità, e si attaccò al mozzicone del sigaro. Il commissario scosse la testa e a passi lenti andò fino in fondo alla sala. Si fermò a pensare nella penombra, di spalle a tutti, poi tornò indietro. Diotivede aveva staccato la schiena dalla spalliera e lo guardava, senza più sorridere. Bordelli si fermò e cercò lo sguardo di Ciottoli.

«Va bene, ci sto» disse.

Quella notte, disteso nel letto, Bordelli si sentiva strano. Uscendo da quella villa quasi vuota e illuminata dalle candele, gli era sembrato di uscire da un mondo ultraterreno, e quella sensazione gli era rimasta addosso.

Dopo l'incontro con Ciottoli e compagni aveva accompagnato Diotivede a casa sua, in via dell'Erta Canina, poi era andato alla trattoria Da Cesare. Aveva mangiato come al solito nella cucina di Totò, il cuoco pugliese, e chiacchierando con lui aveva bevuto diverse grappe. Avevano anche parlato degli Sputnik e dell'Europa Unita. Se n'era andato verso mezzanotte, e montando sulla Seicento aveva pensato che magari poteva fare un salto da Rosa, poi aveva cambiato idea. Quella sera preferiva stare da solo, senza un vero motivo.

Schiacciò l'ultima sigaretta, spense la luce e si girò su un fianco. Si era infilato in un bel casino, e adesso doveva venirne

fuori. Il vento forte fischiava sopra i tetti, e ogni tanto il rumore di una tegola che si spostava. Nella strada ubriaco sopra una bicicletta cigolante, cantando a voc vecchia canzone di Spadaro, arrivò in fondo alla strad na voltò l'angolo di borgo San Frediano la sua voce il fischio del vento. Bordelli non riusciva a dormire. S l'altro fianco e si mise a fissare il buio. In quel mome conto che non aveva smesso un secondo di pensare Sentiva ancora nelle orecchie la sua voce squillar quel corpicino sottile stretto dentro il cappotto... e di immaginarsi il viso di Cecilia vedeva un ovale vuo saria non avrebbe mai telefonato, era stata solo la va nile a fermarla su quel marciapiede per qualche mi na lui se n'era andato lei aveva di certo dimenticat come si dimentica una faccia che si è guardata senz Ma a lui quelle due parole scambiate con la bella R no fatto bene. Ora sapeva che non avrebbe più tel cilia. Era libero di ricominciare a cercare.

Sentì calare le palpebre, il sonno stava arriva soffiava ancora più forte. Sua mamma gli aveva che lui era nato all'una di notte, durante una tem che sembrava dovesse strappare gli alberi. Forse che gli piaceva sentire il rumore della tempesta.

La campana del Carmine suonò le due. Bord per addormentarsi, e a un tratto tirò su la testa. tocchi gli avevano fatto venire in mente un pian di Ciottoli. Si sdraiò faccia al soffitto con le man e cominciò subito a mettere a punto i dettagli. dendo gusto.

Si addormentò di colpo, poco prima che la se le tre. Non era riuscito a sistemare ogni par piano, anche se era già a buon punto.

Quella notte sognò di volare sopra la camp con le ginocchia le punte degli olivi. Cecilia co chiamava, gli urlava qualcosa, ma lui non asc braccia aperte come un uccello e si godeva que veto...

La mattina dopo aprì gli occhi e si sentì p

uno scaffale per le pentole, una radio di legno con il vetro giallo e i nomi delle città di tutto il mondo.

« Mi dica, commissario » fece Romolo, sbadigliando.

« Devo trovare entro domani otto tonache da frate » disse Bordelli a voce bassa.

« Ho capito bene? »

« Che ho detto di strano? » minimizzò Bordelli.

« Scusi, ma a che cazzo le servono otto divise da frate? » sussurrò Romolo, con gli occhi piccini.

« Romolo, ti ho mai chiesto da dove vengono le sigarette che hai sotto il letto? »

« Vuole una stecca di Chesterfield? »

« Fumo solo Nazionali, Romolo. Parliamo di quelle tonache, mi servono per domani... e nessuno deve saperne nulla. »

« Non è facile, ma ci posso provare » disse Romolo, con un'alzata di spalle. Il commissario tirò fuori duemila lire.

« Ce la devi fare. Ti aspetto domani sera a casa mia, dopo cena » disse, passando le banconote a Romolo.

« Ce la metterò tutta, commissario. »

« E quel famoso chiosco che volevi aprire? »

« Non è facile, però c'è un amico che mi aiuterebbe. »

« Lo conosco? »

« È il Noce... ha detto che mi dà una mano. »

« Stai attento a cosa fa con l'altra, Romolo. »

« A me sembra un tipo a posto. »

« Non è cattivo, ma non ce lo vedo a fare beneficenza. »

« Ci starò attento. »

« A domani » disse Bordelli. Lo salutò con un cenno e se ne andò. Di solito quel figlio di puttana di Romolo riusciva a trovare qualsiasi cosa. La sua intelligenza era la fame. Anche la sete a dire il vero, visto che cominciava a bere vino la mattina appena sveglio.

Il commissario tornò verso casa. Partì con la Seicento e voltò in borgo San Frediano. Andò tutto dritto e attraversò l'Arno sul Ponte alle Grazie. Parcheggiò vicino alla Biblioteca Nazionale, e scese. Sentiva che non doveva fare quella cosa, ma non riusciva a fermarsi. Attraversò la piazza e salì i gradini della Biblioteca. Spinse appena la porta per sbirciare dentro. C'era già un bel po' di gente. Si alzò il bavero dell'impermeabile e s'infilò nell'atrio, rimanendo di spalle al bancone. Gli venne in mente Humphrey Bogart in *Casablanca*, e arrossì di vergogna. Pensò a tutte le cazzate che aveva fatto per le donne, e provò simpatia per se stesso. Era sempre andata così, le donne lo facevano ammattire. Lo facevano sognare. Quando una donna s'innamorava di lui poteva illudersi di essere più bello, in tutti i sensi. E il primo bacio era sempre una grande sorpresa...

Si voltò lentamente, e vide Rosaria. Stava parlando con un ragazzo. Sorrideva. Era bellissima. I capelli neri legati dietro la nuca. Aveva un vestito blu marina, e i suoi occhi erano due luci accese. Stava consultando un registro... poi fece un piccolo movimento con la testa, verso destra... si ravviò i capelli con la mano sinistra... sbatté le ciglia tre volte...

Bordelli capì che si era bevuto il cervello e uscì dalla Biblioteca. Se ne andò a passo svelto verso la macchina, pensando che doveva metterci un pietrone sopra. Rosaria. Forse non era nemmeno quello il suo nome, ne aveva inventato uno a caso. Comunque non sarebbe più tornato a cercarla. Salì sulla Seicento e chiuse la portiera. Si pigiò forte gli occhi con le dita. Magari si sbagliava. C'era di mezzo il destino. La faccenda di Ciottoli era servita a fargli conoscere quella ragazza... un meccanismo complesso per dar modo a due persone di trovarsi. Fece un bel respiro e mise in moto. Era sempre stato così fino da bambino. Doveva arrivare in fondo a ogni pensiero, anche il più imbecille.

Romolo arrivò la sera dopo verso le nove e mezzo, con una grande valigia. Bordelli lo fece entrare e chiuse la porta. Il contrabbandiere aveva il fiatone per via delle scale.

« Trovate, commissario. Non è stato facile. »

« Otto? »

« Otto, di varie misure. »

« Perfetto » disse Bordelli, passando a Romolo altre mille lire.

« Grazie commissario » disse lui, e le fece sparire nella mano.

« Non te li bere tutti, Romolo. »

« Quando mai? »

«Ci vediamo, grazie ancora.»

«Quando ha bisogno, commissario...»

«Ciao.» Romolo se ne andò e Bordelli trascinò la valigia nel soggiorno. L'aprì per controllare le tonache. Sembravano a posto. Erano bianche e nere, da domenicani. Richiuse la valigia e uscì di casa. Aveva voglia di fare due passi. Era sabato. Nonostante il freddo c'era un bel po' di gente in giro. Attraversò il ponte Santa Trinita e arrivò fino a piazza della Repubblica. Al Gambrinus davano *Sfida all'O.K. Corral*, con Kirk Douglas e Burt Lancaster. Molti colleghi lo avevano già visto, e qualche giorno prima Bordelli aveva beccato due agenti che simulavano un duello nel cortile di via Zara. Pagò il biglietto e si piazzò in galleria.

Era un bel film, semplice e coinvolgente. La vendetta aveva sempre qualcosa di affascinante. Durante il duello finale fumò due sigarette di fila, ripensando alle pallottole naziste che aveva sentito fischiare sopra la testa, non molti anni prima.

Il film finì e si accesero le luci. Bordelli aspettò che se ne andasse un po' di gente, poi uscì dal cinema mugolando di naso la canzone della colonna sonora. Aveva voglia di bere qualcosa. Attraversò la piazza e andò al bar delle Giubbe Rosse. Nella saletta interna c'erano dei tipi che discutevano, in mezzo a una nuvola di fumo. Bordelli si mise a sedere a uno dei tavolini di fronte al banco, e ordinò un cognac. Cercò di riordinare le idee. Rosaria se la doveva scordare, e anche Cecilia. Di donne era pieno il mondo... lui non era un uomo solo, era un lupo in mezzo a un branco di pecore. Poi si voltò e si vide in uno specchio. Il vento gli aveva scompigliato i capelli, e si passò le mani sulla testa per rimetterli a posto. Lasciò perdere le pecore e cercò di concentrarsi su Hong Kong. Innanzitutto doveva trovare un furgoncino a otto posti, e non poteva certo comprarlo. Gli vennero in mente le suore. Quando vedeva una FIAT Multipla o un pulmino Volkswagen, nove su dieci dentro c'erano delle suore. Poteva provare all'Istituto di via Ponte alle Riffe. Era un edificio piuttosto grande, non potevano non aver bisogno di un pulmino. Qualche anno prima durante un'indagine aveva conosciuto la superiora, una donna grassa, per niente gentile, con i baffi quasi da uomo. Ma non avrebbe chiesto a lei.

Aveva anche parlato con un'altra, una suora magra e svelta, con gli occhi buoni e la faccia sempre spaventata come se avesse appena sentito uno sparo. Suor... suor... suor Matilde, o forse suor Camilla. Sì, avrebbe chiesto di lei. Il furgone in prestito per un giorno, in cambio di un'offerta per l'Istituto. La scusa l'avrebbe trovata sul momento, se ce ne fosse stato bisogno. Poi doveva comprare sette biglietti d'aereo per Casablanca. Una volta arrivati in quella città, i sette domenicani avrebbero trovato di sicuro il modo di volare fino a Hong Kong senza dover dare troppe spiegazioni. Servivano solo i soldi.

Mentre tracciava nella mente il percorso per arrivare sulla Cassia entrò un gruppo di persone. Con la coda dell'occhio vide una figura che si avvicinava al suo tavolo, e alzò lo sguardo.

«Franco, sei proprio tu?» disse la donna, con un tono dolce.

«Ciao Iolanda» fece Bordelli, alzandosi. Si sentiva un po' in imbarazzo. Tre o quattro anni prima erano stati insieme per qualche mese, poi non l'aveva più vista. Non era stata una relazione tranquilla, ma non si ricordava bene com'era andata a finire. Porse la mano a Iolanda, ma lei lo tirò a sé e lo baciò sulla guancia.

«Mi fa piacere vederti» disse, carezzandogli un orecchio. Era molto bella. Aveva anche partecipato a Miss Italia, nel '51, ed era stata una delle poche a indossare il costume in due pezzi. Bordelli fece un passo indietro, per ammirare il suo tailleur rosa pallido con delle sottili righe nere verticali

«Sei bellissima» disse.

«Sei sempre il solito, vuoi farmi arrossire...»

«È la verità. Insomma come stai?»

«Bene. Sono con degli amici... tu sei solo?»

«No... cioè... sono stato al cinema...»

«Perché non vieni con noi? Andiamo da Oliviero a ballare» disse lei.

«Oliviero? Ma non è al Cinquale?»

«E allora? In un'ora e mezzo ci siamo. E se vieni tu possiamo andare più veloci, tanto se ci ferma la polizia...» disse Iolanda con le fossette ai lati della bocca. I suoi amici la stavano chiamando, e lei sventolò una mano per dire che arrivava subito.

«A dire il vero sono un po' stanco» disse Bordelli, guardando quei figli di papà con i cappotti di cammello e le ragazze colorate che saltellavano sui tacchi.

«Dai vieni, ci divertiamo» disse Iolanda, con un sorriso invitante.

«Sono già le undici e mezzo...»

«Fallo per me» insisté lei, imbronciata. Bordelli immaginò la scena. Locale semibuio con i tavolini tondi, camerieri in frac, un palco, cinque musicisti in cravatta mal pagati e sudati che cantano le canzoni di Fred Buscaglione e di Carosone, e magari anche di Elvis Presley... alcol, sigarette, chiacchiere, risate, sigarette, pettegolezzi, litigi, alcol... poi magari una corsa in macchina sul lungomare. Preferiva fare due passi in un cimitero.

«Grazie Iolanda, ma a dire il vero... ho un appuntamento.»

«Ah, c'è di mezzo una donna» fece lei, gelosa.

«A volte succede.»

«Passa una bella notte» disse Iolanda, con una luce delusa negli occhi. Era una brava attrice. Si avvicinò a Bordelli e gli dette un bacio sulla guancia, sfiorandogli il labbro. Poi se ne andò muovendo i fianchi. Uscì dal bar con i suoi amici, e Bordelli sentì tutto il gruppetto che rideva forte. Forse stavano prendendo in giro il poliziotto. Era davvero bella, Iolanda. Solo che aveva la fissazione di fare innamorare ogni uomo che si trovava davanti. Era una specie di complesso, cercava sempre di lasciare dietro di sé una scia di desiderio. Ma era meglio non crederci.

Finì con calma il suo cognac, ne bevve anche un altro, poi s'incamminò verso casa. La mattina dopo doveva fare un salto dalle suore di via Ponte alle Riffe, e lunedì avrebbe comprato i biglietti per Casablanca in qualche agenzia del centro. Imboccò il ponte Santa Trinita. Quando arrivò di là d'Arno sentì un lontano suono di passi alle sue spalle. Qualcuno stava camminando dietro di lui, a una trentina di metri. Due sicari del KGB, pensò ridendo. Stava giocando alle spie, e si divertiva un sacco. Poi considerò la cosa in modo più serio, e tese le orecchie. I passi dietro di lui continuavano regolari. Fece finta di nulla, ma invece di voltare in via di Santo Spirito tirò dritto in via Maggio. Non c'era nessun altro in giro. All'altezza di via De' Michelozzi si fermò ad accendere una sigaretta, e sbirciò la strada dietro le sue spalle. Due tipi camminavano sullo stesso marciapiede nella sua direzione, alti uguali, con il cappello in testa, e non sembravano parlare fra di loro. Il commissario sentì un brivido nella schiena, come quando andava di pattuglia sulle colline in tempo di guerra. Ricominciò a camminare. Con movimenti minimi prese la pistola dalla fondina e se la infilò in tasca, tenendola stretta in mano, poi si voltò di scatto e con passo sicuro andò incontro ai due uomini, fissandoli con attenzione. Non gli sembrò di vedere nessuna reazione particolare, nemmeno un'incertezza del passo. Quando li incrociò sul marciapiede i due gli lanciarono un'occhiata distratta e si scansarono per lasciarlo passare. Erano due ragazzi sui vent'anni con l'aria stanca, vestiti eleganti, e a giudicare dalla faccia dovevano essere fratelli. Bordelli si fermò e si voltò a guardarli mentre si allontanavano. Li vide entrare in un palazzo antico, e sentì il tonfo del portone che si richiudeva. Rimise la pistola nella fondina con un sospiro e cercò di rilassarsi. Per colpa di Hong Kong stava diventando nervoso... era riuscito a trasformare in spie del KGB due ragazzini stanchi. Si avviò verso casa, pensando che quella storia dei diamanti per la rivoluzione gli stava mettendo addosso una tensione che preferiva eliminare in fretta. Era meglio darsi una calmata. Ma soprattutto doveva far partire al più presto quei sette domenicani.

La mattina presto prese un caffè in fretta e uscì di casa. A giudicare dalla luce la giornata prometteva bene. Il quartiere era già in movimento. Montò sulla Seicento diretto alle Cure. Attraversò il centro. Dopo una decina di minuti parcheggiò in via del Ponte alle Riffe, davanti all'istituto di suore. Suonò il campanello, e dietro il portone sentì un trillo acuto che lasciò nell'aria un'eco da chiesa. Passò quasi un minuto. Poi si aprì uno spioncino e apparve un occhio

«Chi è?»

«Sono il commissario Bordelli, vorrei parlare con suor Camilla per favore.»

«Come ha detto?» disse l'occhio.

«Commissario Bordelli, cerco suor Camilla.»

«Suor Camilla è morta dieci anni fa» disse l'occhio.

«Volevo dire... suor Matilde, mi scusi» fece Bordelli. Era la seconda volta in pochi giorni che cercava un defunto.

«Suor Matilde è alla Messa» disse l'occhio.

«Posso aspettare.»

«Dopo la Messa fa il catechismo ai bambini.»

«Mi scusi, ma avrei urgente bisogno di parlare con suor Matilde» insisté Bordelli. L'occhio continuò a fissarlo per qualche secondo, poi lo spioncino si chiuse e cominciò un rumore di chiavistelli. Finalmente si aprì il portone, e l'occhio diventò una persona intera. Una suora di età indefinibile, con un grosso neo peloso sulla guancia, vicino al naso.

«Venga» disse la suora. Gli chiuse dietro la porta, tirò i chiavistelli e s'incamminò zoppicando nel corridoio, strascicando i piedi. Il commissario la seguì, ascoltando il rumore dei passi e guardandosi intorno. C'erano solo muri nudi e porte di legno scuro, e come in tutti i conventi c'era un silenzio diverso da quello del mondo secolare. Sembrava quasi che in quei posti il tempo scorresse più lentamente, o forse era davvero così. La suora si fermò davanti a una porta e l'aprì.

«Aspetti qua.»

«Grazie» disse Bordelli, e s'infilò nella stanza. Dietro di lui la porta si richiuse. Si guardò intorno. C'erano due panche di legno, una di fronte all'altra, e un grande crocifisso di noce attaccato al muro. Si sedette. Aveva voglia di fumare, ma non gli sembrava il caso in un posto come quello. Chissà quanto avrebbe dovuto aspettare. Doveva ancora inventarsi la balla per chiedere il pulmino, sperando che le suore avessero un Volkswagen. Una Seicento Multipla non andava bene, ci volevano almeno otto posti.

Il silenzio era assoluto. Invece che al discorso da fare a suor Matilde si mise a pensare distrattamente a Cecilia, ma scivolò subito su Rosaria... e vide i suoi occhi tristi, i capelli neri legati dietro la nuca... e se li scioglievi venivano giù fino alle spalle e cambiavano la luce degli occhi. Immaginò di baciarla e di spogliarla, il calore della pelle, poi cominciavano a fare l'amore... chissà che viso aveva Rosaria in quei momenti. Non lo avrebbe mai saputo, e lei non avrebbe mai telefonato. Alzò lo sguardo sul Cristo sofferente, e lo fissò negli occhi. Chiunque fosse stato quel figlio di dio, era riuscito a farsi ricordare nei secoli. Un grande uomo in ogni caso. Si domandò da quanto tempo non entrava in una chiesa, e si ricordò che l'ultima volta ci era andato appena un anno prima, per il funerale di un collega morto in servizio.

In lontananza sentì un coro di donne, gli arrivava nelle orecchie a ondate. Il canto andò avanti per un bel pezzo, poi finì. Poco dopo suonarono le campane. Aspettò ancora. Il Cristo continuava a guardarlo, grondando sangue dalla fronte. Se Dio esisteva davvero sapeva tutto, pensò... sapeva anche cosa aveva Rosaria nella sua testolina, e se avrebbe telefonato.

Si aprì la porta, e una suora molto magra entrò nella stanza a passi svelti. Bordelli si alzò.

« Sono suor Matilde. »

« Non si ricorda di me? Sono il commissario Bordelli » disse il commissario con un piccolo inchino. Ma non era sicuro che fosse proprio la suora che aveva in mente.

« In questo momento non mi sovviene » disse la suora, e fece un sorriso frettoloso.

« Ecco... sono venuto a chiederle un favore. Sono un commissario di Polizia, ma sono qui in veste privata. » Bordelli le mostrò il tesserino e inventò che doveva fare un piccolo trasloco di libri. Aveva bisogno di un pulmino per un giorno o due... e naturalmente avrebbe fatto un'offerta all'Istituto, si affrettò a dire.

« Devo chiedere alla Madre Superiora » disse suor Matilde, pensierosa.

« Prima di disturbarla... che tipo di pulmino avete? » chiese Bordelli.

« Abbiamo una FIAT... e anche un pulmino Volkswagen » disse la suora.

« Preferirei il Volkswagen. Dica alla Madre Superiora che l'offerta all'Istituito sarà consistente » disse Bordelli, trattenendo un sorriso. Era stato fortunato.

« Per quando le servirebbe? »

« Quando non serve a voi. »

« Mi aspetti qui. » La suora uscì dalla stanza e Bordelli si rimise a sedere sulla panca. Volkswagen, che culo. Sfilò le sigarette dalla tasca, ne' prese una, l'annusò per qualche secondo, poi la rimise nel pacchetto. Il Gesù morente continuava ad attirare il suo sguardo. Quando era bambino ne aveva uno appeso sopra il letto, di legno scuro, con il Cristo di ferro. Il sangue non si vedeva. Prima di addormentarsi diceva una preghiera guardando il crocifisso, e dopo si sentiva più leggero. Ora non gli sarebbe più successo.

A un tratto pensò che chiedere un pulmino alle suore era stata un'idea assurda. La Madre Superiora avrebbe sgranato gli occhi e dieci suore inferocite lo avrebbero cacciato via dal convento. Era tentato di andarsene. Voleva uscire e fumare. Si alzò in piedi, e in quel momento si aprì la porta.

«La Madre Superiora acconsente. Mercoledì le va bene?» disse suor Matilde.

«Benissimo, grazie. Posso vedere il pulmino? Per rendermi conto...» disse il commissario. Voleva essere sicuro che fosse davvero un Volkswagen, non poteva permettersi un inconveniente all'ultimo momento.

«La faccio accompagnare da suor Maria.» Uscirono dalla stanza e suor Matilde disse a suor Maria di accompagnare il signore a vedere il pulmino. Bordelli ringraziò e seguì suor Maria, la zoppa con il neo. Entrarono in una rimessa che dava direttamente sulla strada. Il Volkswagen era verde chiaro, con tre file di sedili. Quello che ci voleva per otto frati che devono andare all'aeroporto di Ciampino.

«Ha fatto?» disse suor Maria con la mano sulla maniglia. Bordelli mormorò un sì, uscì dalla rimessa e sentì sbattere la porta alle sue spalle.

«Per di qua» disse la suora, e partì strascicando i piedi.

Lunedì mattina spense la sveglia, e la prima cosa che gli venne in mente fu... ancora Rosaria. Che idiota. Avevano scambiato appena tre parole, non aveva senso continuare a pensarci Avrebbe fatto meglio a darci un taglio. Doveva cambiare modo di vivere, stava invecchiando male. Ad esempio, quella sera alle Giubbe Rosse avrebbe dovuto accettare l'invito di Iolanda. Un salto in Versilia all'una di notte, da Oliviero... alcol, sigarette, chiacchiere, risate, sigarette, pettegolezzi... poi magari una donna che ride di continuo alle tue battute idiote, una donna in carne e ossa, non un'idea fissa.

Si alzò dal letto e si stirò con un gemito. Telefonò in questura per dire che sarebbe arrivato dopo le undici. Poi chiamò Diotivede, per sapere qualcosa della donna trovata morta nella cantina di via Carnesecchi. Il medico legale confermò la sua ipotesi, la donna era morta per... cause naturali.

«Un assassino di meno» fece Bordelli.

«Solo un poliziotto può dire una cosa del genere» disse Diotivede, poi salutò con un mugolio e mise giù. Nessuno dei due aveva nominato la faccenda dei sette fuggiaschi, perché per telefono non si sapeva mai.

Bordelli mandò giù un caffè mezzo bruciato e uscì di casa con la valigia di Romolo. La caricò sul sedile posteriore della Seicento e andò in banca a cambiare un assegno. Poi rimontò in macchina e parcheggiò in centro per cercare un'agenzia di viaggi. Ne trovò una in via Martelli. Comprò sette biglietti per Casablanca, partenza da Ciampino il pomeriggio di mercoledì, alle 15,15.

Salì di nuovo in macchina. Uscì dal centro, e poco dopo salì su per via delle Forbici. Oltrepassò la villa senza fermarsi, osservando le case. All'incrocio di via della Piazzola fece inversione e tornò indietro. Parcheggiò vicino al cancello della villa, e scese. Per strada non c'era nessuno, e le finestre delle case erano tutte chiuse. Scaricò la valigia e s'infilò velocemente nel cancello, chiudendoselo alle spalle. Avanzò in fretta in mezzo all'erba alta e girò dietro l'angolo della villa. Aprì la serratura in pochi secondi, ormai la conosceva bene. Entrò in casa facendosi luce con la torcia. Quando arrivò nel primo salone urlò il nome di Ciottoli, e lo scienziato sbucò dalla solita porta con la solita candela in mano.

«Che c'è in quella valigia?» disse.

«Costumi da frate.»

«Magnifico. Quale ordine?»

«Domenicani.»

« Savonarola... » disse Ciottoli. Il commissario gli passò i sette biglietti dell'Air France.

« Partirete mercoledì pomeriggio da Ciampino per Casablanca, e laggiù con l'aiuto di qualche diamante troverete un volo sicuro per Hong Kong. Di meglio non ho trovato. »

« E per arrivare a Roma? »

« Avrò un pulmino Volkswagen delle suore. Devo accompagnarvi io, non ho scelta. »

« Che Dio la benedica, frate Bordelli » disse Ciottoli.

« Ho speso un bel po' di soldi per i biglietti e le tonache. »

« Dimentica i duemila dollari che le spettano. »

« Duecento possono bastare. »

« Non parliamone adesso » disse lo scienziato.

« Ora mi segua bene, le spiego tutto nei dettagli » disse Bordelli, e raccontò il suo piano allo scienziato. Si accertò che i fuggiaschi avessero gli orologi funzionanti, e presero accordi precisi sugli orari. Poi si strinsero la mano e il commissario se ne andò.

Scendendo giù per via delle Forbici si mise a canticchiare nervosamente una vecchia canzone americana. Non vedeva l'ora di arrivare a mercoledì notte e di farsi una bella dormita. La mattina di giovedì quella faccenda gli sarebbe sembrata un sogno, e nemmeno troppo brutto.

La sera, dopo aver cenato nella cucina di Totò fece un lungo giro in macchina. C'era vento di scirocco, e faceva quasi caldo. Poteva tenere il finestrino aperto e soffiare il fumo fuori. Cercava di rilassarsi. Era la prima volta che organizzava una fuga a Hong Kong. Verso le undici e mezzo passò lentamente davanti alla Biblioteca Nazionale. Si girò a guardare la scalinata e il vano buio del portone, poi proseguì fino a via de' Neri. Parcheggiò la Seicento con le ruote sul marciapiede e suonò il campanello di Rosa. Sperava che fosse già tornata dal lavoro. Ma il portone non si aprì. Rimontò in macchina e andò verso casa. Il lunedì c'era sempre poca gente in giro.

Parcheggiò davanti al suo portone. Salendo le scale pensò un'ultima volta a Rosaria, solo un secondo, distrattamente.

Erano già diversi giorni che le aveva dato il suo telefono. Un sacco di tempo. Per l'ennesima volta pensò che lei non avrebbe mai chiamato... non chiamerà, non chiamerà... finché continuava a ripetersi quella frase voleva dire che ci sperava ancora. E invece doveva smettere di pensarci, semplicemente perché era assurdo. Entrando in casa ripensò alla scenetta davanti alla Biblioteca, e si sentì ridicolo. Aveva fatto la figura dello scemo, doveva rassegnarsi.

Fece una doccia calda e s'infilò a letto. Mercoledì doveva andare a Roma con il pulmino e tornare indietro subito dopo. Era meglio se cominciava a riposarsi, non aveva più vent'anni. Prese *Zeno* dal comodino e lo aprì al segno. Dopo una decina di pagine cominciò a rileggere lo stesso rigo senza capire nulla. Chiuse il libro e spense la luce. Mentre si addormentava pensò vagamente e due occhi neri... a un'ombra sottile che scendeva dei gradini... a una voce quasi da ragazzina... mi chiamo Rosaria...

Quando squillò il telefono fece molta fatica a svegliarsi. Accese la luce e guardò la sveglia. Le cinque. Poteva essere solo una grana.

«Sì?»

«Commissario, sono Mugnai. Stava dormendo?»

«No, stavo imbiancando il bagno... che succede?» disse Bordelli, passandosi una mano sugli occhi.

«C'è stata un'evasione alle Murate.»

«Chi sono?»

«Tre ergastolani, si sono calati da una finestra.»

«Avete avvertito i commissariati dei comuni qua intorno?»

«Lo stiamo facendo. Le nostre macchine sono già partite.»

«Se nessuno l'ha già fatto chiamate anche i carabinieri. Io sto arrivando» disse Bordelli, mettendo i piedi giù dal letto. Si lavò la faccia in fretta e uscì di casa.

Dopo pochi minuti parcheggiò nel cortile di via Zara, e andò nella sala operativa per vedere a che punto stavano le cose. C'era molta agitazione. Le radio gracchiavano senza fine. Molti posti di blocco erano già in funzione, e anche i carabinieri si stavano dando da fare.

«Chi sono i tre evasi?» chiese Bordelli.

«Gianni Bosco, Tino Zappa e Antonino Di Francesco» disse uno degli agenti.

«I tre porcellini...»

«È successo fra le quattro e le cinque, fra due ronde di controllo. Non possono essere troppo lontani.»

·«Chissà» disse Bordelli. Di sicuro si erano calati giù subito dopo la ronda delle quattro, immaginando che la fuga sarebbe stata scoperta solo con la ronda delle cinque. Quasi un'ora di anticipo. Se avevano rubato una macchina potevano essere già a Siena, o magari in Versilia. Ma potevano anche aver trovato una tana in città, pronti a muoversi appena i controlli si fossero allentati.

«Torno subito» disse Bordelli. Uscì a grandi passi dalla sala operativa e accendendo una sigaretta tornò in cortile. Montò sulla Seicento e partì. A quell'ora le strade erano vuote, a parte qualche spazzino. Quando sbucò in via Cavour pigiò sull'acceleratore.

Pochi minuti dopo parcheggiò in piazza del Mercato Nuovo, di fronte al Porcellino. Passando a piedi per i vicoli dietro la Borsa Merci entrò in chiasso delle Misure. Da un appartamento in alto arrivava smorzato il suono di una voce che cantava, e gli sembrò di riconoscere Claudio Villa. Alle sei di mattina faceva un certo effetto. Tagliò via delle Terme e proseguì avanti, scavalcando dei cartocci d'immondizia mezzi aperti. Il puzzo di piscio prendeva alla gola. Più avanti c'erano dei gatti scheletrici che masticavano, addossati al muro. Al passaggio di Bordelli ci fu un fuggi fuggi di ombre e di code, ma un secondo dopo i gatti tornarono di nuovo intorno agli avanzi. Il commissario si fermò di fronte a un palazzo di pietre scure e sudice. Si avvicinò a una piccola finestra, protetta da un paio di sbarre di ferro messe in croce, e cominciò a picchiare sui vetri con le chiavi della macchina, prima piano, poi un po' più forte. Dentro si accese una luce bassa, e una mano magra e pelosa girò la maniglia.

«Ciao Nando» sussurrò il commissario avvicinando la faccia alla finestra, e sentì nel naso un forte odore di minestrone e di capelli sudici.

«Non ti vedo, chi sei?»

«Bordelli.»

«Porcatr... se viene qui mi sputtana» fece Nando spaventato, attaccando la testa alle sbarre per sbirciare nel vicolo.

«Stai calmo, non c'è nessuno.»

«Venga dentro madonnabona» disse Nando mangiandosi le parole dalla fretta. Chiuse i vetri senza fare rumore, e pochi secondi dopo il portone si aprì. Il commissario s'infilò dentro. Nando fece sbucare la testa per dare un'occhiata nel vicolo, poi richiuse e tese l'orecchio, con un dito sulle labbra. Un neonato piangeva, su agli ultimi piani. La luce di una lampadina a tre candele rischiarava appena l'ingresso. Nando era in mutande. Le sue gambe secche e storte andavano da un paio di mutandoni alle ciabatte. Guardava il commissario con gli occhi tondi dalla paura. Ce l'aveva scritto in faccia che non poteva essere un duro. Il suo viso era anonimo come una mela. La testa gli tremava leggermente, come se stesse per schivare un cazzotto.

«Che c'è, commissario?»

«Solo una domanda: se tre passerotti scappano dalla gabbia, volano nel bosco o fanno il nido sotto il tetto?»

«Non me ne intendo di queste cose commissario» disse Nando, terrorizzato. Il neonato continuava a strillare, e si sentì una donna che gridava. Non si capiva se venivano dallo stesso appartamento.

«Non farmi arrabbiare, Nando» fece Bordelli con un sospiro.

«Non so nulla, giuro» disse Nando. Il commissario aprì il portafogli e tirò fuori mille lire.

«Ecco qua, ma non farmi perdere altro tempo» disse, passandogli la banconota. Nando la fece sparire nel pugno.

«Dicono che i passerotti non vedono l'ora di arrivare nel bosco, ma ognuno per conto suo» bisbigliò.

«Tutto qui?» disse il commissario.

«È già qualcosa, no?»

«Voglio sapere dove sono.»

«Non so altro, lo giuro.» Il neonato smise di belare, ma solo per prendere fiato. Un attimo dopo ricominciò più forte, urlando come i maiali al mattatoio.

«Guardami bene negli occhi, Nando» disse Bordelli. Nando era un vecchio informatore, un codardo, un figlio di troia che avrebbe scambiato sua madre per un piatto di lenticchie. Ma non era tutta colpa sua, era nato disgraziato.

«Non so altro commissario, lo giuro su Dio.»

«Se hai novità fatti vivo» disse Bordelli mettendo una mano sulla maniglia del portone. Nando lo fermò, aprì lui e si affacciò fuori con la testa. Poi tornò dentro e fece un cenno per dire che era via libera. Il commissario sgusciò fuori nel vicolo piscioso e se ne andò verso la macchina. I gatti fecero il solito numero, e le loro ombre tornarono presto intorno agli avanzi.

«Cazzo» disse Bordelli. Questa volta Nando non gli era servito a nulla. Quell'evasione era una brutta cosa. Due dei fuggiaschi erano assassini fra i peggiori, di quelli che ammazzano per nulla. Il terzo lo conosceva bene perché lo aveva arrestato lui, più o meno due anni prima. Era un ragazzo con le rotelle non tutte a posto, molto violento. Andando in giro liberi, quei tre animali potevano fare qualche grossa stronzata. Non avevano nulla da perdere. Più dell'ergastolo non potevano temere, e di quelli ne avevano già in abbondanza. Montò in macchina e partì, pensando che quella faccenda andava risolta in fretta. Ma c'era anche un altro problema. Finché non trovavano quei galeotti la città sarebbe stata chiusa dentro un cerchio di posti di blocco, e controllata anche all'interno. In una situazione del genere tutti gli uomini diventavano uguali. Nemmeno otto domenicani dentro un pulmino potevano essere risparmiati dai posti di blocco, anzi sarebbero stati controllati con molta più cura. Era un vero casino.

Tornò in questura e continuò a seguire le operazioni. Erano stati mobilitati migliaia di poliziotti e di carabinieri, con centinaia di automezzi. Le strade che portavano fuori dalla città e le stazioni erano presidiate, le campagne pattugliate, e altri posti di blocco erano stati organizzati in zone più lontane, sparse nella regione.

Il commissario disse agli agenti di tenerlo informato di ogni minima novità, e salì nel suo ufficio. Si mise a fumare. A quell'ora la Nazionale senza filtro sapeva di metallo, ma la fumò lo stesso. Continuava a cercare una soluzione per il suo problema. Forse poteva fare qualcosa sul fronte polizia, anche se non era nei patti, ma non poteva certo chiedere ai carabinieri di non controllare un pulmino senza dare spiegazioni. E se lo beccavano? Il commissario Bordelli vestito da frate. Sarebbe finito sul giornale. E anche se non si fosse vestito da frate... che miiiinchia ci faceva il commissario Bordelli 'alla guida di un pulmino Volkswagen di proprietà delle suore di via Ponte alle Riffe, in compagnia di sette frati che a un più attento controllo risultavano essere dei falsi frati carichi di diamanti'? Non poteva rischiare di farsi scoprire ad aiutare dei fuggiaschi. E dai carabinieri, poi...

No, doveva trovare un sistema sicuro per arrivare fino a Ciampino con Ciottoli e compagni. L'idea di farcela ormai gli piaceva. A suo modo avrebbe partecipato all'insurrezione di un paese dell'America Latina contro... più o meno contro i nazisti. E lui i nazisti non li poteva soffrire, di qualunque nazionalità fossero. Doveva trovare il modo di garantirsi un viaggio senza controlli, o l'operazione sarebbe andata a monte. Continuò a pensarci per un bel pezzo, fumando una sigaretta dietro l'altra. A un tratto dilatò gli occhi e dette un pugno sulla scrivania.

«Il colonnello Arcieri» disse a voce alta. In quel momento squillò il telefono, era Mugnai.

«Commissario, a un posto di blocco i carabinieri hanno arrestato due ladri a bordo di un'auto rubata...»

«E mi chiami per questa cazzata?»

«Aveva detto lei che voleva ess...»

«Va bene, grazie» disse Bordelli, e riattaccò. Guardò l'ora, non erano ancora le sette. Una mattina da dimenticare. Come da dimenticare era Cecilia... e anche quell'altra, Rosaria. Fanculo a tutte e due. L'ufficio puzzava di fumo e andò ad aprire la finestra, lasciandola accostata.

Alle sette e mezzo telefonò all'Istituto di suore, e inventò una scusa per farsi dare la targa del pulmino. Non fu una cosa facile, ma alla fine ci riuscì senza doverci andare di persona. Ora veniva la parte più difficile.

Cominciò a cercare il colonnello Arcieri alle otto e venticinque, e lo trovò solo verso mezzogiorno. Dei tre evasi ancora nessuna notizia.

«Colonnello, si ricorda di me? Sono Bordelli.»

«Buongiorno dottore, come sta?» disse Arcieri, senza scomporsi.

«Bene, grazie. Le è stato utile quel fascicolo?»

«Certamente.»

«Ne sono felice. Vengo subito al dunque, colonnello. Avrei bisogno di un favore da lei.»

«Se posso, volentieri.»

«Si tratta di un pulmino Volkswagen...» Bordelli accennò all'evasione e ai posti di blocco, e senza troppi giri chiese al colonnello del SIFAR se era possibile fare un viaggio senza controlli da Firenze all'aeroporto di Ciampino, a bordo di un pulmino Volkswagen con la seguente targa: FI 17609. Finì il suo discorso e rimase ad aspettare la risposta trattenendo il respiro. Se Arcieri accettava di aiutarlo, era a cavallo. Un ordine del SIFAR non veniva né interpretato né discusso.

«Cosa trasporta questo pulmino, commissario?» disse il colonnello dopo una lunga pausa.

«Le rispondo come mi ha risposto lei, colonnello... ora mi chiede troppo» fece Bordelli.

Silenzio. Ma toccava al colonnello parlare. Si sentì un sospiro.

«Mi dà la sua parola d'onore, commissario, che in questa operazione non c'è nulla che vada contro i più alti principi dell'uomo?» disse Arcieri, molto serio. Bordelli restò ammirato da quella domanda. Era il modo più signorile per dargli via libera, anche moralmente.

«Le do la mia parola» disse Bordelli.

Ancora qualche secondo di silenzio.

«Mi ripeta la targa» disse Arcieri. Il commissario fece un sorriso. Dettò la targa al colonnello e gli disse che il pulmino era verde chiaro. Presero accordi precisi su orari e percorsi, poi si salutarono. Bordelli tirò un sospiro di sollievo, e alla fine del sospiro si ritrovò una sigaretta in bocca.

La caccia all'uomo continuava senza sosta. Firenze e dintorni erano disseminati di posti di blocco e di pattuglie. Nella rete a maglie fitte rimanevano contrabbandieri e ladri di macchine, ma erano solo un fastidio in più, e a volte venivano lasciati andare dopo una paterna ammonizione verbale.

Alle otto meno un quarto di mercoledì mattina Bordelli uscì di casa dopo una notte molto corta. Albeggiava, e il cielo era pulito. Partì con la Seicento diretto in via del Ponte alle Riffe, per prendere il pulmino delle suore. Durante il tragitto incontrò diversi posti di controllo e si fece riconoscere.

Con l'aiuto di Dio all'Istituto andò tutto liscio. Suor Maria aprì la porta del garage senza battere ciglio, come un soldato che obbedisce a un ordine. Anche se sulla sua faccia si vedeva una smorfia di dissenso.

«C'è il serbatoio pieno, e così ce lo deve riportare» disse, dandogli le chiavi.

«Non si preoccupi.»

«Non mi preoccupo.»

«Tornerò tardi. Metterò le chiavi nella posta.»

«Non ci fuma mica nel pulmino, vero?»

«Non lo farei mai...»

«Dio sia lodato» fece suor Camilla, poi chiuse il portone e tirò i chiavistelli. Bordelli salutò la Seicento e salì sul pulmino. Si guardò intorno. Alcuni santini di carta erano fissati alle parti in metallo dell'abitacolo con altri santini calamitati, e l'aria sapeva di alcol denaturato. Uscì dalla rimessa con una sigaretta spenta in bocca, attraversò piazza delle Cure e imboccò viale Volta. Passando davanti alla vecchia casa dei suoi genitori, morti pochi anni prima, si girò come sempre a guardare le finestre. Le persiane erano aperte, e dentro si vedeva una luce. Superò l'incrocio di via della Piazzola e dopo cento metri voltò a sinistra. Cominciò a salire su per via delle Forbici. Aveva mezz'ora di anticipo. Per essere sicuro di non fare tardi aveva calcolato un tempo molto lungo per il ritiro del pulmino, prevedendo problemi di coordinazione mentale con le suore. Invece era stata una cosa molto veloce.

Parcheggiò vicino al cancello della villa e s'infilò nel giardino. Per fortuna la vecchia della finestra di fronte non si era più vista. Accese la sigaretta che aveva in bocca, fece due o tre tiri e la buttò via.

Entrò in casa passando dalla solita porta sul retro. Avanzando con la torcia cominciò a chiamare Ciottoli. Conosceva la strada, e arrivò fino alla sala con le poltrone puzzolenti. Dalle persiane chiuse filtrava un po' di luce. Le otto tonache erano stese una accanto all'altra, sopra il lungo tavolo.

« Dottor Ciottoli » chiamò ancora. Si aprì la porta e apparve la barba bianca dello scienziato.

« È in anticipo, commissario. »

« Mezz'ora in più è meglio di un minuto in meno » fece Bordelli, sicuro di aver rubato la frase da un film.

« Tutto come previsto? »

« C'è stato un inconveniente, ma dovrebbe essere già risolto. »

« Dovrebbe? » disse Ciottoli, con una grinza sulla fronte.

« Intanto mettiamoci queste » fece Bordelli, togliendosi l'impermeabile. Ciottoli andò a chiamare gli altri e tornarono tutti insieme, come i sette nani. Mentre si cambiavano Bordelli raccontò dell'evasione e dei posti di blocco, e con un sorriso rassicurante aggiunse che un caro amico del SIFAR avrebbe dovuto garantire un viaggio tranquillo.

« Questo condizionale comincia a rendermi nervoso » disse Ciottoli.

« Conosco quel colonnello, non dovrebbero esserci problemi... cioè, non ci sono problemi » si corresse Bordelli, e tutti si fermarono a guardarlo.

« Facciamo presto » borbottò lo scienziato. Finirono di sistemarsi addosso le tonache. I sette fuggiaschi presero in mano le loro borse da viaggio, Bordelli si arrotolò l'impermeabile sotto il braccio e uscirono tutti in giardino, in perfetto silenzio. Le tonache non erano tutte della misura giusta, e due di loro avevano l'aria un po' ridicola.

In strada non c'era nessuno. Montarono sul furgone e partirono. Due uomini dell'Agenzia si fecero il segno della croce. Scesero fino in fondo alla stradina e imboccarono viale Volta, poi voltarono a sinistra. In lontananza videro sul Ponte del Pino un posto di blocco, e smisero di respirare. La tensione era tutta in quel silenzio. Oltrepassarono viale dei Mille e continuarono dritto, verso i poliziotti. Bordelli nascose la faccia sotto il cappuccio, per non rischiare di essere riconosciuto.

«Ora vediamo...» disse Ciottoli. Si alzò una paletta rossa, e Bordelli rallentò. Poi gli agenti abbassarono lo sguardo sulla targa, e il pulmino Volkswagen FI 17609 passò oltre accompagnato da un saluto, lasciandosi dietro una file di macchine ferme. La stessa cosa successe poco dopo a un posto di controllo dei carabinieri, all'incrocio di Poggio Imperiale. Il colonnello Arcieri aveva fatto un ottimo lavoro, pensò Bordelli con un sospiro di sollievo.

Arrivarono al Galluzzo, e dopo la Certosa imboccarono la Cassia. Nessuno aveva troppa voglia di parlare. La strada se ne andava lentamente sotto le ruote. Il cielo era quasi bianco, e nei campi stagnava ancora un po' di nebbia.

Scendendo verso Roma trovarono altri posti di blocco, ma non ci fu nessun problema. Sembrava quasi una fiaba. Andavano piano perché erano in largo anticipo sul volo.

Si fermarono a mangiare lungo la strada, in una trattoria per camionisti. A tavola si sforzarono di comportarsi come frati veri, anche se nessuno di loro sapeva bene in cosa consistesse una cosa del genere. Rimasero a lungo seduti a chiacchierare, per far passare un po' di tempo. Bordelli disse che era meglio se arrivavano all'ultimo momento, pochi minuti prima del decollo. Dovevano precipitarsi rumorosamente all'imbarco facendosi di continuo il segno della croce, con il viso coperto dal cappuccio...

...i sette domenicani rincoglionirono i doganieri con le loro benedizioni e corsero verso la scaletta alzando la tonaca per non inciampare. Salirono sull'aereo, e si sentirono tranquilli solo quando il vecchio DC-3 si staccò dal suolo. I diamanti sudafricani continuavano il loro viaggio verso la rivolta latinoamericana. Il mondo era sempre più piccolo.

Bordelli aspettò di vedere l'aereo che si staccava dalla pista, poi salutò mentalmente Ciottoli e compagni e se ne andò. Appena uscì dall'aeroporto mise in bocca una sigaretta, ma non l'accese. Si fermò al primo slargo della strada e si sfilò la tonaca dalla testa. Gli sembrava di essersi tolto di dosso un'altra persona. Si rimise l'impermeabile e partì.

Quando imboccò la Cassia aprì un po' il vetro e accese la sigaretta. La fumò in fretta, poi buttò la cicca fuori dal finestrino. Il posacenere doveva restare immacolato. Non voleva che la suora con il neo andasse a cercarlo per dirgli che era un bugiardo peccatore.

Ai posti di blocco sorpassava la coda ed esibiva il tesserino. Gli agenti scattavano sugli attenti.

«Sono il commissario Bordelli. Tutto tranquillo da queste parti?»

«Per adesso sì, dottore.»

«Non abbassate la guardia.»

«Certo che no, dottore.»

«Buon lavoro.»

«Grazie, dottore.»

Arrivò a Firenze verso le otto di sera, con la schiena rotta e gli occhi arrossati. Andò dritto in via del Ponte alle Riffe, all'Istituto di suore, e parcheggiò il pulmino davanti al portone. Infilò nella buca delle lettere una busta con dentro le chiavi e un assegno di quindicimila lire. Salì sulla Seicento. Il sedile era freddo, e il volante era ancora più freddo.

Arrivò in via Zara. Davanti all'ingesso della questura c'erano dei giornalisti che chiacchieravano dentro una nuvola di fumo. Li ignorò e andò a parcheggiare nel cortile. Appena scese, Mugnai gli andò incontro come se lo cercasse da un sacco di tempo.

«Non la trovavo più, dottore.»

«Ero in giro sulle colline qua intorno, a controllare la situazione.»

«Il questore la sta cercando da più di un'ora.»

«Mi vorrà chiedere quanto ci mettiamo a trovare gli evasi...»

«Come non lo sa, commissario? Due sono stati presi, giusto mezz'ora fa.»

«Dai nostri o dai carabinieri?»

«Dai nostri.»

«Ah, bene. Dove li hanno trovati?»

«A Borgo San Lorenzo.»

«Non c'è due senza tre» disse Bordelli. Salutò Mugnai con un cenno e salì dal questore. Il dottor Impallomeni non aveva nulla da chiedere sugli evasi. Gli parlò invece di un certo ministro che sarebbe venuto in visita ufficiale a Firenze, qualche giorno prima di Natale. Si doveva organizzare un'accoglienza impeccabile, e un servizio di sicurezza degno dell'occasione.

Bordelli rassicurò il questore con qualche frase di circostanza, poi se ne andò nel suo ufficio. Si lasciò andare sulla sedia e accese una sigaretta. Hong Kong. Chissà se lui l'avrebbe mai vista, Hong Kong. Telefonò al servizio telegrammi della Posta e dettò alla signorina la frase che Ciottoli gli aveva scritto sopra un pezzo di carta, destinatario una casella postale di Hong Kong a undici cifre: *Happy birthday! Stop. Seven thousand kisses from your friends in Florence. Stop.*

« Acca come Hotel, A come Ancona, P come Pisa... due volte... » Poi bruciò il foglietto e disperse le ceneri nel cestino.

Passavano le settimane. Ovunque per la strada si sentiva canticchiare *La casetta in Canadà*, e tutti avevano qualcosa da dire sullo Sputnik II e sulla piccola Laika, ancora in orbita intorno alla Terra. Il primo essere vivente a fare un giro nello spazio era una cagnolina russa.

La domenica gli stadi erano pieni, Claudio Villa veniva invitato spesso alla televisione, e la FIAT sfornava macchine per tutti, anche per le donne. Dappertutto si sentiva parlare di un romanzo che aveva come protagonista un commissario di nome Ingravallo, ma Bordelli non lo aveva ancora letto. Aveva paura che non gli piacesse, soprattutto perché stava avendo un gran successo.

La visita del ministro del ventidue dicembre andò come doveva andare. Molte strette di mano, qualche discorso e grandi tavolate a spese dello Stato. Il questore Impallomeni era rimasto molto soddisfatto.

Sulla Nazione apparve una notizia: nella notte di Natale un bambino aveva rischiato di nascere in una vecchia stalla di via Aretina, dove fino all'anno prima un contadino teneva due mucche e un cavallo, ma il sindaco aveva prontamente disposto che la famiglia fosse portata con urgenza nella clinica di via Thouar, dove il piccolo Stefano era nato senza problemi.

Ma il terzo evaso non si riusciva a trovare. Era il ragazzo con le rotelle fuori posto, in un certo senso il più pericoloso di tutti. Nessuno ci pensava più, a parte la polizia.

Arrivò il '58, e un pomeriggio piovoso di gennaio Bordelli ricevette in questura una telefonata di Nando, l'informatore di via delle Terme.

«Commissario sono io, la chiamo per quel passerotto» sussurrò, con la voce un po' tremante.

«Dov'è nascosto?» disse Bordelli, cercando il pacchetto di Nazionali.

«Venga al solito posto... ma ci vuole molto becchime, non è stata una passeggiata e se questa volta...»

«Va bene, arrivo» tagliò corto Bordelli, e riattaccò. S'infilò in fretta l'impermeabile e uscì dall'ufficio con l'ombrello in mano e una sigaretta spenta in bocca. Trotterellando giù per le scale aprì il portafogli per controllare i suoi averi, e vide che c'erano quasi cinquemila lire. Nando aveva sempre molta paura, pensò, ma forse faceva bene. Viveva immerso in giri più grossi di lui, faceva il galoppino per le scommesse clandestine, e quando era in disgrazia guadagnava con le soffiate. Non parlava mai a vanvera, anche se nessuno sapeva come facesse a procurarsi le informazioni. Se nell'ambiente della mala lo scoprivano, come minimo gli tagliavano la lingua e gliela infilavano nel culo, come era successo nel '49 a Pasquale, un vecchio informatore di Scandicci.

Montò sulla Seicento, mise in moto e dette un paio di sgassate per svegliare il motore. Mentre passava davanti alla guardiola, il giovane Mugnai alzò la testa dalle parole crociate e gli andò incontro. Bordelli tirò giù il vetro.

«Mi scusi dottore, se non trovo questa parola sono bloccato. *Sale sugli alberi e rimbalza*, sette lettere. Secondo lei che cos'è?»

«Un errore di stampa. Ciao Mugnai, vado di fretta» disse Bordelli, e partì.

Arrivò in fondo a via San Gallo, attraversò la piazza e prese viale Don Minzoni. Oltrepassò la ferrovia, poi imboccò viale Volta. Gli capitava spesso di passare in quella strada. Forse non era un caso, lo faceva apposta per vedere la vecchia casa dov'era cresciuto. Si voltò a guardare le finestre, era tutto buio. Tirò dritto lungo il viale deserto, e quando arrivò in fondo parcheggiò in piazza Edison. Pioveva abbastanza forte, e con l'ombrello sulla testa salì le scalette che salivano in via Barbacane. Come si aspettava, a una trentina di metri vide un'ombra addossata al muro di un palazzo. Si avvicinò a passo svelto, sentendo l'acqua entrare nelle scarpe. Nando s'infilò volentieri sotto l'ombrello. Si guardava in giro come se fosse nel mirino dei cecchini.

« Stai calmo, Nando. Dov'è il passerotto? » disse Bordelli.

« Il becchime? »

« Certo. Reggimi l'ombrello » fece il commissario, passandoglielo. Aprì il portafogli e tirò fuori tremila lire. Nando le guardò e scosse il capo.

« Non bastano, ho rischiato grosso e se mi beccano... »

« Quattromila, non chiedermi di più » disse Bordelli infilandogli i soldi in tasca. Nando fece un sospiro e si guardò ancora intorno.

« È vicino a Cavriglia, in una casa di contadini abbandonata » disse.

« È solo? »

« I passerotti con la rogna non li vuole nessuno. »

« Armato? »

« Non so altro » disse Nando. Spiegò in fretta a Bordelli la strada per arrivare al cascinale, e glielo descrisse nei dettagli.

« Non è andato molto lontano » commentò Bordelli.

« Non mi riguarda » fece Nando. Rese l'ombrello al commissario e se ne andò sotto la pioggia con le spalle curve. Bordelli tornò in piazza Edison, s'infilò gocciolante nella Seicento e tornò in questura per organizzare la faccenda, con l'aiuto di una cartina militare della zona.

La notte stessa, due ore prima dell'alba, una Millequattro, due Millecento e un Modello T pieno di poliziotti arrivarono a Cavriglia seguendo la Seicento di Bordelli. Pioveva ancora forte. Uscirono dal paese seguendo la strada che andava verso Montegonzi. In giro non c'era nessuno. Il commissario controllò la cartina militare, e a un chilometro dalla cascina abbandonata fece fermare il convoglio sul ciglio della strada. Aspettarono il primissimo chiarore del cielo, poi continuarono a piedi passando per un querceto. Nando era stato molto preciso, e poco dopo individuarono la cascina, un centinaio di metri più in basso. Era tutta in pietra, isolata in mezzo a un grande campo incolto. Un ottimo nascondiglio, perché dalla strada non si poteva vedere. Dal comignolo uscivano a stento degli sbuffi di fumo grigio, subito dispersi dalla pioggia. Il commissario si fece dare un binocolo e osservò la casa. A parte il fumo non c'era nessun segno di vita. Dovevano fare in fretta, perché di lì a poco sarebbe uscito il sole, e nonostante le nuvole avrebbe illuminato la vallata. Si avvicinarono camminando a testa bassa, nascosti dalle erbacce alte più di un metro, e ogni tanto restavano impigliati nei rovi. La pioggia fredda entrava nei vestiti, ma in quella situazione era la benvenuta. La vera rottura era il fango, che si attaccava alle suole delle scarpe.

Dieci uomini circondarono la casa, gli altri e il commissario cominciarono a studiare il modo di entrare. Al piano terra c'erano le inferriate alle finestre, e alla fine Bordelli decise di usare le maniere forti. Un agente raffiò la serratura di una porta e corsero tutti dentro. Antonino Di Francesco si buttò giù dal primo piano in mutande, e appena capì di essere circondato cominciò a sparare con una vecchia pistola che faceva dei botti spaventosi. Ferì un agente alla spalla e un altro al fianco. Poi due proiettili lo colpirono in pieno viso, la sua testa volò all'indietro e dopo aver scalciato in aria crollò in terra con un tonfo. Quando si avvicinarono per guardarlo, un paio di poliziotti cominciarono a vomitare.

Qualche giorno dopo la Befana, il commissario trovò nella cassetta della posta una cartolina che veniva da Lisbona, battuta a macchina e senza firma: *Porga le mie vivissime felicitazioni a Poldo e famiglia*. Bordelli sorrise e s'infilò la cartolina in tasca. L'avrebbe appesa in ufficio, per ricordarsi di quei sette domenicani che non avrebbe mai più rivisto.

Passarono altri dieci giorni, e una mattina arrivò in questura una raccomandata per lui, s.p.m. Veniva da Cipro. Dentro c'erano solo duemila dollari americani, in banconote da cento, involtati in due fogli di carta da lettere perché non si vedesse il contenuto. Bordelli rimase un minuto con le banconote in mano, a pensare. Poi si accorse che sopra uno dei fogli c'era scritto: *Anversa. Casella Postale 2364. Si prega confermare.*

Telefonò subito al servizio telegrammi e dettò il testo del messaggio, solo due parole: *Ricevuto. Poldo.*

Piovigginava da diverse ore, e il cielo non dava speranza. Bordelli infilò duecento dollari nel suo portafogli. Le spese vive, e anche qualcosa in più per onorare la volontà dello scienziato fantasma. Gli altri mille e ottocento dollari li mise in una busta da lettere, poi la chiuse leccando la colla e se la mise in tasca. Si alzò per uscire e squillò il telefono. Prima di rispondere immaginò Mugnai che diceva: 'È una certa Rosaria, commissario. Gliela passo?' Alzò il ricevitore. Era Mugnai.

«Un ragazzo morto in una piscina di Fiesole, commissario. È stato ucciso dai suoi cani.»

«Cristo. E di che razza sono?»

«Mastini napoletani, due maschi e due femmine. Sembra che il ragazzo abbia rinchiuso i maschi perché non voleva farli accoppiare, e le femmine si sono arrabbiate.»

«Occazzo...»

«È già partita una macchina, dottore.»

«Bene» fece Bordelli. Poi disse a Mugnai di avvertire il sostituto procuratore e il dottor Diotivede. Solo in caso di grosse novità sarebbe salito a Fiesole anche lui. Riattaccò e scese in cortile. Pioveva forte. Aprì l'ombrello e s'infilò di corsa nella Seicento. Uscì dalla questura, imboccò i viali e attraversò l'Arno sul ponte San Niccolò. Salì su per viale Michelangelo, e dopo il Piazzale voltò a sinistra. Parcheggiò la macchina di fronte all'ingresso laterale della basilica di San Miniato. L'acqua scendeva a ruscelli giù per la strada e lungo il prato ripido. Scese con l'ombrello sulla testa, e si avvicinò al portone. Suonò il campanello un paio di volte. Forse era un idiota. Quei soldi erano stati mandati a lui, per un lavoro che aveva fatto. Poteva portare a cena un sacco di donne, con tutti quei soldi. Poteva anche cambiare la macchina. Una bella Giulietta TI, o una Lancia Flaminia. Poi magari una radio di quelle che prendevano tutto il mondo, e un grammofono nuovo, e anche una cucina più moderna... ma tanto sapeva che non sarebbe mai riuscito a spendere quei dollari. L'idea di avere in tasca dei soldi non suoi non gli piaceva, lo avrebbe fatto sentire come quando da ragazzino spendeva gli spiccioli che gli passava suo padre. Lo avrebbe fatto sentire non indipendente.

Il portone si aprì, e sotto un ombrello grande e verde apparve un monaco molto vecchio, con due orecchie enormi. Bordelli salutò e chiese di parlare con... con il capo del convento. Il vecchio annuì, disse che provava a cercarlo e partì verso la basilica. Bordelli sentì i suoi passi allontanarsi sulla ghiaia del piazzale, e rimase ad aspettare sotto lo spesso arco di pietra, di fronte al cancello del cimitero. Sapeva che fra quelle tombe c'erano anche quelle dei suoi bisnonni, ma non era mai riuscito a trovarle. Si mise a camminare lungo il muro, guardando la pioggia che cadeva sulle pietre grigie. Poi sentì dei passi sulla ghiaia e si voltò. Gli venne incontro un monaco alto, con la faccia da attore, sotto lo stesso ombrello verde.

«Sono padre Lenti. Dica pure a me, padre Rodolfo è occupato.»

«Ecco... insomma... vorrei fare un'offerta anonima» tagliò corto Bordelli, imbarazzato. Voleva solo fare presto. Tirò fuori la busta bianca che aveva in tasca e la porse al frate, con un gesto un po' furtivo. Padre Lenti prese la busta con due dita e si mise a guardarla.

«Dentro ci sono dei soldi» disse il commissario, alzando le spalle.

«Sì sì, ho capito. Grazie di cuore, signore.»

«Be'... arrivederci.»

«Arrivederci» disse il monaco. Bordelli salutò con un piccolo inchino e s'incamminò verso il portone cercando le sigarette. Non sapeva bene perché, ma non ci si muoveva bene in scene di quel tipo. Aprì il portone e si mise l'ombrello sopra la testa. Un attimo prima di staccarsi dalla soglia sentì la voce di padre Lenti.

«Perché dollari?»

REPARTO MACELLERIA

Tutti i giorni da mezzogiorno all'una e dalle sette alle otto andavo all'ospedale a trovare Camillo. Gli lavavo la faccia con una spugna imbevuta di acqua tiepida, lo imboccavo come se fosse un bambino, gli toglievo dal colletto del pigiama quello che sfuggiva alla sua bocca. Camillo non era quasi più in grado di muoversi. Prima di allora non avrei mai creduto di poter andare due volte al giorno in un grande ospedale a veder morire un uomo. Quando in quei mesi mi capitò di farlo, mi sembrò di non poterne fare a meno. Mi faceva bene l'idea che Camillo si spegnesse davanti agli occhi di un amico. Guardandolo così scheletrico prendevo sempre più familiarità con la morte, e anche questo mi sembrava un bene. Come diceva sempre Camillo: nella nostra cultura non esiste un'educazione alla morte. «In questo mondo un morto è solo un consumatore di meno» diceva ogni tanto, sorridendo in modo strano. E aggiungeva che ormai l'unica cosa in cui si poteva sperare era *capire*, senza poter fare nulla di concreto. Credo avesse ragione.

La sua faccia piena di ossa, grandi ossa gialle che prima erano nascoste dalla carne, mi faceva toccare con mano l'inammissibilità della morte. Qualcosa capivo, o mi sembrava di capire. Ma in fondo mi sentivo inutile. Davanti a me una tempesta di cellule impazzite stava divorando Camillo dall'interno, alimentata a tradimento dalla sua stessa vita, la poca che gli restava. Io potevo solo guardare.

Ogni tanto Camillo voltava gli occhi verso di me e qualcosa nella sua faccia cambiava. Avevo imparato che quello era il suo modo di sorridere. Socchiudeva appena le palpebre e arricciava impercettibilmente il naso, e tutta la sua faccia, ormai ridotta a un teschio, sembrava che si dilatasse di qualche millimetro.

113

Per fargli capire che avevo capito gli rispondevo con un sorriso, un sorriso sano di cui istintivamente mi vergognavo. Essere più forte di lui mi metteva a disagio. Dipendeva da me ogni suo minimo conforto fisico, gli ero indispensabile come una mamma per un neonato. Invece avrei voluto sentirmi ancora per molto tempo sotto l'influsso potente della sua sensibilità e della sua intelligenza. Ma ormai mi sarebbe bastato potergli cedere una briciola della mia forza, solo perché potesse masticare, ridere, o parlare un minuto di fila senza affaticarsi. Ripensavo spesso a quando era pieno di vita. E a volte, guardandolo consumarsi in quel letto che sembrava sempre più grande, avevo la sensazione di ricordarmi di lui come se fosse già morto da anni. In quei momenti lo sentivo vicino e lontanissimo insieme, un contrasto che mi rendeva triste, perché era una cosa che avevo provato solo di fronte ai morti composti nella cassa.

Lui un giorno mi prese una mano, e la strinse quanto poteva. Avvicinai l'orecchio per sentire il suo bisbiglio, ma non afferrai nulla. Non volevo che si affaticasse, e sorrisi come se avessi capito tutto. Lo vidi tremare leggermente, e uno schizzo di lacrime gli uscì dagli occhi cadendogli sulle guance. C'era ancora vita dentro di lui, e in qualche modo riusciva a farsi vedere. Quella sera quando tornai a casa mi lasciai andare sul divano accanto a una bottiglia di vodka, e mi misi a pensare alla mia amicizia con il vecchio Camillo.

Era cominciato tutto un pomeriggio di due anni prima, in inverno. Alle cinque di pomeriggio era già notte. Stavo camminando in centro, per sgranchirmi un po' dopo il lavoro. Voltai in quella strada senza un motivo preciso. Era una via stretta ma abbastanza frequentata. Non ci passavo quasi mai. Dopo un po' notai la vetrata di un negozio con dipinta sopra la scritta Libreria Antiquaria. Non l'avevo mai notata, e mi fermai a guardare. Era una stanza modesta stracolma di libri polverosi, con in mezzo un tavolo rettangolare pieno di carte. Nella parete in fondo si apriva un arco con una tenda tirata. Dietro la tenda filtrava luce, ma nel negozio non vidi nessuno. Spinsi la porta ed entrai. Sentii nel naso l'odore dolciastro della polvere vecchia

La luce era bassa, senza neon. L'atmosfera era accogliente e familiare, sembrava di essere in casa di qualcuno. Gironzolai qua e là guardando gli scaffali, cercando di fare rumore per attirare l'attenzione. Non veniva nessuno, e simulai un colpo di tosse. Alla fine chiamai a voce alta. La tenda si scostò e apparve un uomo piccolo e magro, con la faccia mite. Aveva occhiali spessi, con la montatura di osso nera e pesante. Mi fece un cenno per dire di avvicinarmi, poi si mise un dito verticale sulle labbra.

« Ssst! Venga a vedere. » Si voltò all'indietro. Andai ad affacciarmi nella stanza e guardai dove guardava lui.

« Un topo » dissi.

« Viene qui tutti i giorni, sa che qui c'è da mangiare. Si chiama Ettore. » Restammo in silenzio a guardare la scena, poi il topo sparì dietro uno scaffale. Il libraio si tolse gli occhiali per massaggiarsi il naso. Senza le lenti il suo viso diventava diverso, perdeva l'equilibrio, come se fosse nato con gli occhiali.

« Mi scusi se l'ho fatta aspettare. Desiderava qualcosa? »

« Sono entrato così, per guardare. Sto cercando vecchie edizioni di Bartleby, non importa in che lingua. » Lui mi osservò per qualche secondo, come se stesse studiando la mia faccia.

« Stavo facendo un tè... ne vuole? »

« Be', grazie. » Il libraio scostò la tenda per lasciarmi entrare. Mi trovai in una stanza non grande, senza finestre. Gli scaffali pieni di libri arrivavano fino al soffitto, sui quattro lati. In mezzo c'erano quattro poltroncine di velluto verde, messe a stella intorno a un tavolino. Sopra il tavolino c'erano diverse scatole di tè e due tazze, come se il libraio aspettasse qualcuno.

« Mi chiamo Camillo Bollotti » si presentò lui. Ci stringemmo la mano e gli dissi il mio nome. Era una situazione strana, ma ero curioso di capire come sarebbe andata avanti.

« Si accomodi » disse lui, indicandomi una poltroncina.

« Grazie. » Mi sedetti. Lui sparì dietro una porta e tornò con un pentolino fumante e un'altra tazza.

« Ha qualche preferenza per il tè? »

« Penso di no. »

« Allora se permette le consiglio questo, è cinese. » Mentre preparava il tè mi misi a guardarlo. Aveva una testa buffa e triste insieme, come certi clown. La sua faccia era un reticolato di rughe profonde e in qualche modo ironiche. Nei suoi occhi neri e vivi c'era qualcosa di doloroso. Una faccia che si faceva notare.

Mi accorsi che stare lì seduto mi piaceva. Ero in quella stanza da un minuto, ma era come se la conoscessi da molto tempo. Circondato da quelle migliaia di libri mi stavo dimenticando il rumore e il puzzo della città, e anche il suo ritmo, veloce o lento in modo sempre sbagliato. Camillo mi spinse davanti una tazza fumante e tuffò un cucchiaino nella zuccheriera.

«Quanto zucchero?»

«Uno, grazie.»

«Sto aspettando un amico, dovrebbe arrivare tra poco» disse lui. Mi lasciai andare all'indietro definitivamente rilassato, aspirando l'odore inconfondibile dei libri vecchi. Lui si tolse gli occhiali per massaggiarsi il naso.

«Vecchie edizioni di Bartleby, mi diceva... Sì, devo averne una in francese.» In quel momento sentii aprire e richiudere la porta sulla strada. Qualche secondo dopo nella stanza entrò un nano, accompagnato da una ventata di aria fredda. Aveva dei lineamenti mostruosi. Si sfregava le mani per il freddo, e scambiò con Camillo un saluto silenzioso. Aveva addosso dei vestiti larghi, sporchi di fuliggine. Il posto di fronte a Camillo era occupato da me, e si sedette nella poltroncina accanto, davanti alla sua tazza. Camillo gli versò il tè e fece le presentazioni. Il nano lavorava come spazzacamino, e si faceva chiamare Bepi.

«Uomo corto, nome corto» disse ridendo. Aveva denti bianchi e perfetti, grandi come cucchiai.

«Non si chiamava così anche un personaggio di Hesse?» chiesi.

«Risposta esatta... e anche quello lì era un nano» fece Bepi. Prese la tazza e soffiò sul tè bollente, poi mi guardò.

«Hai mai visto un uomo più mostruoso di me?» disse, dandomi spontaneamente del tu. Visto che la domanda era molto diretta decisi di giocare la carta della sincerità.

«Credo di no» feci. Bepi ne sembrò contento.

«Essere il primo in qualcosa fa sempre piacere» disse. Camillo guardava il nano con affetto, come se lo avesse covato fino alla schiusa e nonostante tutto fosse soddisfatto del risultato. Bepi approfittava di tutto lo spazio che gli veniva concesso, era rumoroso come un bambino all'uscita di scuola. Mi domandai quanti anni potesse avere, ma rinunciai a capirlo. Mi ero distratto a guardare la sua faccia fino all'ipnosi, e quando mi svegliai lui stava raccontando qualcosa di cui avevo perso l'inizio.

« ... e alla fine gli ho detto che se non mi lasciava in pace gli davo una testata nei coglioni... così! » disse, facendo il gesto con la testa. Aveva ancora la tazza in mano, e scoppiando a ridere versò un po' di tè sul tavolo. Camillo rise con lui e asciugò tutto con un fazzoletto. Bepi continuò a raccontare altre storielle. Mi piaceva starlo a sentire, anche perché la sua voce era calda e profonda, molto piacevole per l'orecchio. Se lo avessi sentito parlare senza vederlo, non avrei mai immaginato che fosse in quel modo.

Mi sentivo davvero bene in quella stanza, ma cominciavo a pensare di essere un po' troppo invadente. Quel tè aveva tutta l'aria di un rituale quotidiano tra vecchi amici. Guardai l'ora e dissi che dovevo andarmene. Osservai bene i loro occhi, per cogliere le reazioni. Non sembravano sollevati all'idea che me ne andassi, come mi aspettavo. Camillo non disse nulla. Il nano mi batté una mano sul ginocchio, lasciandoci sopra un'impronta scura.

« Una donna? » disse. Risposi di no, nessuna donna. Lui mi diede un'altra manata nello stesso punto.

« Se non è una donna lascia perdere, tanto non ci dai mica noia... vero Camillo? » Camillo fece un sorriso e io mi rimisi comodo. A un tratto Bepi si batté una mano sulla fronte e tirò fuori dalla tasca un cartoccio.

« Che stronzo! Me n'ero dimenticato. » Parlava dei pasticcini. Appoggiò il cartoccio sul tavolo e strappò la carta. Camillo si alzò per scaldare altra acqua per il tè. Rimasto solo con me il nano diventò serio e silenzioso, ma solo per pochi secondi. Attaccò a raccontarmi quello che doveva essere un classico, lo svenimento di quella povera donna di sua madre quando vide cosa aveva partorito. Le infermiere le avevano consegnato il mostriciattolo appena nato, rosso e urlante come un coniglio spellato vivo. Lei aveva già teso maternamente le mani per af-

117

ferrare il frutto del suo peccato, e quando lo aveva visto da vicino le aveva ritirate di scatto.

«E io quasi cadevo per terra» disse Bepi scoppiando a ridere. Poi riprese fiato e continuò.

«E sai cosa disse la mia mamma?» Mise in bocca un pasticcino e mi raccontò quello che aveva detto sua madre: non le faceva impressione vedere quel piccolo mostro lì davanti, ma sapere che lo aveva tenuto nella pancia per tutti quei mesi.

«La mia mamma era un fenomeno. Bella come un'attrice, poveraccia.»

«Perché poveraccia?»

«È morta affogata in uno di quei laghetti di acqua calda che puzzano di uova marce. Però a modo suo mi ha voluto bene.» Prese una manciata di pasticcini e se li sfarinò in bocca. Poi mi chiese a bruciapelo cosa facessi nella vita. In quel momento rientrò Camillo con l'acqua bollente.

«Non lo tormentare, Bepi.»

«Faccio il traduttore» dissi.

«Il solito tè o vuole cambiare?» mi chiese Camillo.

«Il solito, grazie.» Con i pasticcini in mano parlai del mio lavoro, di come ero mal pagato, delle istruzioni per l'uso e dei documenti commerciali su cui mi accanivo per pagare l'affitto e tutto il resto. Poi aggiunsi che scrivevo anche romanzi.

«Eh già, vorrei fare lo scrittore» conclusi con un sospiro. Camillo versò il tè nelle tazze e si rimise a sedere. Il nano mi guardò con gli occhi tondi.

«Io, la Pizia di Delfi, ti predico che tra non molto pubblicherai un romanzo» disse, solenne.

«Sei troppo preciso come Pizia» fece Camillo.

Parlammo ancora un po', parlammo di niente, ma era divertente lo stesso. Camillo interveniva raramente, soprattutto ascoltava. Era bello essere ascoltati da uno come Camillo, perché ascoltava davvero, ascoltava le parole e il dietro delle parole, percepiva ogni sfumatura, non tralasciava nulla. Conoscere le persone lo appassionava, e per lui conoscere voleva dire soprattutto ascoltare. Glielo leggevo negli occhi che era così, ero sicuro di non sbagliarmi.

Dopo un po' Bepi disse che si era fatto tardi e mi porse la mano con un sorriso deforme.

« *À bientôt, monsieur l'écrivant* » fece, stritolandomi le dita. Poi Camillo lo accompagnò alla porta. Dopo qualche minuto, non vedendolo tornare mi alzai e spiai da dietro la tenda. Si erano fermati sulla soglia a parlottare fitto, con le facce diverse da prima. Sembravano più seri, quasi preoccupati. Camillo spiegava qualcosa al nano, che annuiva e commentava gravemente. Poi si strinsero forte la mano, fissandosi con uno sguardo carico d'intesa. Il nano partì e io tornai di corsa a sedere. Sentii la porta del negozio che si chiudeva, e poco dopo Camillo entrò nella stanza.

« Ha impegni per cena? »

« Nulla di particolare. »

« Se le va può fermarsi da me. » L'invito mi sorprese, ma accettai volentieri. Erano già le otto. Uscimmo dal negozio e Camillo tirò giù la saracinesca. Abitava lì accanto, all'ultimo piano di un palazzo antico. Spinse il portone e salimmo su per una scala ripida e semibuia.

« Scusi la domanda... perché mi ha invitato? » chiesi.

« Lei mi piace » disse lui, semplicemente. Non aveva altro da aggiungere. Arrivammo in cima e Camillo aprì la porta di casa. Entrammo in un ingresso grande e vuoto, con un tappeto al centro. Lo seguii lungo il corridoio. Dietro una porta mezza aperta vidi ancora librerie stracolme di volumi. Il corridoio faceva una curva ad angolo retto e continuava ancora. Sui due lati c'erano diverse porte, quasi tutte chiuse.

« È grande questa casa » dissi.

« Anche troppo » fece lui.

« Vive da solo? »

« Sì. »

In fondo al corridoio aprì una porta e lo seguii in una sala con due grandi vetrate che si affacciavano sopra i tetti. Si vedevano torri e campanili, e più avanti le colline con i crinali punteggiati di luci. Più che una stanza era un osservatorio. Il pavimento era interamente coperto di tappeti. Nel mezzo c'erano divani e tavolini, uno dei quali aveva il piano di legno intarsiato a scacchiera, con scacchi di marmo in posizione di partenza. Di

119

fronte alla libreria c'era una grande scrivania piena di carte. La luce veniva da un paio di lampade antiche sistemate negli angoli. Camillo si voltò verso me.

«Ceniamo qui, le va bene?»

«Non chiedo di meglio.»

Camillo non voleva che lo aiutassi, avrebbe fatto tutto lui. Si legò un grembiule alla vita e cominciò a lavorare. Cucinava con passione, e intanto apparecchiava. Io lo seguivo dalla cucina alla sala da pranzo e viceversa, per non interrompere i nostri discorsi. Parlammo un po' di tutto, come fanno due persone che si sono appena conosciute. Lui come al solito ascoltava con attenzione, poi buttava lì una frase che spesso mi sorprendeva, o che almeno dava nuova benzina ai miei ragionamenti. Ma lo faceva con naturalezza e con grande modestia. Mi colpiva soprattutto il rispetto che aveva di me e dei miei pensieri. Avevo la chiara sensazione di essere preso sul serio, indipendentemente dal fatto che lui fosse o no d'accordo con me. Non mi capitava quasi mai, e mai fino a quel punto. Ero abituato a tutt'altro. Di solito vedevo persone che tentavano con ogni mezzo di plasmare gli altri a propria immagine, forse per rassicurarsi, e per farlo erano disposte a creare leggi eterne che giustificassero i propri bisogni, come se ogni sistema di vita diverso dal loro fosse qualcosa da guarire. Non ero abituato a uno come Camillo.

Lui andava dai fornelli all'acquaio con la solennità di un sacerdote. Mi erano sempre piaciute le persone che prendono sul serio la cucina. Anzi, chi non ama cucinare mi costringe alla diffidenza. Camillo aveva apparecchiato la tavola con piatti semplici ma belli. Gli unici che aveva, mi disse.

Cenammo con un buon vino, di fronte alle vetrate che si affacciavano sulla città buia. Gli feci i complimenti per tutte quelle cose buone che aveva fatto in così poco tempo, e lui sorrise. Mi riempì ancora il bicchiere. Non so come, finimmo a parlare del nano.

«Bepi è un grande uomo» disse lui.

«Piace anche a me» approvai.

«La natura ha tentato di farne un mostro, ma lui non si è arreso.»

« Di solito succede il contrario, l'uomo è fondamentalmente cattivo» dissi io, volendo fare il saggio. Lui non era d'accordo.

«Non credo che esistano uomini cattivi. Ci sono solo individui insoddisfatti che non riescono a capire se stessi e si sfogano sugli altri. A volte fino all'atrocità. Ma non è cattiveria, è ignoranza. Ce lo insegna Platone.»

«Lei è un medico troppo pietoso» dissi. Camillo non rispose. Si limitò a piegare appena le labbra, poi si perse in qualche suo pensiero. In quel momento aveva la stessa faccia cupa di quando salutava il nano. Poi mi guardò, con gli occhi di nuovo sereni.

«Vorrei farle vedere una cosa. Le va?»

«Di che si tratta?»

«Venga.» Uscimmo dalla sala e lo seguii lungo il corridoio, fino alla parte opposta della casa. Aprì una porta, accese la luce e mi cedette il passo. Entrai... e rimasi a bocca aperta. La stanza era molto profonda, poco illuminata, e lungo le due pareti più lunghe correvano grandi scaffali con sopra modelli di nave di ogni epoca. Imbarcazioni fenicie, galere, velieri, galeoni spagnoli, corvette, incrociatori, portaerei...

In fondo alla stanza, di fronte all'unica finestra, c'era un grande bancone da lavoro con alcuni modelli in costruzione. Avanzai lungo gli scaffali per guardare le navi da vicino, una a una, scoprendo che erano curate nei minimi particolari. A un tratto mi resi conto che erano fatte interamente di... mi voltai verso Camillo, che stava camminando lungo la parete opposta alla mia.

«Sono fiammiferi usati» dissi. Lui sorrise.

«Tranne le vele, naturalmente.»

«Le ha fatte tutte lei?»

«Be', un po' per volta...» Sembrava imbarazzato di tutta quell'ammirazione, come se stessi sopravvalutando il suo lavoro. Continuai a guardare quelle navi una per una, affascinato, incapace di capire quella pazienza infinita. Incollare, modellare, levigare, verniciare milioni di fiammiferi usati per farli diventare velieri e corazzate. Mi sembrava un'impresa titanica. Camillo scorreva gli occhi sulle sue opere con un accenno di sorriso sulle labbra.

« A parte lei, solo Bepi ha visto questa stanza » disse. Ancora una sorpresa. Non solo faceva quei modellini perfetti appiccicando insieme dei frammenti di legno, ma li teneva chiusi in quella stanza senza farli vedere quasi a nessuno. Perché allora a me sì? Ci conoscevamo solo da qualche ora.

« Be', grazie » dissi. Continuai il mio giro ammirando la precisione di ogni dettaglio. Non sarei stato capace di fare nemmeno una scialuppa. Mi fermai davanti a un vascello con la polena a forma di sirena. Non era solo magnifica, aveva l'aria vissuta di una nave che ha viaggiato in mare per decenni. In quella penombra sembrava quasi di sentire le urla di comando e di vedere i marinai che correvano su e giù per il ponte. Camillo era andato avanti, fino al bancone da lavoro.

« Chiunque abbia un po' di pazienza può fare di meglio. Volevo solo farle vedere il frutto di una lunga attesa carica di pensieri. »

« Che genere di pensieri? »

« Vecchi ricordi. Queste navi mi hanno tenuto compagnia. »

Continuando a guardare le navi aspettai che si spiegasse meglio, ma lui non parlava. Stava osservando con aria distratta un grande veliero in lavorazione, poi prese in mano un oggetto piccolissimo e lo mise sotto la luce per guardarlo meglio. Ero molto curioso di sapere cosa si nascondesse dietro alle sue ultime parole, ma preferivo non fare domande e rispettare il suo silenzio. Avevo finito di scorrere la prima parete e mi fermai accanto a lui, di fronte al bancone.

« Forse è una domanda stupida, ma dove ha trovato tutti quei fiammiferi? » chiesi. Camillo si tolse gli occhiali per massaggiarsi il naso.

« Se vedesse tutti insieme i fiammiferi che ha consumato durante la sua vita non crederebbe ai suoi occhi » disse.

Andai avanti per guardare le navi allineate sull'altro scaffale. Ce n'era una in costruzione, lunga quasi un metro e mezzo. Si sentiva nell'aria l'odore del collante.

« Quando la finirà? » chiesi. Camillo allargò le braccia.

« Quando sarà finita » fece lui, sorridendo.

« Da quanto tempo ci sta lavorando? »

« Quasi un anno. »

Proseguii la mia passeggiata. Arrivai all'ultima nave e ricominciai da capo, osservando i particolari con più attenzione. Gli oggetti fuori misura mi erano sempre piaciuti, soprattutto quelli che per colpa delle dimensioni perdevano la loro normale funzione... una bicicletta minuscola, una sigaretta enorme, una nave su cui non si può salire. Tra le due esagerazioni preferivo la miniatura.

Camillo aspettò con pazienza che avessi fatto di nuovo tutto il giro, poi tornammo nella sala di prima e ci sedemmo in poltrona con un bicchiere in mano. Armagnac invecchiato.

« Ha mai letto il *De profundis* di Wilde? » mi chiese Camillo.

« Ancora no, ma devo averlo da qualche parte. »

« Scrivere quella lettera ha dato a Wilde la possibilità di scoprire il più grande tesoro dell'uomo, la capacità di conoscersi più a fondo. Wilde comincia con il disprezzo, e finisce con... Mi scusi, non voglio toglierle la sorpresa. »

« Lo leggerò. »

Tornai alla libreria di Camillo quasi ogni giorno, a fine pomeriggio, e spesso rimanevo a cena da lui. Lessi il *De profundis* e molti altri libri che lui mi nominava, e mi piacquero tutti. Familiarizzai con il topo e conobbi meglio Bepi. Anche lui era un assiduo. Ormai le tazze erano diventate tre.

Il nano veniva verso le sette e mezzo, quando staccava dal lavoro, e se ne andava poco dopo le otto. Camillo lo accompagnava sempre alla porta. Si fermavano sulla soglia e si scambiavano bisbigli brevi e veloci. Quei momenti cominciarono a sembrarmi il motivo fondamentale delle visite di Bepi, e un giorno, parlando da solo con Camillo, mi sfuggì un'allusione che aveva tutta l'aria di una domanda.

« Bepi è un amico. Mi sta aiutando a trovare una persona. » Non disse altro, e io non mi sentii di insistere.

Ogni tanto veniva uno dei suoi clienti affezionati. Erano quasi tutti collezionisti. Compravano libri rari, edizioni antiche stampate al torchio, e ordinavano altre pubblicazioni. Mentre Camillo parlava con loro restavo seduto nel retro della libreria a pensare alle nostre discussioni. Quel periodo inaspettato stava accendendo dentro di me mille interessi, e apriva strade nuove alle mie idee sulle cose. Ma in quella stanzina piena di libri vivevo anche momenti che non capivo. Ricordo un pomeriggio. Faceva un freddo cane, e il nano entrò con il vapore alla bocca sfregandosi le mani. Prima di sedersi davanti al suo tè scambiò con Camillo un'occhiata buia, e Camillo socchiuse gli occhi in un modo che per loro doveva significare qualcosa di preciso. Ovviamente collegai la cosa ai loro accordi segreti, di cui non sapevo nulla. Ero sempre più curioso, ma mi sforzai di fare il signore. Me lo dirà se e quando vorrà, pensavo.

Passavano i mesi, e mi sentivo sempre più legato a Camillo. Quando rimanevo a cena da lui mi capitava di aprirmi come non mi era mai successo prima, nemmeno con una donna, anzi soprattutto con una donna. Una sera ce l'avevo proprio con loro, con le donne, e con una in particolare, Marianna. Feci un sorriso amaro.

«Ancora prima di mollarmi stava già con un altro, quella stronza» dissi con amarezza. Camillo sorrise, mentre io continuavo a sfogarmi.

«Poteva dirmelo, cazzo. La chiarezza è sempre la cosa migliore» dissi un po' rabbioso. Lui continuava a sorridere.

«Forse dovrebbe prendersela più con se stesso» disse.

«Perché?»

«Se una donna tradisce in questo modo che a lei sembra meschino... be', magari lo fa perché il suo uomo non le ha lasciato altra via d'uscita.»

«Come sarebbe?»

«Penso che chi si sente libero non abbia bisogno di tradire» disse lui, versandomi del vino. Arrossii, pensando a quanto avevo ossessionato Marianna con la mia gelosia e i miei divieti. Camillo se ne accorse e cambiò discorso. Era molto delicato. Mi raccontò qualcosa della sua infanzia, mi parlò brevemente della sua passione per le piante e di come si cucina un buon cuscus.

Una sera di novembre Bepi entrò in libreria con gli occhi accesi come fanali, respirando forte come se avesse fatto una corsa. Capii subito che era successo qualcosa di importante.

«Ci scusa un attimo?» disse Camillo. Uscirono dal negozio e chiusero la porta. Tornarono dopo mezz'ora, e Bepi se ne andò salutandomi in fretta.

«Tutto bene?» chiesi a Camillo.

«Bepi dice di aver trovato la persona che cercavo» disse lui, con una voce che mi fece paura. Non lo avevo mai visto così teso. Si sedette sulla sua poltroncina e si versò un altro tè. Sentivo che stava per succedere qualcosa.

«E ora?» dissi.

«Prima di tutto devo sapere se è veramente l'uomo che cerco.»

«Potrebbe non essere lui?»

«Finché non lo vedo non posso saperlo. Le va di accompagnarmi?»

«Certo.»

«Grazie. Le offro una cena al ristorante.»

Uscimmo dal negozio alle otto e mezzo e ci avviammo a piedi. Il freddo mi rodeva le orecchie. Per tutto il tragitto Camillo non disse una parola.

Il ristorante era in un quartiere popolare del centro, si chiamava La Pentola d'Oro. Era piacevole e aveva un'aria familiare. Le luci non erano troppo forti. Uno di quei posti dove si mangia bene senza spendere un'esagerazione.

Seduto a un tavolo apparecchiato per due c'era Bepi, vestito elegante. La sua testa deforme usciva come una grande bolla dal colletto della camicia. Si meravigliò un po' che ci fossi anch'io, ma non disse nulla. Si limitò a scambiare un'occhiata con Camillo. Ci sedemmo, e il nano cercò di sorridere. Il ristorante era quasi vuoto, ma su alcuni tavoli si vedeva un cartellino con scritto *riservato*. Dalla parte opposta della sala, un uomo e una donna sulla sessantina parlavano sussurrando. Dovevano essere stranieri.

Il nano sembrava molto soddisfatto. Camillo era un po' ansioso, ma si dominava bene.

«Non l'ho visto» disse. Bepi scosse il capo e mi lanciò un'occhiata, per capire se sapevo già tutto. Camillo gli fece un cenno per dirgli che poteva parlare liberamente, e il nano si sporse in avanti.

« Viene alle nove e mezzo, tutti i giovedì » disse a voce molto bassa.

« Sei sicuro? » disse Camillo, fissandolo.

« Dicono che viene tutti i giovedì » ripeté il nano, sicuro di sé.

« Il suo tavolo? »

« Quello dietro di me, apparecchiato per sei. » Camillo alzò gli occhi per guardare il tavolo.

« Bene » disse. Non erano ancora le nove. Venne il cameriere ad aggiungere un coperto e a prendere le ordinazioni. I piatti arrivarono poco dopo.

Camillo non toccava niente. Stava immobile con i gomiti sul tavolo e le mani intrecciate. Bepi invece mangiava normalmente, come me. Ma nessuno diceva nulla. Poco a poco la sala si riempì di gente, e il rumore delle voci diventò un brusio compatto da cui ogni tanto spuntava una risata.

Le nove e mezzo.

Bepi e io stavamo finendo il dolce. Si sentì un rumore di voci e arrivò l'ennesima ventata fredda dalla porta. Camillo era di spalle all'entrata. Si irrigidì e guardò Bepi. Il nano socchiuse gli occhi per dire di sì. Camillo si voltò a guardare. Quando si girò di nuovo verso di noi lo vidi serrare le mascelle e annuire leggermente.

« È lui? » chiesi a bassa voce.

« Sì » disse Camillo. Ero seduto di fronte a lui, e potevo vedere il gruppo dei nuovi arrivati che avanzava fra i tavoli come se fosse in casa propria. Quattro uomini sui settant'anni e due donne più giovani, ma di poco. Il padrone del ristorante li seguiva, scherzando come si fa con i vecchi amici. Ancora non sapevo nulla, ma mi sentivo teso. Mi bastava guardare le facce di Bepi e di Camillo per capire che c'era di mezzo qualcosa d'importante. Osservavo con discrezione i nuovi arrivati cercando di capire chi dei quattro fosse *quell'uomo*. Ci passarono accanto. Uno di loro urtò con la mano la sedia di Camillo e si voltò per scusarsi. Camillo fece un cenno di risposta, ma aveva il viso molto serio. Il padrone aiutò le signore a togliersi le pellicce e andò ad appenderle. Ai cappotti dei signori pensò un cameriere.

Si sedettero al tavolo accanto al nostro, dietro a me e a Bepi.

Camillo li aveva di fronte. Cambiai posto e mi misi dall'altra parte del tavolo, di fianco a Camillo. Volevo vedere meglio quelle persone. Una faccia mi colpì più delle altre. Larga e piatta, con un naso sottile e lucido. Era l'uomo che aveva urtato la sedia di Camillo. Ce n'era uno con la dentiera, sembrava il più vecchio di tutti. Guardava gli altri con aria da monarca e faceva sorrisi contenuti. Poi c'era un tipo magro, con il viso bianco pieno di venuzze. Aveva un modo di ridere che dava sui nervi, come se tossisse. Il quarto lo vedevo da dietro, aveva la testa pelata e le spalle a gruccia. Le due donne sembravano sorelle, e probabilmente erano state anche belle. Avevano lo stesso modo di muovere la testa e le braccia. Troppo truccate, soprattutto il rossetto.

Guardai Camillo. Stava fissando uno dei quattro, ma non capivo chi. Gli toccai un braccio per fargli capire che ero curioso di sapere chi fosse il suo uomo.

«Lo saprà» mi disse, a bassa voce. Poi con un cenno chiamò il cameriere e pagò il conto. Ci alzammo. I sei del tavolo accanto ammutolirono un secondo, per osservare il nano che zampettava sulle gambette storte. Mentre uscivamo si sentì esplodere una risata. Erano loro. Li stava servendo il padrone in persona, e scherzavano con lui.

Sul marciapiedi Bepi ci salutò con un cenno e se ne andò fregandosi le mani per il freddo. Poi salì sopra il suo motorino da nani e partì. Camillo e io ci incamminammo verso casa sua. Sentivo che lui aveva voglia di pensare, e durante il tragitto non dicemmo una parola. Davanti al portone gli tesi la mano per salutarlo, pensando che volesse stare solo.

«Sale un minuto?» disse lui. Entrammo nel portone e lo seguii su per le scale. Ero un po' teso. Immaginavo che quella fosse la sera delle spiegazioni, e cercavo di immaginare l'argomento. Arrivammo in casa, e nella sala con le vetrate mi lasciai andare in una poltrona.

«Un Armagnac?» disse Camillo.

«Grazie.» Lui portò la bottiglia e i bicchieri e si sedette di fronte a me. Per la prima volta lo vidi accendere una sigaretta. Soffiò il fumo in alto, e dopo un minuto di silenzio fece un sospiro lentissimo.

«Non speravo più di ritrovarlo» disse.

«Chi è?»

«Nel '44 era un pezzo grosso della Repubblica di Salò, a Torino.» Bevvi l'Armagnac in un sorso e me ne versai un altro. Camillo si alzò con il bicchiere in mano e andò fino alla vetrata. Si fermò a guardare fuori. La città era là davanti, silenziosa. Poi senza che gli chiedessi nulla continuò a parlare.

«Sono andato con i partigiani quasi per caso, poco dopo l'8 settembre. Non avevo ancora diciotto anni. Mi ero perso nella confusione della guerra, e non sapevo più dov'era la mia famiglia. Dopo la guerra ho saputo che i miei fratelli avevano combattuto nell'esercito del Re, accanto agli Alleati, ed erano morti tutti e due a Cassino. Mentre i miei genitori erano stati deportati in Germania, e non sono più tornati. Le Brigate Nere mi catturarono nel '44, i primi di ottobre, insieme ad altri due del mio gruppo. Stavamo portando dei messaggi importanti a tre accampamenti diversi. Erano scritti in codice, ma era comunque augurabile che non finissero nelle mani dei fascisti. Prima che ci prendessero avevamo fatto in tempo a mangiare quei messaggi, e loro se n'erano accorti. Ci portarono in una cascina in mezzo alla campagna. Ci spogliarono nudi e ci chiusero in stanze separate, al buio completo. Per tre giorni non venne nessuno, e i miei sforzi per evadere furono inutili. Ero terrorizzato. Picchiavo nelle pareti per tentare di comunicare con i miei amici, ma nessuno rispondeva. Ero solo. Provai anche a scavare il muro con le unghie, e mi fermai solo quando vidi il sangue sulle dita. Sapevo delle torture dei fascisti, e la paura mi impediva di sentire la fame. Passavo ore seduto in terra con la schiena contro il muro, tremando di freddo. Non avevo nemmeno un secchio per i bisogni, e il puzzo mi dava il vomito. Ogni tanto non riuscivo a trattenermi e piangevo. Odiavo quei singhiozzi, mi facevano pensare a una sconfitta. Poi una mattina vennero a prendermi. Dopo tre giorni di buio la luce mi accecava. Mi dettero degli stracci da mettermi addosso e mi portarono in una stanza. Seduto dietro una scrivania c'era un uomo con i teschi cuciti sulle spalle. Aveva sì e no cinque anni più di me, ma in quella situazione si sentiva come un gigante di fronte a un topo. Non mi diedero il tempo di respirare. Cominciò subito *la gio-*

stra, come la chiamavano loro. Non capivo da dove arrivavano i pugni, e appena cadevo c'era una mano che mi rimetteva in piedi. Picchiavano e ridevano. Mi chiedevano se mi piacevano le giostre. Mi dicevano che prima o poi tutti i partigiani finivano alle giostre, e subito dopo al cimitero. Poi svenni. Mi ritrovai nella mia cella, spezzato in tutti i sensi. Non riuscivo a muovermi per i dolori. Di lontano mi arrivavano le urla di Lupo, uno dei miei amici. Gridava come un maiale, e lentamente riuscii a coprirmi le orecchie. Dopo un po' lo sentii trascinare verso la sua cella. Poi toccò a Rouge. Era il più vecchio di noi tre. Anche lui gridò a lungo.» Camillo accese un'altra sigaretta e si mise a camminare su e giù per la sala, in silenzio. Poi si fermò di nuovo di fronte alla vetrata.

«Entravano di notte e picchiavano con i bastoni. Prima di andare via mi urlavano sempre una frase, *ti mandiamo da Spallani*. Lo dicevano come se fosse la più grande delle minacce, e ormai quando sentivo quel nome immaginavo un mostro. Solo il quinto giorno mi portarono qualcosa da mangiare, ma niente acqua. La cella era diventata una latrina, puzzava in un modo spaventoso. Fino a quel momento non mi avevano fatto una sola domanda. Solo botte. Avevo la faccia gonfia. Mi toccavo il viso e non riconoscevo il naso dalle guance.

Le giostre continuarono per molti giorni. Solo uno dei carcerieri mi aiutò. Era un bestione con la faccia da montanaro, che non partecipava ai pestaggi. Ogni tanto mi dava da bere di nascosto, e quando poteva mi portava qualcosa da mangiare dentro un pezzo di carta. Un grande pezzo di carta che a fine pasto dovevo mangiare insieme al resto, per cancellare ogni traccia. Non capivo come mai quell'uomo facesse tutto questo, ma senza di lui sarebbe stato molto peggio.

Una notte vennero a prendermi. Erano in due. Passando in un corridoio mi vidi riflesso nel vetro di una finestra. Non avrei mai creduto che una faccia potesse diventare in quel modo. Pensai che se fossi sopravvissuto non sarei mai più tornato come prima.

I due mi spinsero dentro una stanza. Stravaccato su una sedia c'era un tipo atletico che fumava tranquillamente un sigaro, con i piedi appoggiati sulla scrivania. Aveva gli stivali molto lucidi, e il viso duro come il legno. Anche lui era giovane, ma da come lo trattavano gli altri capii che doveva essere un pezzo grosso. Mandò via i due uomini con un gesto. Immaginai che fosse quel famoso Spallani, e la cosa non mi piaceva. Non mi guardava nemmeno, sembrava che seguisse certi suoi pensieri. La sua faccia indifferente mi faceva gelare. A un tratto mi disse di sedermi, e mi sedetti. Tirò fuori una pistola dal cassetto e la mise sul tavolo. Mi avrebbe fatto meno paura se me l'avesse puntata addosso. Mi chiese quanti anni avevo.

'Venticinque' dissi. Lui sorrise, freddo.

'Cazzate. Non arrivi a venti' disse.

'Venticinque' dissi un'altra volta. Ma aveva ragione lui, non avevo ancora compiuto i diciannove.

'Il tuo nome?' fece lui. Risposi che non avevo nulla da dire. Lui si alzò con calma, girò intorno alla scrivania e si fermò dietro di me. Mi voltai per capire cosa stesse facendo, e mi arrivò un pugno in piena faccia. Ormai non mi facevano più così male, ma persi l'equilibrio e caddi dalla sedia. Mi toccai i denti davanti, e li sentii ballare. Lui mi salì con i piedi sopra le ginocchia.

'Se non vuoi collaborare possiamo giocare un po'' disse. Il dolore alle gambe mi impediva di parlare. Alla fine lui mi prese per le spalle e mi rimise a sedere. Si piazzò davanti a me.

'Il tuo nome?'

'Non ho nulla da dire' dissi ancora. Mi asciugai il sangue sul mento con le mani, e cercai di non fargli vedere quanto fossi terrorizzato. Lui sorrise. Con una mano mi prese per il colletto e con l'altra mi dette una decina di schiaffi.

'Ti è chiara la faccenda, partigiano?' disse. Io lo guardavo, cercando in quegli occhi qualcosa a cui aggrapparmi. Ma non lo trovavo. Forse anch'io potevo diventare così, pensai. Mi arrivò un calcio nella pancia e caddi ancora dalla sedia. Lui continuò a picchiare, e cercai di pararmi la testa con le mani. Sentivo i colpi rintronare nel cervello. A un certo punto mi prese una specie di euforia. Pensavo: 'picchia pure, non puoi fare altro che picchiare, voi fascisti fate così perché avete una paura matta, picchia pure, anche se mi ammazzi non ti servirà a niente'. Ero convinto di essere dalla parte giusta, e sarei morto per qualcosa in cui credevo. Qualcosa di valido per tutti. Lui invece uccideva per proprio conto, per salvare la pelle.

Comunque ero sicuro che sarei morto presto, e in un certo senso lo ero già. A quel ritmo, pensavo, non avrei resistito più di altri tre o quattro giorni. E se i fascisti avessero visto gli Alleati all'orizzonte, prima di scappare mi avrebbero ammazzato. Non avevo nessuna possibilità di sopravvivere, mi dicevo. Ma una parte di me sarebbe sopravvissuta nell'Italia libera, magari nel racconto di qualcuno, anche se nessuno mi avesse più ritrovato.

'Non ho nulla da dire' dissi ancora.

'E bravo il nostro eroe' fece lui. Andò a spalancare la porta e gridò per chiamare qualcuno. Vennero in due. Non li avevo mai visti, ma le loro facce mi sembrava ormai di conoscerle. Uno dei due era una specie di gigante, l'altro aveva il naso storto come i pugili. Mi immobilizzarono sulla sedia, e il capo cominciò a infilarmi in gola un panno puzzolente, spingendolo con forza. Non potevo respirare. Quando gli occhi stavano per uscirmi dalla testa il capo tirò via il panno. Mi uscì un respiro così violento che sembrava un urlo. Poi chinai la faccia. Sentii che stavo per cedere. Avrei voluto essere già morto. Lui mi alzò la testa prendendomi per i capelli.

'Cosa c'era scritto nel messaggio che hai mangiato?' disse. Aveva l'aria di uno che sta per prendere un tè con gli amici. I suoi occhi allegri mi facevano paura. Pensai che forse era meglio smettere di fare l'eroe. Forse un po' di diplomazia mi avrebbe dato qualche attimo di tregua. Dissi che per sicurezza chi portava i messaggi non sapeva cosa contenevano, e che comunque erano cifrati. Il capo ordinò agli altri due di lasciarmi le braccia. Mi sembrò di rinascere.

'Vedi che con qualche carezza è tutto più facile, partigiano?'

'Mi dispiace, non so altro.'

'Dove stavi portando quel messaggio?' mi chiese lui. Gli dissi che ero diretto al comando di Mondovì, anche se naturalmente non era vero. Dissi Mondovì perché lo sapevano tutti che i partigiani avevano una base laggiù. Lui si seccò di sentirmi dire *al comando di Mondovì* e non semplicemente *a Mon-*

dovì. Forse la sua era anche paura, perché *il comando di Mondovì* suonava come qualcosa di serio e organizzato. E in effetti in un certo senso lo era. A lui questa cosa dette noia e mi tirò un altro calcio in faccia, facendomi volare in terra. Il gigante mi raccolse, mi passò le braccia intorno al torace e mi stritolò per mezzo minuto, poi mi lasciò andare in terra. Caddi faccia in su e feci finta di essere svenuto. Se avessi potuto fare finta di essere morto lo avrei fatto. Sentii il capo che si avvicinava, e spiando da dietro le ciglia socchiuse lo vidi ritto davanti a me.

'Tanto prima o poi li trovo lo stesso quei sorci dei tuoi amici, testina di cazzo' disse con un tono tranquillo. Continuai a tenere gli occhi chiusi. Lui mi appoggiò uno stivale sul torace e mi scosse, per vedere se mi svegliavo.

'Non sarà morto di paura questo coniglio?' disse quello con il naso storto. Io stavo immobile. Il gigante uscì e tornò con un secchio di acqua gelida. Me la rovesciò in piena faccia. Era impossibile fingere ancora. Aprii gli occhi cercando aria. Il capo mi guardava con curiosità. Mi sembrò perfino di leggere nei suoi occhi un po' di ammirazione per me, un ragazzo di nemmeno vent'anni anni che resisteva ai pestaggi e alla tortura. Lui non lo sapeva, ma io stavo pensando che se avessero continuato per altri due minuti sarei crollato.

'Fucilatelo alla schiena' disse il capo con mio grande sollievo, poi si avviò verso la porta come se la cosa non lo riguardasse più. Quello con il naso da pugile disse una frase tipo: 'Portiamolo da Spallani questo finocchio, poi lo vedi se parla'. Il capo si fermò e si voltò a guardarmi. Dunque Spallani non era lui. Spallani doveva essere una specie di simbolo, pensai, un vero duro, il più duro di tutti. In un secondo mi trovai la testa piena di pensieri. L'idea di altre torture mi terrorizzava. Immaginai il colosso Spallani che mi faceva legare alla sedia e mi seviziava. Sentii che mi stavo spezzando. Ero convinto che non avrei retto a lungo. E se per caso avessi retto, c'era ugualmente il rischio che nel delirio mi sfuggisse qualcosa. Preferivo essere fucilato subito. Di Rouge e di Lupo non sapevo più nulla. Pensai che forse li avevano già ammazzati. Ma ero sicuro che non avessero parlato. Dubitavo più di me che di loro Però non mi pentivo di nulla. Ero andato con i partigiani e sapevo cosa poteva succedermi.

'Bene, portatelo da Spallani' disse il capo con un sospiro rassegnato, come se nonostante tutto quella decisione gli facesse venire dei rimorsi, come se anche per lui esistesse un limite. A quanto pareva, per Spallani il limite non esisteva. Forse Rouge e Lupo avevano fatto la stessa fine, torturati e poi strangolati da quello Spallani... Spallani, Spallani, Spallani, quel nome era un incubo, l'essenza stessa del dolore. Era il nome dell'ultimo buco dell'inferno. Ormai solo a sentirlo pronunciare mi sentivo morire.

I due mi raccolsero da terra e mi trascinarono via. Pensavo che mi avrebbero messo subito nelle mani di Spallani. Con mia grande meraviglia mi portarono nella mia cella e mi lasciarono cadere sul pavimento. Appena se ne andarono cominciai a ridere, non riuscivo a fermarmi. Non era un vero riso. Le torture erano state rimandate, e la tensione accumulata mi usciva dal corpo in quel modo. Mi toccai la faccia. Era gonfia, e aveva la consistenza di un limone marcio. Dopo un po' mi addormentai.

Quando riaprii gli occhi vidi che nella cella era stata accesa una luce. Accanto alla porta, in un angolo, c'era qualcuno seduto su una sedia. Era un uomo piuttosto giovane, e mi guardava con pena. Era magro, con la testa piccola. Ricordo che pensai: non può essere uno dei nostri.

'Come ti senti, ragazzino?' fece lui. La domanda mi stupì, poi mi accorsi che era un prete. Mi appoggiai su un gomito e mi trascinai fino alla parete. Lungo i muri c'erano ancora tutti i miei escrementi.

'Cosa vuole da me?' gli chiesi. Lui allargò le braccia.

'Sono sicuro che il sacramento della confessione ti sarà di sollievo' disse. Mi sembrava assurdo. Anche lui voleva una confessione.

'Lei è con quelli?' chiesi. Lui disse che non era né con quelli né con questi, lui era con Dio. Gli risposi che al suo Dio non avevo nulla da confessare, visto che stava con i fascisti.

'Sei così giovane' disse lui facendo oscillare il capo. La vista di quel prete mi dava uno sconforto infinito. Ma in fondo era sempre meglio di tutto il resto, pensai. Almeno potevo parlare. Era molto tempo che non parlavo con qualcuno.

'Cosa ci fa lei in un posto come questo?' chiesi.

'Porto la parola di Dio... Vuoi pentirti?'

'Per cosa?'

'Di aver tradito il tuo paese' disse lui, serio. Non aveva detto che non stava da nessuna parte? Chinai la testa di lato e sputai, e il naso prese a sanguinarmi.

'Sarà il mio paese quando l'ultimo fascista sarà morto' dissi. Il prete abbassò gli occhi, sembrava un po' imbarazzato.

'Se mi dici dove sono quegli sciagurati dei tuoi compagni fai bene all'Italia e fai bene alla tua coscienza. Ti salverai l'anima, e la salverai ai tuoi amici.' Era orribile starlo a sentire. Mi avevano picchiato sul corpo, ora toccava all'anima. Per mezzo di un prete. Lui e il suo Dio...

Avevo voglia di strappargli il crocifisso dalle mani per gettarlo nei miei escrementi. Non poteva esistere un Dio così. Non volevo nessun Dio. Ero solo, e mi andava bene così.

'Cosa cazzo c'entra Dio con questi assassini?' dissi. Lui si offese un po', ma rimase calmo.

'Non sono assassini, combattono per la loro Patria.'

'Combattono per il loro buco del culo...' Mi permettevo di dire quelle cose perché lui era un prete, ma nella mia fantasia immaginavo di dirlo a quelli delle Brigate Nere. Era solo una minuscola soddisfazione prima di uscire dal mondo. Cercai di tirarmi un po' più su e mi uscì un lamento.

'Pensa alla sofferenza di Cristo' disse lui, con un sorriso paterno.

'Preferisco pensare a tutti i porci fascisti che presto dovranno mettersi a quattro zampe' risposi. Lo vidi serrare i denti, ma un attimo dopo già sorrideva. Lui poteva anche sorridere. Io ormai non speravo più in niente. Mi sentivo finito, consumato dentro e fuori. Parlavo e respiravo a fatica. Guardavo senza troppo interesse quel prete che aveva messo la camicia nera al suo Dio. Lui aveva preso fra le mani il crocifisso che teneva appeso al collo, e lo tormentava. Ricordo che pensai: 'Se potesse, quel crocifisso volerebbe via'.

'I tuoi amici sono stati più saggi, si sono pentiti e si sono scaricati la coscienza' disse lui. Io non ci credetti, lo sapevo bene che facevano questi trucchi da quattro soldi. Ma da un prete non me lo sarei aspettato. Poi pensai che forse lui poteva dirmi qualcosa su Rouge e Lupo. Volevo almeno sapere se erano vivi.

'Sono vivi?' chiesi, trattenendo il fiato. Lui sembrava stupito.

'Certo che sono vivi, stanno bene. Li hanno liberati subito dopo' disse, con un sorriso rassicurante. Gli dissi che non ci credevo. Mi ricordai di quando li avevo sentiti gridare come maiali, e per poco non mi misi a piangere dalla rabbia. Per calmarmi sbattei la nuca contro il muro.

'Segui l'esempio dei tuoi amici, liberati la coscienza' disse ancora lui. Non volevo più sentirlo. Chiusi gli occhi e cercai di dimenticarmi di essere in quella cella, di fronte a quel prete. Mi venne in mente di certi fascisti catturati da noi. Non so cosa facessero quelli delle Brigate comuniste. Io ero con i Badogliani. Certo li spaventavamo a morte, e capitava che volasse qualche pugno, anche forte. Ma il mio capo era uno giusto. Fossero fascisti o tedeschi, i prigionieri mangiavano tutti i giorni. Dormivano al freddo come noi, potevano lavarsi, e avevano da fumare quello che fumavamo noi. Capitava spesso che si parlasse con uno dei prigionieri, magari la notte, durante la guardia alle celle. Con qualcuno ci giocavamo a carte. Se si poteva, cercavamo di scambiarli con qualcuno dei nostri. Alcuni li fucilavamo, ma prima di morire potevano scrivere una lettera a qualcuno, e noi facevamo il possibile perché arrivasse a destinazione. Li guardavo cadere in terra, e quella morte mi ripugnava. Dopo le fucilazioni eravamo tutti un po' storditi. Capitava che qualcuno si mettesse a brindare alla disfatta dei Repubblichini, ma era un modo come un altro per non pensare a quello schifo. Stavamo meglio se c'era da fare uno scambio, anche se erano pericolosi.

Mi ricordai di un ragazzo delle Brigate Nere, poco più grande di me. Sembrava che solo da prigioniero avesse capito cosa significasse quella guerra e per cosa si combatteva. Era fascista perché era cresciuto in mezzo a loro, diceva piagnucolando. Fino a quel momento per lui era stato tutto un gioco. Ora capiva e tremava dalla paura. Se la faceva addosso tutti i giorni, perché era sicuro che lo avremmo ammazzato. Stava quasi sempre zitto. Ci faceva a tutti una gran pena. Gli davamo anche un po' del nostro pane, perché ci sembrava troppo magro. Ogni tanto cercavamo di spiegargli che i traditori erano loro, non noi. Lui diceva che l'unico suo desiderio era tornare a casa. Un giorno il mio capo decise finalmente di scambiarlo con uno dei nostri. C'era sempre una grande tensione durante quegli scambi. Avveniva tutto in silenzio. Si sentiva solo il rumore dei passi. Quando eravamo già lontani, il ragazzo appena liberato si voltò e ci gridò: 'Figli di troia vi taglieremo i coglioni a tutti!' Non aveva più paura, era tornato sotto le ali della chioccia. Qualche giorno dopo trovammo tre dei nostri impiccati a un albero. Avevano piaghe dappertutto, la faccia maciullata di pugni e un cartello appeso al collo: *sono un vigliacco*.

Qualche settimana dopo, uno dei nostri, Toro, trovò dentro un fossato un fascista ferito alle gambe. Era stato abbandonato dai suoi dopo uno scontro a fuoco. Aveva perso molto sangue e soffriva come un cane. Il giorno prima ci era arrivata la notizia che tre dei nostri erano stati ammazzati a colpi di scure, e Toro caricò il fucile per finire il fascista. Ma quello cominciò a piagnucolare e a chiedere pietà. Non voleva morire in quel modo, diceva. 'Ho vent'anni, non mi ammazzare.' Toro gli appoggiò la canna del fucile alla testa, voleva sparare, stava per sparare, ma non ci riuscì. Mi disse che non sapeva bene cosa gli era preso, ma a un tratto gli era sembrato assurdo sparare a quel ragazzo che lo guardava negli occhi. Cancellare una vita così, con un movimento dell'indice, gli sembrava una grossa stronzata. Si caricò il ragazzo sulle spalle e lo portò il più vicino possibile a un paese dove erano asserragliati i fascisti. Lo scaricò nell'erba alta, poi si tolse la camicia e l'annodò a un ramo secco.

'Lasciami allontanare poi alza questa, ti vedranno.'

'Grazie grazie grazie...' continuava a dire il ragazzo, con le lacrime agli occhi. Toro aveva raccontato solo a me quella storia, perché gli gonfiava dentro come una bolla di veleno. Sapeva bene che se l'avesse saputo il nostro capo si sarebbe imbestialito. Ogni prigioniero poteva significare la salvezza per uno dei nostri. Ma quel ragazzo era ferito in modo grave, continuava a ripetere Toro, e i fascisti avevano molti più mezzi di noi per curare quelle cose. Al nostro campo sarebbe morto di cancrena in pochi giorni, e non sarebbe nemmeno servito per uno scambio. Alcuni giorni dopo, tramite il curato di un paese vicino, i fascisti ci rimandarono due dei nostri con la testa tagliata. Avevano tutti e due meno di vent'anni. Mentre li scaricavamo dal carro cercai lo sguardo di Toro, e ci scambiammo un'occhiata. Dalla sua faccia capii che al prossimo fascista ferito avrebbe piantato una palla in testa. Poi un giorno anche Toro venne catturato, e morì sotto le torture...

Quel prete là davanti mi faceva discorsi sul pentimento e sulla coscienza, ma aveva portato il suo Dio in mezzo alle Brigate Nere. Pensai a tutti i miei amici morti ammazzati e sentii montare dentro un odio senza limiti. Se avessi potuto avere tra le mani uno di quei fascisti gli avrei strappato il cuore con le mani... Ecco, mi dissi, sei diventato come loro, ti hanno trasformato in uno di loro. No, non volevo pensare le stesse cose dei fascisti. Anche noi uccidevamo, ma non come loro. Loro uccidevano per se stessi, noi per tutti gli italiani. Una differenza doveva esserci. Se per qualche miracolo mi fossi salvato, pensai, non avrei fatto nulla di quello che facevano loro. Non sarei mai stato come loro. E anche se ormai ero sicuro di non uscirne vivo lo giurai. Dovetti giurarlo, perché se pensavo al vecchio Libero, che avevamo trovato morto in una porcilaia con le mani tagliate... se pensavo a Toro... o alle urla di Lupo e di Rouge...

'Sono morti' dissi a un tratto, aprendo gli occhi. Il prete era ancora là, seduto nella stessa posizione. Mi sorrise e disse ancora di no, i miei amici non erano morti, gli dovevo credere. Si erano scaricati la coscienza ed erano tornati a casa sani e salvi, ecco tutto.

No. Quel prete mentiva, lo sentivo bene. I miei amici erano morti. Li avevano fatti a pezzi, e tra poco sarebbe toccato a me.

'Lei e il suo Dio assistete anche cristianamente alle torture?' dissi, con la voglia di sputargli in faccia. Lui mi guardava, paziente.

'Dunque non vuoi confessarti?' mi disse.

'Confessarmi o confessare?' dissi io.

'Dunque non vuoi?' mi chiese ancora.

'Ammazzatemi pure' dissi. Con quel prete mi sentivo di fare

ancora un po' l'eroe. Non ne potevo più d'ingozzare pugni e calci cercando di essere il meno irritante possibile.

Il prete si alzò in piedi. Era più basso di quello che credevo, tutto nervi, con la testa vibrante. Per non sporcare la tonaca la tirò su con le mani, e vidi che portava degli stivali militari. La cosa mi stupì un po'. Lui si accorse che avevo visto i suoi stivali e fece un ghigno. E a un tratto capii tutto. Quello non era un prete, era Spallani!

Lo vidi andare alla porta e picchiarci sopra con la mano aperta. Vennero ad aprire di corsa.

'Alla stalla' disse Spallani, e uscì senza guardare nessuno. Mi venne il tremito. Mi ero seppellito con le mie mani, ero caduto nel più stupido dei tranelli. Mentre mi strappavano da terra, tutta l'energia che mi restava si trasformò in un urlo.

'Spallani Spallani Spallani sei un bastardo!' Pronunciare quel nome fu una liberazione. Da giorni era come intrappolato nella mia testa, ero arrivato al punto di tremare solo pensando a quel nome: Spallani.

Mi trascinarono fino alla stalla. C'era ancora odore di sterco e paglia nelle mangiatoie, ma gli animali dovevano averli già mangiati. Qua e là le pareti erano schizzate di sangue. Spallani non c'era ancora. Ricordo che pensai: 'è andato a togliersi la tonaca'.

In mezzo alla stalla c'era un tavolo di legno lungo un paio di metri. Mi spogliarono nudo e mi ci legarono sopra. Poi se ne andarono tutti. Si gelava, e cominciai a tremare. Non riuscivo a staccare gli occhi da un palo di ferro murato in alto, da parete a parete, un metro più avanti dei miei piedi. Al palo erano appesi alcuni ganci da macellaio, di quelli molto grandi. Pregai Dio che mi uccidessero subito. Il mio Dio, non il loro.

Sentii dei passi e vidi entrare Spallani, con i teschi sulla divisa e gli stessi stivali di quando era prete. Si avvicinò al tavolo con le mani allacciate dietro la schiena.

'Guarda un po' chi si vede' disse. Si chinò su di me e mi fissò negli occhi.

'Sei pronto?' mi chiese. Ero terrorizzato, soprattutto dalla sua calma.

'Pronto per cosa?' dissi, stordito dalla paura. Quella frase mi era uscita di bocca così, senza una ragione precisa. Non era una vera domanda. Lui sparì dalla mia vista e lo sentii armeggiare con della ferraglia. Quando tornò da me aveva in mano una pinza da meccanici. Mi schiacciò con forza il polso sul tavolo e cominciò a stringermi un dito nella pinza. Aumentava la forza piano piano. Sentii l'unghia che si frantumava, e un dolore violento salì dalla mano fino alla testa. Non mi ricordo se urlai, ma probabilmente sì.

'Fa molto male?' mi chiese Spallani, come se fosse il mio dentista. Continuò così per una mezz'ora, dito dopo dito, non risparmiando i piedi. Già a metà del trattamento ero ubriaco di dolore, avevo il cervello annebbiato. Non avevo più freddo, anzi avevo caldo. Sudavo per il calore che mi usciva dal corpo, un calore che se ne andava per sempre. Se ne andava su in alto, verso quei ganci da macellaio appesi al palo di ferro. Spallani continuava a lavorare. Il male che sentivo mi rendeva idiota, e a volte mi scappava addirittura una risata. Ogni tanto sentivo la voce di Spallani, 'fa molto male?' Il suo tono calmo mi faceva sentire più forte il dolore, non so perché.

Si dice che i nazisti abbiano fatto molto peggio. Probabilmente è vero. Ho un amico ebreo a cui hanno strappato tutti i denti in un Lager polacco, non per farlo parlare, solo per divertimento o per noia. Ma sono convinto che oltre un certo limite la differenza stia soltanto nella fantasia del carnefice. Per mia fortuna Spallani non aveva molta fantasia. Io avrei saputo fare di meglio. Ma non toccava a me, toccava a lui.

Poi Spallani si fermò, e nonostante tutto sentii un senso di pace. Pensai al mio giuramento di prima: 'Non farò mai quello che fanno loro, non sarò mai come loro'. Fissando i ganci da macellaio mi ripetevo quelle parole, ma sentivo che a Spallani avrei fatto tutto questo e anche di più.

Lui si era allontanato di qualche passo, e tornò con una catena da bicicletta. Per non sporcarsi la mano si era infilato un vecchio guanto da contadini. Ansimava un po', per lo sforzo che aveva fatto prima con le pinze.

'Quando l'ultimo fascista morirà le tue ossa saranno polvere da molti secoli' disse. Avrei voluto gridargli in faccia che almeno su quello si sbagliava di grosso, i fascisti sarebbero durati meno di uno starnuto, questo era certo. L'Esercito Regio e gli Alleati sarebbero arrivati presto. Verranno e spazzeranno via i fascisti e i tedeschi, mi dicevo. Verranno, sono già arrivati. Non per me, io sono già morto. Verranno per tutti gli altri, non per me.

Vidi Spallani che caricava il braccio. Mi colpì con la catena sulla pancia, con tutta la forza che aveva. A parte il male, che mi fece scoppiare un urlo nella gola, ero convinto che mi avesse tagliato in due. Ma allora perché non morivo? Mi sembrava di sentire il sangue che gocciolava in terra. Pensai di avere pochi minuti di vita. E in quel momento mi successe qualcosa. Nonostante il male, che mi faceva scoppiare le vene del collo, sentii che avrei voluto capire. Capire come fosse possibile che succedesse quello che stavo vivendo. Capire come un uomo potesse essere fino a quel punto il destino di un altro uomo. Cercai gli occhi di Spallani, e vidi uno sguardo tranquillo.

'Mamma' dissi. Mi sfuggì dalla gola come se fosse l'ultima parola che dicevo. Spallani mi colpì ancora, questa volta sulle cosce. Ecco, ora non avevo più le gambe... erano cadute dal tavolo, sentii perfino il tonfo sul pavimento. A momenti perdevo la vista, e quando mi tornava avevo sempre davanti agli occhi quei ganci da macellaio. Mi spaventai sentendo la voce di Spallani che mi diceva dentro l'orecchio: 'Gli assassini siete voi'. Mi spaventai perché avevo sentito quella voce rintronare dentro la testa. Ma non mi mossi. Non avevo più la forza di fare nulla. Aspettavo solo di morire, ma non succedeva niente.

'Ammazzami' riuscii a dire.

'Questo è sicuro, nemmeno i tuoi Alleati senzapalle ti salveranno.' Mi arrivò un altro colpo, questa volta sulle caviglie... via i piedi. Non era più dolore, era come un sogno. Persi conoscenza, e mi svegliai con il solito secchio di acqua fredda sulla testa.

'Se parli ti lascio andare. Stasera potresti essere a casa tua, da tua madre' disse Spallani, sempre calmo. Feci appena di no con la testa. Lui continuò a parlare, ma non capivo tutto. Nelle mie orecchie la sua voce andava e veniva. A un certo punto lo sentii dire: 'Non volevi rivedere i tuoi amici?' Poi uscì dalla stanza e mi lasciò da solo. Dopo qualche minuto cominciai a riprendermi. Era come se la vita avesse già ricominciato a lavorare per la mia sopravvivenza. Sentire questo mi fece male, perché io volevo solo morire.

Tornò Spallani, insieme a due dei suoi che tenevano in piedi un uomo a torso nudo, con la testa maciullata dai cazzotti. Me lo misero davanti perché lo vedessi bene, e stentai a riconoscerlo. Era Lupo. Aveva la faccia gonfia come una palla, e gli mancava il lobo di un orecchio. Il suo petto era pieno di ferite e di bruciature. Ci guardammo negli occhi con avidità. Sapevamo che era l'ultima volta. Era bello Lupo, alto e forte. Spallani gli arrivava sotto il mento, ma era lui a decidere.

'Italia libera' disse Lupo, con una voce che non sembrava la sua. Io risposi come lui: 'Italia libera'. Sembravamo due matti.

Spallani fece un sorriso, poi mise una mano sulla schiena di Lupo e lo spinse appena.

'Questo me lo mandate al reparto macelleria, come l'inglese' disse ai suoi. Sembrava che quei due non aspettassero altro. Trascinarono Lupo verso il palo con i ganci da bue. Lo sollevarono di peso e ce lo attaccarono per la gola. Lupo aveva le mani legate dietro la schiena e sgambettava in aria. Il sangue gli colava lungo il corpo e schizzava via dai piedi, fino a me. Non poteva gridare. L'unico rumore era quello dei suoi calci all'aria, appena un fruscio di vestiti. Guardavo la scena senza staccare gli occhi, Lupo che moriva e i fascisti che applaudivano. Pensavo: 'Muori Lupo, muori subito'. Ma Lupo era molto forte, ci mise diversi minuti a morire. Poi finalmente smise di scalciare. Ciao Lupo, pensai, ci vediamo tra poco.

Lo lasciarono appeso là in cima, a dondolare lentamente. Dai piedi gocciolava ancora sangue. Spallani disse a qualcuno di mettere della paglia sul pavimento, sotto il morto. Non gli piaceva lo sporco.

Poi toccò a Rouge. Mi trovai davanti anche lui, era in condizioni penose. Rouge era sempre stato un leone. Lo avevano massacrato, e adesso non poteva nemmeno stare in piedi da solo. Fissò il corpo di Lupo, che dondolava appeso a quel gancio come un maiale, poi guardò me e disse, con un sorriso: 'Questi coglioni non sanno cosa li aspetta'.

'Reparto macelleria' disse Spallani, calmo. Rouge e io ci salutammo con un'occhiata. I due fascisti sollevarono anche lui e lo app...»

«Basta... basta, ho capito» dissi. Il cuore mi batteva svelto, e cercai di calmarmi. Non ce la facevo più a sentirlo parlare in quel modo. La cosa più dura da sopportare era il tono della sua voce, senza odio, senza incrinature. Raccontava quella storia come se parlasse di una caduta dalle scale. Si limitava essenzialmente ai fatti. Tutto il resto ce lo mettevo io.

Camillo venne a sedersi davanti a me e si riempì di nuovo il bicchiere. Mi alzai e andai davanti alla vetrata. Cercai di calmarmi guardando i tetti scuri, pieni di antenne e di comignoli. Più in là c'erano le colline, e nel cielo si vedeva qualche stella.

Non riuscivo bene a definire quello che sentivo. Ero incazzato, inorridito, mi sudavano le mani. Un po' forse mi vergognavo. Non sapevo molto di quelle cose. Avevo letto qualche pagina a scuola, molto tempo prima, e altre cose le avevo sapute da mio padre o dalla televisione. Camillo invece era lì, vivo, potevo parlarci e toccarlo. Era stato torturato, aveva visto morire i suoi amici, e adesso era là, seduto sul divano, beveva Armagnac.

«Quello del ristorante è Spallani?» dissi.

«Sì.»

«E ora cosa farà?»

«Vorrei solo capire» disse lui.

«Capire cosa?»

Camillo non rispose. Andai a prendere il mio bicchiere, e insieme accendemmo un'altra sigaretta. Poi tornai davanti alla finestra. Guardando fuori mi calmavo.

«Lei come ha fatto a salvarsi?» dissi.

«Preferisce sapere subito il finale o continuo il racconto?»

«Continui pure... mi scusi.»

«La capisco, non è una bella storia. Ma quando morirò lei potrà raccontarla a qualcun altro.»

«Ora è passata. La prego, continui.» Camillo si alzò e uscì dalla stanza. Tornò con una fotografia. Un gruppo di ragazzi cenciosi, ma armati. Sorridevano.

«Questo qui è Lupo, e questo è Rouge» disse indicandomi due teste. Mi lasciò la foto in mano e andò a sedersi.

«Lei dov'è?» chiesi.

«L'unico seduto.» Era giovanissimo, quasi un bambino. Stava seduto in terra con le gambe intrecciate, e dalle sue mani spuntava un grande fucile. Nella foto anche lui sorrideva.

«Cerco di farla breve» disse.

«Voglio sapere tutto, la prego» dissi io. Camillo sospirò, e dopo qualche secondo riprese il racconto.

«Attaccarono anche Rouge nello stesso modo. Sgambettò così forte che il gancio scivolò sul palo per quasi un metro. Ma per fortuna morì in fretta, non come Lupo. Anche lui ebbe i suoi applausi. Ecco, ora sapevo che fine avevano fatto i miei amici. Erano tutti e due appesi davanti a me, uno accanto all'altro. Non sentivo nemmeno più il dolore fisico. Mi sembrava di essere puro pensiero, un'idea senza corpo. Non riuscivo a staccare gli occhi da Lupo e Rouge. Oscillavano tranquilli come lampadari. Ero sicuro che entro un minuto sarei finito anch'io al reparto macelleria. Ma la cosa più brutta era sapere con certezza che tutto quel sangue era inutile. Lo sapevamo noi, e soprattutto lo sapevano loro. Solo un pazzo poteva credere che i fascisti e i tedeschi avrebbero vinto la guerra. E loro non erano certo pazzi, non in quel senso almeno.»

«E cos'erano?» dissi.

«Uomini normali, come lei e me. Solo che avevano scelto di vivere per il potere invece che per l'intelligenza. Lo hanno fatto ognuno per ragioni diverse. Per debolezza, per frustrazione, per mille altri motivi personali, tutti sufficientemente forti. Ognuno di noi può diventare così, è bene non dimenticarlo. Mi scusi se faccio il saggio, sto solo parlando di quello che ho pensato in tutti questi anni. I fascisti non erano uomini diversi dagli altri, hanno solo avuto l'occasione e la voglia di comandare su qualcuno, di diventare peggiori, e non si sono tirati indietro. Lo facciamo tutti ogni giorno, in situazioni più o meno insignificanti, e a volte nemmeno ce ne accorgiamo. Se moltiplicassimo per un milione quelle piccole cose, noi saremmo come loro. Certo, la maggior parte dei fascisti ha commesso crimini imperdonabili, ma dopo molti anni finalmente riesco a sentire una certa pena per loro, perché non hanno saputo resistere alla parte peggiore dell'uomo. Quella che abbiamo tutti, e che può farci diventare nello stesso modo.»

« Poi cosa successe? »

« Non mi appesero a quel gancio. Spallani sperava ancora di farmi parlare, o forse voleva solo continuare a divertirsi. Comunque sia mi dedicava molto del suo tempo, sempre in quella stalla. Per qualche giorno lasciarono Lupo e Rouge a penzolare dai ganci. Quando cominciarono a puzzare troppo li portarono via. Ma sulle pareti e in terra erano rimaste le macchie di sangue, e in qualche modo era come se fossero ancora lì.

Spallani continuava il suo lavoro con pazienza, usando sempre attrezzi diversi, e ogni tanto mi arrivava nelle orecchie una delle sue frasi pacate. Avevo piaghe in tutto il corpo, e quando per caso riuscivo a vedere la mia faccia non la riconoscevo. Era nera di botte, gonfia come un pallone. Ogni sera Spallani mi faceva portare all'infermeria. Mi ricucivano alla meglio, mi davano qualcosa da mangiare e mi lasciavano dormire in cella per qualche ora. Insomma mi facevano riprendere quel tanto che bastava per riportarmi nella stalla non troppo incosciente. Spallani voleva che sapessi bene quello che mi stava succedendo. Ogni volta che ci vedevamo mi salutava dicendo: 'Sei un cretino'. Poi cominciava a lavorare. Il suo viso mi diventò molto familiare, ma se lo guardavo negli occhi continuavo a non capire.

Una mattina ero steso sul pavimento lurido della mia cella, mezzo morto, in attesa di essere portato nella stalla. A un tratto sentii un gran movimento di gente intorno alla cascina, voci che gridavano e porte che sbattevano. Poi scoppiarono i primi colpi di artiglieria leggera, e i muri tremarono. Cominciarono anche a sparare con le mitraglie. Un paio di aerei si misero a volteggiare là intorno, rafficando di continuo. Sentii uno dei fascisti che passava nel corridoio gridando 'Siamo fottuti!'

Mi vennero le lacrime agli occhi, e nonostante fossi spezzato in tutti i sensi riuscii a trovare un po' di forza per alzarmi in piedi. Andai barcollando fino alla porta e ci appoggiai sopra l'orecchio. Sentivo il rumore delle pallottole che sbriciolavano le finestre della cascina, e ricominciai a sentire l'odore della vita. I fascisti correvano e bestemmiavano, e si sentivano motori imballati che si allontanavano. Dopo qualche minuto tornò il silenzio, a parte qualche raffica ogni tanto. Gli aerei continuavano a volare là sopra. 'Sono libero' pensai. Di colpo mi venne da ridere. Un riso strano, come se avessi ingurgitato aria per setti-mane senza mai ributtarla fuori, e ora fosse scoppiata la valvola che la tratteneva. Ridevo come avrei potuto vomitare, e a ogni conato sentivo fitte di dolore dappertutto. Ma non me ne im-portava nulla, perché finalmente ero libero. Forse quella stessa notte avrei dormito di nuovo sopra un materasso, in una stanza con la serratura aperta.

A un tratto sentii nel corridoio dei passi che si avvicinavano in fretta. Possibile che fossero già gli Alleati? Ma sì, non pote-vano essere che loro, mi dissi. Picchiai sulla porta e chiamai a gran voce.

'Sono qui! Aprite!' I passi si fermarono davanti alla porta. Sentii aprire la serratura con la chiave, e mi si gelò il sangue. Fe-ci un salto indietro e la porta si aprì. Era Spallani. Mi dette uno spintone, sbattei contro la parete e rotolai in terra. Lui tirò fuo-ri la pistola e me la puntò addosso.

'Ciao cretino. Tu non vai da nessuna parte.' Era tornato in-dietro apposta per me, così disse. Un Brigata Nera mantiene le promesse, soprattutto quelle di morte. Mi sparò da pochi metri di distanza, mirando al capo, tre colpi in fila. Non so come, fini-rono tutti e tre sulla mia spalla. Mi sembrarono tre martellate. La carne mi bruciava. Spallani si avvicinò a me scuotendo la te-sta, come per dire: 'Ma guarda quanto mi tocca faticare'. Si chinò e mi appoggiò la canna alla tempia.

'Sei un cretino' disse.

'Nemmeno te vedrai l'Italia libera, creperai prima' dissi, poi gli sputai in faccia, uno sputo rosso di sangue. Lui tirò il grillet-to, ma la pistola si era inceppata. Biascicò una bestemmia e cercò di sbloccarla, ma non ci riuscì. Da fuori arrivò il frastuo-no di una lunga raffica di mitra, e si sentirono dei vetri andare in frantumi. Le voci erano sempre più vicine, e non avevano nulla di tedesco. Mi venne spontaneo un sorriso.

'Non te ne andare proprio ora Spallani, stai qui ancora un minuto' dissi. Lui tese l'orecchio, impaurito. Era la prima volta che lo vedevo in quello stato, e la cosa mi dava molta soddisfa-zione. Anche lui aveva capito che se non se ne andava in fretta era spacciato. Si guardò in giro con gli occhi dilatati, cercando un attrezzo per finirmi. Ma ovviamente in una cella non si trovava nulla del genere. Allora mi prese per un braccio e mi trascinò in mezzo alla stanza, poi mi saltò sul torace a piedi uniti. Non poteva sopportare l'idea che uscissi vivo da quella cascina. Saltando sulle mie costole rischiò di cadere, e questo lo fece imbestialire. Non era più il calmo Spallani dei giorni passati. Cominciò a calciarmi la testa, ma riuscii a proteggermi con le braccia. Ormai avevo sentito l'odore della vita e ce la mettevo tutta. Dovevo solo resistere pochi minuti. Fuori non sparavano più, era segno che stavano per entrare. Spallani era esausto, ma alla fine ebbe un'idea. Come aveva fatto a non pensarci prima? La soluzione era appesa alla sua cintura. Sorrise e staccò la bomba a mano. Aveva ritrovato il buonumore.

'Salutami i tuoi amici del reparto macelleria' disse. Tirò via l'anello e posò la bomba in terra, accanto a me. Riconobbi all'istante il modello, scoppiava più o meno dopo dieci secondi. Spallani uscì in fretta, si chiuse dietro la porta e lo sentii galoppare lungo il corridoio. La bomba era davanti ai miei occhi, e non c'era nulla che potesse fermarla. Ma anche a me venne un'idea. Mi rotolai verso l'angolo opposto della cella, poi mi appiattii per terra, faccia in su, con le piante dei piedi unite rivolte verso la bomba, le mani a cucchiaio sulle orecchie e i denti serrati. Con un po' di fortuna potevo frenare le schegge con i piedi, pensai, ma a dire il vero aspettai l'esplosione senza troppe speranze. In un secondo mi passarono davanti agli occhi le facce di tutte le persone a cui volevo bene, e che non avrei più rivisto... Lo scoppio mi rese sordo e sentii i piedi prendere fuoco. Mi cascarono addosso grandi pezzi d'intonaco, e la cella si riempì di fumo. Mi bruciavano le gambe, i piedi non li sentivo più, ma Spallani non ce l'aveva fatta ad ammazzarmi. Ero ancora vivo. In quel momento sentii il rumore di una macchina che se ne andava in fretta, e immaginai la soddisfazione di Spallani. Credeva di aver ammazzato un altro partigiano, ma si sbagliava. Offuscato dal dolore pensai che prima o poi gli avrei fatto sapere che non ero morto. Ma forse mi sbagliavo, stavo per morire e ancora non lo sapevo. Non avevo il coraggio di guardare cos'era successo ai miei piedi. Stavo perdendo molto sangue, ero sempre più debole. A un tratto sentii dei passi nel corridoio, e questa volta non poteva essere un fascista. Volevo gridare ma ero così debole che non riuscivo quasi ad aprire gli occhi. Pensai di essere arrivato alla fine. Se non mi trovavano sarei morto di sicuro. Dovevo farmi sentire. Raccolsi tutta la forza che mi era rimasta, e dalla mia bocca uscì una specie di lamento. I passi nel corridoio si fermarono. Sentii un borbottio, poi uno sparo, e la porta si aprì con un calcio. La stanza era ancora piena di fumo, e il primo inglese che entrò disse a voce alta: 'There's a corpse!' Arrivò subito un altro, e lo sentii dire: 'Oh my God! How dreadful!'

Poi mossi la testa e capirono che ero vivo. Mi fasciarono le ferite alla meglio, e dopo un'ora mi ritrovai in un campo attrezzato con dottori e medicinali. Scoprii che era il venti novembre, una data che non posso scordare. I miei piedi erano stati maciullati dalle schegge e avevo perso qualche falange, però ero vivo. Dentro di me avevo la forza di ridere di Spallani, anche se non se ne accorgeva nessuno. Per i medici e le infermiere ero solo un mezzo moribondo che cercava di non morire.

La guerra continuava, sempre più dura. Ci misi quasi tre mesi a considerarmi più o meno guarito. A metà febbraio fuggii dal campo inglese e tornai sulle montagne. I miei compagni mi guardarono come se fossi un resuscitato. Raccontai in breve quello che era successo, la cattura e la brutta fine di Lupo e di Rouge. Loro mi dissero che in autunno c'era stato un rastrellamento a tappeto dei nazisti. Mi fecero l'elenco di quelli che erano morti, e c'erano molti nomi che conoscevo. Su quelle montagne avevano sofferto la fame e il freddo, ma erano sempre decisi ad andare fino in fondo.

Ci furono altri lunghi mesi d'inferno. La mia faccia era piena di cicatrici ancora fresche, ma era ridiventata la mia. Mi sembrava davvero un miracolo, e forse lo era. Ogni tanto le ferite ai piedi si rimettevano a sanguinare, e i miei compagni dovevano trasportarmi a turno sulle spalle. A volte riuscivamo anche a trovare un medico disposto a medicarmi, e poco a poco ricominciavo a stare in piedi da solo.

Qualche volta i nostri tornavano al campo con dei prigionieri fascisti. Guardavo quelle facce una a una, ma non riconobbi nessuno degli uomini che avevo visto in quella cascina. Assistevo agli interrogatori. Guardavo quei fascisti e pensavo: 'Non sarò mai come loro. Non farò mai nulla di quello che hanno fatto loro'. Andavo anche alle fucilazioni, e vedere quei corpi che cadevano in terra non mi dava nessuna soddisfazione.

Ripresi a camminare quasi normalmente a metà marzo, e poco dopo finì la guerra. Dopo la liberazione c'era una confusione babelica, soprattutto al Nord, dove i tedeschi erano stati fino a poco prima. Sfollati che tornavano, carovane di prigionieri liberati, macerie dappertutto. Gli americani riuscirono a mettere in piedi qualche processo a porte aperte, anche per evitare che la folla inferocita si lasciasse andare a linciaggi sommari. Non sempre erano processi importanti, anzi quasi mai. Li organizzavano in grandi locali pubblici, cinema, teatri, campi sportivi, ma anche ai Macelli Comunali. Erano l'equivalente di un incontro di pugilato. La gente si ammassava in quei posti per vedere in faccia i processati. Capitava che dalla folla si staccasse qualcuno e dicesse indicando un fascista: 'Io quello lo conosco, è lui che ha torturato e ucciso mio fratello'. Gli M.P. tenevano a bada la gente, che a volte voleva fare a pezzi gli imputati. Anche io andavo là. Volevo ritrovare qualche faccia conosciuta.

E un giorno vidi Spallani. Aveva perso molta della sua sicurezza, e sembrava invecchiato di dieci anni. Lo accusavano di aver rubato non so cosa in una fattoria. Si faceva passare per uno sbandato. Si sentiva abbastanza sicuro, perché dietro di sé non aveva lasciato testimoni. Nessuno tranne me. Andai a mettermi davanti a lui, in modo da vedere bene i suoi occhi. Spallani non poteva conoscere la mia vera faccia, mi aveva visto solo dopo i primi pestaggi, quando ero gonfio e viola. Non dissi nulla per tutto il processo. Se solo avessi voluto, lo avrei fatto fucilare. Bastava che mi alzassi in piedi e dicessi: 'Lo conosco', e raccontassi tutto. Ma non lo feci. Non so perché. Forse era il mio modo di dire basta. Non ne potevo più di morti ammazzati. Spallani lo condannarono a sei mesi di lavori forzati, e si finse disperato. Invece doveva sentirsi molto sollevato. Solo io e lui sapevamo che sei mesi non erano la condanna adeguata, nemmeno per una sola ora della sua vita di fascista. Mentre lo portavano via mi venne l'idea di avvicinarmi a lui per sussurrargli all'orecchio: 'Ciao Spallani, non mi riconosci? Sono il cretino del reparto macelleria'. Volevo dirglielo solo per farlo impallidire, per fargli vedere che nessuno poteva essere il destino di un altro uomo. Ma gli M.P. non lasciavano avvicinare nessuno. Spallani se ne andò a testa bassa tra due colossi che masticavano una gomma. Lo vidi caricare su una jeep, e dopo quel giorno non l'ho più rivisto... fino a stasera. »

« Quello basso? » dissi.

« Sì. »

« Quello che ha urtato la sedia? »

« Sì. »

« Bepi cosa c'entra in tutto questo? »

« Bepi l'ho conosciuto nel '46, poco prima del referendum. Era una specie di bambino mostruoso che vagava affamato per le strade. Lo salvai da una mandria di ragazzini imbestialiti dalla miseria, che si divertivano a picchiare qualunque cosa fosse più piccola di loro. Gli medicai la faccia, l'avevano ridotto piuttosto male. La violenza non era ancora finita.

« Io avevo perso la famiglia, Bepi non l'aveva mai avuta. Diventammo subito amici, e non ci siamo mai persi. In tutti questi anni Bepi mi ha aiutato a cercare Spallani. Dovevo ritrovare quell'uomo, volevo fargli sapere che non mi aveva ucciso, che un testimone era ancora vivo. E volevo fargli soprattutto una domanda: perché?

« Con Bepi abbiamo sfruttato ogni nostra conoscenza, e dopo diversi anni abbiamo trovato la prima traccia. Spallani era vivo, abitava in questa città o nei dintorni e si era cambiato il cognome, ma non sapevamo altro. Abbiamo mosso mari e monti per rintracciarlo, tutti i giorni per molti anni. Un passo alla volta. Quei fiammiferi usati mi hanno aiutato ad aspettare. Ci sono stati anche falsi allarmi, e ormai non ci speravo più. Poi qualche settimana fa Bepi ha trovato un'altra pista, e già negli ultimi giorni sapeva di essere vicino al traguardo... Un altro bicchiere? »

« Adesso che farà? » dissi.

« Voglio parlarci. »

« Farà ancora quelle navi? »

« Un altro Armagnac? »

*

149

Il giovedì successivo tornammo alla Pentola d'Oro, verso le nove. Camillo mi aveva chiesto di accompagnarlo anche questa volta. Naturalmente ad aspettarci c'era anche Bepi, seduto a un tavolo distante da quello di Spallani. Camillo era calmo, e quella sera cenò normalmente. Era solo un po' pensieroso.

Alle nove entrò Spallani con gli stessi amici e le due donne, circondato di risate. Il gruppo si sedette al solito tavolo.

«Come farà a parlarci?» sussurrai a Camillo.

«Stasera Bepi lo segue, per vedere dove abita.» Mi sentii sollevato. L'idea di vedere Camillo che si avvicinava al tavolo di Spallani non mi piaceva per niente.

Alle dieci e mezzo finimmo di cenare e uscimmo. C'era un po' di nebbia. Andammo tutti e tre in fondo alla strada e voltammo l'angolo.

«Il motorino?» chiese Camillo al nano.

«È là» disse Bepi, indicandolo. Dissi che forse non era una buona idea mandare Bepi, perché con quell'aspetto lo avrebbero sicuramente riconosciuto.

«Potrei andare io» aggiunsi. Bepi si oppose, ormai la sentiva una cosa sua, voleva andarci lui.

«E poi con tutte quelle gambe come fai a guidare un motorino da nani?» disse. Camillo era d'accordo con lui, e non insistetti.

Spallani e i suoi amici uscirono dal ristorante verso le undici e mezzo, chiacchierando a voce alta. Si vedeva che avevano bevuto. Aspettarono davanti al ristorante, e un minuto dopo arrivarono due taxi. Spallani salì in quello davanti, con un amico e una donna. Bepi era già in sella, pronto a partire.

«Non fare nulla di rischioso, mi raccomando» disse Camillo. Il nano sorrise.

«Andrà tutto bene, questa nebbia è perfetta.» Aspettammo di vedere Bepi sparire in fondo alla strada, dentro la nebbia, poi ci incamminammo verso casa.

«Perché ha detto a Bepi di stare attento? Può essere pericoloso?» chiesi.

«Non si sa mai, alcuni ex fascisti sono ancora molto potenti. Possono commettere un omicidio e farla franca. Hanno legami importanti e godono di una certa protezione.»

« Massoneria? »

« Sì, ma anche i Servizi Segreti. »

« Quel è il suo piano? »

« Non lo chiamerei *un piano* » disse Camillo con un sorriso. Sembrava molto calmo.

« Cosa farà? » chiesi, sempre più curioso.

« Per il momento vorrei solo parlare a quattr'occhi con quell'uomo. »

« Vuole fare tutto da solo? »

« Preferisco di sì. »

Arrivammo a casa sua. Ci sedemmo nella solita sala ad aspettare Bepi, bevendo qualcosa. Offrii una sigaretta a Camillo, ma lui rifiutò.

« Le va di parlare ancora di Spallani? » chiesi. Lui disse di sì. Ero curioso di sapere cosa sentisse un uomo che dopo tutti quegli anni si trovava di fronte il macellaio che lo aveva torturato. Cercavo di immedesimarmi in Camillo, di capire il dolore e l'umiliazione che aveva provato in quella cascina. Aveva visto i suoi amici morire come bestie, e aveva vissuto per molti giorni con la convinzione di dover fare la stessa fine. Volevo capire come mi sarei sentito io se la mia vita fosse rimasta per tutto quel tempo nelle mani di un altro uomo. Poi immaginai di ritrovarmi dopo cinquant'anni di fronte a *quell'uomo*. Il sentimento che provavo non poteva essere niente in confronto alla verità, lo sapevo bene, ma volevo solo cercare di afferrare una briciola di quello che stava provando Camillo. Ero sicuro che quel dolore e soprattutto quell'umiliazione fossero incancellabili. Avevo sempre pensato che i sopravvissuti dei Lager che si suicidavano anche dopo quarant'anni, lo facessero perché non riuscivano più a sopportare il ricordo di quella umiliazione. Una specie di rifiuto animale della condizione di vittima. In natura la vittima muore, è una cosa molto più giusta.

« Cosa vuole dire a uno come Spallani? » chiesi.

« Voglio fargli alcune domande, guardandolo negli occhi. Non mi risponderà. Ma io voglio solo potergli fare qualche domanda e che lui sappia chi ha davanti. »

« Il cretino del reparto macelleria? »

« Esatto. »

« E se reagisce male? »

« Per Spallani sarà comunque una brutta sorpresa. A parte i suoi amici fascisti, che ovviamente non lo tradiranno mai, sono l'unico testimone di quello che lui è stato. »

« Non è pericoloso che lei vada da solo? »

« Forse. Ma ho deciso così. »

« Perché non lo denuncia? »

« Una cosa per volta » disse lui sorridendo. Quelle navi fatte di fiammiferi lo avevano allenato a una pazienza infinita.

Riempimmo ancora i bicchieri. Il tempo passava, ma il nano non si vedeva.

All'una Camillo era molto agitato. Stava in piedi di fronte alla finestra e guardava di continuo l'orologio. Le due. Le tre. Non avevo per niente sonno, mi sembrava di aver bevuto un litro di caffè.

« È successo qualcosa » disse a un tratto Camillo, nervoso. Cercai di tranquillizzarlo. Dissi che forse Spallani e compagni erano andati a bere in qualche locale che chiudeva tardissimo, e Bepi era stato costretto ad aspettare.

« Forse è così » disse Camillo, ma non era per niente convinto.

Passò un'altra ora, e Bepi non tornava. Camillo si consumava come una candela, si pentiva di averlo mandato da solo.

« Non mi piace » disse, nervoso.

« Non è successo nulla, me lo sento » mentii.

« Vado giù » fece lui, infilandosi il cappotto. Mi alzai anch'io e mi misi in fretta il giubbotto. Scendemmo in strada, e restammo vicini al portone ad aspettare Bepi. Faceva molto freddo, e a quell'ora di notte non c'era nessuno in giro. Ci mettemmo a passeggiare su e giù come due detenuti durante l'ora d'aria, mandando vapore dalla bocca.

« Ha una sigaretta? » disse Camillo. Ne accendemmo due. Le tenevamo fra le labbra per non sfilare le mani dalle tasche. Quando sentivamo in lontananza il rumore di un motorino ci fermavamo, trattenendo il respiro.

*

Bepi arrivò poco prima delle cinque, e parcheggiò il motorino in mezzo a due macchine. Saltò giù dalla sella rischiando di cadere. Si muoveva come un ubriaco e aveva dei lividi sulla faccia.

«Che è successo?» disse Camillo preoccupato.

«In che senso?»

«Cosa sono quei lividi?»

Bepi minimizzò la cosa, ridacchiando e passandosi una mano sulle labbra gonfie. Puzzava di alcol.

«Ha bevuto?» chiesi io.

«Chi siete? Babbo e mamma?» disse lui mandandoci a quel paese con un gesto.

«Eravamo preoccupati» disse Camillo.

«Non fate quelle facce, vi dico tutto. Prima però voglio bere qualcosa» disse Bepi.

Salimmo tutti e tre in casa. Alla luce delle lampadine la faccia di Bepi era più rovinata di quello che mi era sembrato a prima vista. Lui continuava a sorridere.

«Sono caduto dal motorino come un coglione» disse. Si versò un po' di cognac in un bicchiere e lo bevve alla russa. Poi lo riempì di nuovo.

«Ti porto un po' di ghiaccio... per i lividi» disse Camillo uscendo dalla sala.

«Non importa, non fa male» disse il nano. Era impaziente di raccontare, sbuffava come un cavallo. Ma ormai Camillo era partito, e tornò poco dopo con un asciugamano pieno di cubetti di ghiaccio.

«Tienilo premuto sopra il viso» disse. Bepi obbedì e si lasciò andare sopra una poltrona. I suoi piedi arrivavano appena alla fine del cuscino.

«Posso cominciare?» disse.

«Dal principio» fece Camillo, sedendosi di fronte a lui. Il nano bevve un sorso, senza smettere di premersi il ghiaccio sulla faccia.

«Dopo il ristorante tutta la comitiva si è spostata in una specie di night. Ho provato a entrare, ma il gorilla all'ingresso ha detto che bisognava essere soci. Gli ho detto che volevo diventare socio, e il gorilla mi ha detto che la lista era completa e mi ha invitato a levarmi dai piedi. Meno male che poco più in là c'era un bar per i poveri mortali. Ho preso da bere e mi sono seduto accanto alla vetrina ad aspettare. Due palle che non vi dico. Il barista teneva la radio accesa su un canale che dava musichette, e un ragazzino giocava a uno di quei videogame che fanno un sacco di casino. Ogni tanto entrava qualcuno a comprare le sigarette o a bere qualcosa... insomma un locale pieno di vita. »

Bepi sembrava molto soddisfatto di giocare alle spie, e si divertiva a raccontare i dettagli. Camillo e io non perdevamo una parola.

« ... poi all'una il bar ha chiuso e mi sono ritrovato fuori. Mi sono messo a passeggiare su e già per la strada. Faceva un bel freddo, e l'attesa è stata lunga. Quei signori sono stati in quel bellissimo posto fino alle due passate, poi hanno preso altri due taxi. Spallani e quello magro in una macchina, gli altri quattro nell'altra. Li ho seguiti a distanza, senza perdere mai di vista quella giusta. A un incrocio i taxi hanno preso strade diverse. Ho seguito quello di Spallani e poco dopo San Domenico la macchina è entrata in un grande cancello comandato a distanza. Prima che si richiudesse ho fatto in tempo a mollare il motorino e a infilarmi dentro il parco. La macchina è sparita dietro la curva di un vialetto con i cipressi. In alto ho intravisto il tetto di una villa, illuminato da una luce. Mi sono appostato dietro a dei cespugli. Dopo un po' il taxi è tornato giù e il cancello si è riaperto. Sul sedile di dietro c'era solo una testa. La macchina ha voltato verso Fiesole. Ho aspettato qualche secondo e prima che il cancello si richiudesse sono uscito. Sono saltato sul motorino e ho continuato a seguire il taxi. » Bepi si fermò per bere un sorso. Il ghiaccio si stava sciogliendo e dall'asciugamano cadeva ogni tanto una goccia d'acqua, ma nessuno ci faceva caso.

« Il taxi ha continuato a salire verso Fiesole, a Regresso ha voltato in via Benedetto da Maiano, poi ha girato in via del Salviatino e si è fermato quasi subito, di fronte a una villetta modesta con il giardino... be' modesta un cazzo, è sempre una villetta a Maiano, meglio di un calcio nelle palle » fece Bepi ridendo.

« E poi? » disse Camillo, serio.

« Dal taxi è sceso il tipo magro. Già che c'ero ho aspettato che entrasse in casa e ho guardato il nome sul campanello. È un certo Taurisano, Salvatore Taurisano. Ti dice nulla? »

« No » disse Camillo.

« Nel suo giardino scorrazzano due cani lupo alti come mucche, di quelli che non abbaiano. »

« Addestrati » fece Camillo.

« Appunto. »

« E poi? »

« Poi sono tornato di corsa verso la villa di Spallani. In una curva la ruota di dietro mi è andata via come sull'olio e ho sbattuto la faccia in terra... interessante, vero? Be', ho controllato di non avere nulla di rotto e sono ripartito. Ho oltrepassato il cancello di Spallani e ho lasciato il motorino dietro la curva. Poi sono tornato indietro a piedi. Il cancello ovviamente era chiuso. Attaccato a un pilastro c'è una targa di marmo, Villa La Pergola. Sotto c'è un bel campanello di pietra serena... sapete come si fa chiamare adesso? Spalletti. Che fantasia, eh? » disse Bepi, scoprendo con una risata i suoi denti enormi e bianchi. Il ghiaccio continuava a sciogliersi velocemente, e l'asciugamano si mise a grondare acqua. Bepi se lo staccò dalla faccia e guardò il padrone di casa.

« Buttalo pure in terra » disse Camillo, curioso di sentire il seguito. Bepi buttò l'asciugamano in un angolo e si accese con calma una sigaretta. Poi continuò.

« Volevo capire se era possibile entrare nel parco senza chiedere il permesso. Mi sono messo a camminare lungo la cancellata, e una cinquantina di metri più su ho trovato una sbarra mezza rotta. Già che c'ero sono entrato, e ho camm... »

« Hai fatto male » disse Camillo.

« Macché. »

« Hai fatto molto male, poteva essere pericoloso » insisté Camillo. Bepi alzò le spalle.

« Sono ancora vivo, no? »

« Eravamo d'accordo che dovevi solo vedere dove abitava. »

« So quel che faccio » disse Bepi.

« Vai avanti. »

« Sono entrato nel parco. Sotto quegli alberi c'era buio pesto. Ho camminato fino al vialetto e sono salito a piedi fino alla villa. Quella sì che è bella, grande come un castello. Era tutto spento. Sono stato un po' a gironzolare là intorno, ma non è successo nulla. Cani non ne ho visti. Poi sono rimontato sul cavallo ed eccomi qua... Voi non avete fame? » disse. Camillo mi guardò, e io alzai le spalle. Nessuno di noi aveva sonno.

« Spaghetti? » fece Camillo alzandosi.

Dopo aver mangiato restammo a chiacchierare e a bere. Verso le sette e mezzo il cielo cominciò a schiarirsi. Dalle vetrate si vedevano i tetti rossi e il verde cupo delle colline. Uno spettacolo magnifico che però mi faceva tristezza.

Camillo disse che il compito di Bepi non era ancora finito. Prima di fare un altro passo si doveva sapere qualcosa di più su questo Spalletti. Ci mettemmo a discutere su come si potevano avere informazioni senza dare troppo nell'occhio. Dalle finestre entrava sempre più luce.

A un certo punto lasciai andare la testa all'indietro e cercai di dormire un po'. Ormai era giorno pieno. Bepi si alzò e disse che avrebbe dormito volentieri un paio d'ore. Camillo lo accompagnò in una camera e tornò da me.

« Ho un materasso anche per lei, se vuole » disse. Lo ringraziai e lo seguii in una bella stanza con un letto a due piazze. Ci salutammo, e appena mi buttai sul letto mi addormentai.

Mi svegliai verso le due per via di un rumore. Andai a cercare Camillo e lo trovai nella sala insieme a Bepi.

« Bonjour, *monsieur l'écrivant* » disse il nano. Mi sedetti con loro. Seppi che Bepi era uscito quella mattina alle undici ed era appena tornato. Stava giusto per raccontare quello che aveva scoperto.

« Mi sono fermato al bar di San Domenico e mi sono messo a chiacchierare con il barista. Lentamente sono riuscito a portare il discorso su Spallani, cioè su Spalletti. Non ho saputo molto. È divorziato e ha due figli grandi, un maschio e una femmina. Ha diversi appartamenti in centro, che affitta a stranieri pieni di quattrini. E ha un cane, un vecchio pastore tedesco. Il barista dice che il dottor Spalletti è un tipo distinto e gentile... »

« Ne sono convinto » disse Camillo.

« Mi ha anche detto che ogni domenica mattina il dottor Spalletti va a piedi fino a piazza Edison. »

«Da solo?» chiese Camillo, molto interessato.

«Con il cane» disse Bepi.

«A che ora esce?»

«Più o meno alle nove.»

«Il numero civico?»

Il nano glielo disse.

«Ora tocca a me» disse Camillo.

«In bocca al lupo» fece Bepi. Sembrava un po' triste. Forse perché dopo molti anni la caccia era finita, e al suo posto c'era un vuoto.

Sabato pomeriggio andai alla libreria di Camillo, e trovai la saracinesca abbassata. C'era un cartello: *chiuso per ferie.* Suonai a casa sua, ma non aprì nessuno. Dopo cena provai a telefonare. Non rispose. Ripassai da casa sua verso mezzanotte, senza trovarlo, e tornai a casa con addosso una brutta sensazione.

Prima di addormentarmi decisi che la mattina dopo alle nove sarei andato davanti alla villa di Spallani. Ero sicuro che Camillo ci sarebbe andato, e la cosa mi preoccupava, non sapevo bene perché. Camillo non era certo il tipo che fa coglionate. Forse mi sentivo coinvolto in quella storia più di quanto volessi ammettere.

Alle otto e mezzo ero là, un centinaio di metri oltre il cancello di Spallani, verso Fiesole. Era logico che Camillo sarebbe arrivato dal basso. C'era un bel sole, ma faceva freddo. Mi tenevo nascosto dietro la curva, e ogni tanto sbirciavo la strada. Quando passava una macchina fingevo di guardare il panorama.

Camillo arrivò dieci minuti prima delle nove. Si fermò all'angolo della Fiesolana vecchia, infreddolito dentro il cappotto. Ogni tanto mi affacciavo a spiare, stando attento a non farmi vedere. Lui stava in piedi accanto all'incrocio e fissava il cancello di Spallani. Lo vidi un paio di volte togliersi gli occhiali per massaggiarsi il naso. Ero più teso io di lui. Trattenevo il respiro come se non dovessi fare rumore.

Alle nove uscì Spallani con il cane, un vecchio lupo dall'aria tranquilla. Camillo lo lasciò passare, poi gli andò dietro. Cominciai a seguirli, tenendomi a cento metri di distanza. Spallani aveva un cappello in testa. Mi sembrava più grasso che al ristorante, e anche più vecchio. Dopo San Domenico Camillo affrettò il passo. Lo vidi raggiungere Spallani e affiancarlo. Si fermarono tutti e due, e cominciarono a parlare. Mi nascosi dietro una macchina parcheggiata e continuai a spiare.

Spallani fece un gesto largo con la mano, e mi sembrò di vederlo ridere. Anche Camillo aveva l'aria tranquilla. Poi ripresero a camminare insieme, fianco a fianco. Eccoli là i due nemici, pensai. Il partigiano e il fascista, uno accanto all'altro. Passeggiavano per la strada con un cane spelacchiato che girellava intorno alle loro gambe. Forse compravano lo stesso dentifricio, la stessa marca di pasta e gli stessi pelati. Sembrava che parlassero del più e del meno. Era un'immagine che non riuscivo a capire. Camillo era magro, piccolo. L'altro era un quarto di bue con la testa tonda. Anche il loro modo di camminare era diverso. Camillo avanzava tagliando il mondo in due, Spallani camminava come un bambino troppo grasso. Mi sembravano così distanti che stentavo a credere che potessero vedersi. Invece erano insieme, si sfioravano la spalla camminando, uno parlava e l'altro rispondeva. Era tutto vero.

Li seguii fino in piazza Edison e voltai a passo svelto in viale Righi. Li vidi entrare nella pasticceria. Uscirono poco dopo, e Spallani aveva un fagotto in mano. Continuarono a camminare lungo il viale Volta, gesticolando come vecchi amici. Dopo la traversa di via Stoppani attraversarono la strada e Spallani suonò a un campanello. Fece un cenno a Camillo e sparì dentro al portone insieme al cane. Camillo restò sul marciapiede ad aspettare. Dopo qualche minuto Spallani uscì dal palazzo, senza il pacchetto in mano. Si voltò a salutare qualcuno affacciato alla finestra, e mandò anche un bacio, poi un altro. Anche Camillo guardava in alto, con le mani in tasca. Mi sembrava che sorridesse. Non capivo cosa stesse succedendo.

Li vidi tornare verso piazza Edison con il cane a fianco, e mi nascosi in una traversa. Ero sicuro che nessuno si fosse accorto di me. Imboccarono via di San Domenico. Camminavano più lentamente per via della salita. Ogni tanto si fermavano a discutere, poi ripartivano. Il cane passeggiava più avanti, e si voltava di continuo a guardarli.

Chissà cosa prova Camillo, pensavo.

Dopo una mezz'ora arrivarono davanti al cancello di Spallani, e si fermarono ancora un po' a chiacchierare. Il lupo aspettava con calma, accucciato ai piedi del padrone. Poi i due nemici si strinsero la mano e Spallani se ne andò. Camillo puntò dritto nella mia direzione. Tornai indietro e mi nascosi nel bar. Chiesi un caffè. Sbirciai dai vetri e vidi Camillo avanzare sul marciapiede. Mi aspettavo di vederlo proseguire, invece entrò nel bar e mi salutò.

« Le abbiamo fatto fare una bella camminata » disse.

« Mi aveva visto? »

« Ora sono vecchio, ma ho fatto il partigiano. » Sembrava allegro. Io invece mi sentivo in imbarazzo.

« Ero preoccupato » dissi.

« Non deve spiegarmi niente. »

« Un caffè? »

« Sì, grazie. » Bevemmo il caffè in silenzio. Pagai e uscimmo dal bar.

« Posso chiederle cosa è successo? » dissi.

« Se non ha niente da fare venga da me verso le sette. »

« Alla libreria? »

« A casa. La libreria è chiusa. » Mi fece un cenno di saluto e se ne andò.

Alle sette suonai alla sua porta. Venne ad aprirmi e lo seguii nella stanza delle navi. Stava lavorando al veliero. Doveva incollare qualcosa sopra il ponte, a poppa. Una luce bianca illuminava il modello come un palco di teatro, il resto del museo era in penombra. Sul bancone da lavoro erano sparsi migliaia di fiammiferi usati.

« È l'Amerigo Vespucci » disse Camillo, sedendosi sul suo sgabello. Stava montando sul ponte dei piccoli blocchetti di legno verniciato. Aveva il viso stanco. Continuò a lavorare, mentre io gli passeggiavo dietro la schiena.

« Cosa è successo con Spallani? » chiesi.

« Per ora nulla. »

« Come ha fatto ad attaccare discorso? »

« Gli ho detto che anche io avevo un cane bello come il suo, e che era morto ᴅa poco. »

« E poi? »

« Poi abbiamo chiacchierato » disse lui.

« E ora cosa farà? »

« Prima di tutto voglio finire questo veliero » disse, incollando qualcosa di molto piccolo. Cominciavo a innervosirmi.

« Quando andrà da Spallani a fargli quelle domande? »

« Non ci ho ancora pensato » disse Camillo.

« Posso chiederle di che avete parlato stamattina? Non riesco a immaginarlo. »

« Nulla di speciale. »

« Mi faccia un esempio per favore » dissi.

« Dicevamo di quanto è cambiata la città... quanto è buona la cucina del sud, quanto è bella e intelligente la sua nipotina. Cose di questo genere. »

« E lei cosa sentiva? Riesce a dirmelo? »

« Compassione, credo. »

« Mi scusi se le faccio tutte queste domande, sto solo cercando di capire. »

« Prego » fece lui. Si mise a limare un piccolo cubo di legno. Doveva incastrarlo in mezzo a due pezzi più grandi. Mi chiese se avevo voglia di bere qualcosa. Andai in sala, presi la bottiglia di cognac e due bicchieri e tornai nella stanza delle navi.

« A cosa brindiamo? » dissi, passandogli il suo bicchiere.

« All'originalità della vita... che ne pensa? » fece lui.

« All'originalità della vita. » Alzammo i bicchieri e mandammo giù un sorso. Lui posò il cognac accanto alla prua della Vespucci e continuò a incollare fiammiferi. Ero un po' agitato, e feci un giro per lo stanzone semibuio guardando le ombre dei cannoni, i fumaioli, le bandiere colorate...

« Chissà che faccia farà Spallani quando saprà chi è lei. Mi piacerebbe esserci » dissi.

« Non so ancora se lo saprà » disse Camillo, con un tono piatto. Quella risposta non me l'aspettavo. Mi convinsi di aver capito male, e mi avvicinai a lui.

« Non ho capito » dissi.

« Non sia retorico, ha capito benissimo. »

«Certo che ho capito, è per questo che non capisco.» Non volevo giocare con le parole, era proprio quello che volevo dire, un altro modo non c'era. Camillo stava togliendo le sbavature di colla con uno strumento appuntito.

«Spallani è un povero vecchio che soffre di dolori alla schiena e di depressione... ha il colesterolo alto, la dentiera, e deve operarsi alla prostata» disse continuando a lavorare.

«E questo che significa?» feci io.

«È un uomo finito.»

«È anche un assassino.»

«Lo era. Adesso è solo un vecchio malandato che porta a spasso il cane» disse lui. Buttai giù tutto il cognac e mi riempii ancora il bicchiere. Camillo era molto concentrato sulla Vespucci, stava levigando uno degli alberi con un frammento di carta vetrata finissima. Sembrava che stesse parlando di cosa cucinare per cena. Mi fermai accanto a lui.

«Quel vecchio malandato ha ucciso e torturato molti uomini... tra cui lei» dissi.

«*Non farò mai come loro.* L'ho sempre detto, forse è arrivato il momento di dimostrarlo.»

«Insomma non vuole fare nulla? Non vuole... sputtanarlo?» dissi, stringendo il bicchiere.

«Nessuno può sapere cosa è passato per la testa di Spallani in tutti questi anni. Forse ha sofferto molto e adesso è cambiato.»

«Ma che è stato un assassino lo sappiamo bene.»

«Quell'uomo non è più lo stesso di una volta. Io cercavo il giovane Spallani, il sanguinario.»

«Ce l'aveva davanti stamattina, cazzo.»

«Il vecchio di stamattina è solo un signore malinconico con cui ho fatto quattro chiacchiere» disse lui. Vuotai di nuovo il bicchiere. Cominciavo a sentire l'alcol.

«Allora ha già deciso» dissi.

«Credo di sì, forse anche grazie alla sua curiosità. Lei mi ha dato modo di riflettere.»

«Insomma non dirà a Spallani chi è Camillo?»

«Non glielo dirò.»

«Lo rivedrà?»

161

«Forse per caso. Ma parleremo di cani e di bollette troppo alte.»

«E lei continuerà a costruire navi...»

«Incollare questi pezzetti mi aiuta a pensare.»

«Io proprio non la capisco.»

«Forse un giorno capirà. Ora però vorrei non parlare più di Spallani.»

«Per oggi o per sempre?»

«Mai più.»

Continuai come sempre ad andare quasi tutte le sere alla libreria di Camillo, verso l'ora di chiusura. Bevevo un tè con Camillo e Bepi. Parlavamo di libri, di politica, di cucina, di donne, di qualunque cosa. Un paio di volte accennai a Spallani, e Camillo sorrise senza rispondere niente. Sembrava diventato più tranquillo. Bepi non disse mai nulla sull'argomento, e scoprii che era una specie di enciclopedia del vino. Mi piaceva starlo a sentire quando parlava di vitigni o della vinificazione dei muffati.

Camillo continuò a costruire le sue navi. Finì la Vespucci e cominciò a lavorare su qualcosa di molto più antico, un veliero spagnolo del Seicento. Cenavamo spesso insieme. A volte veniva anche Bepi, e portava vini speciali. Stare in quella casa mi rilassava, e imparavo molte cose. Non sapevo nemmeno io quali, ma avevo la sensazione di crescere, e questo mi piaceva. Fuori di là vivevo un ritmo diverso... lavoravo, mangiavo, dormivo, amavo donne e scrivevo fino a notte fonda romanzi che nessuno mi avrebbe mai pubblicato.

Una domenica arrivai alla libreria e trovai Bepi da solo. Aveva la faccia pallida e gli occhi arrossati.

«Morirà presto» disse.

«Chi è che morirà?»

«Camillo.»

«Dov'è?»

«Stanotte ha vomitato sangue. I medici gli danno un mese di vita.»

«Stronzate, i medici sbagliano di continuo» dissi. Bepi non mi rispose nemmeno. Mi lasciai andare su una sedia e accesi una sigaretta. La fumai pensando alla sera prima. Avevo cenato a casa di Camillo, e avevamo riso molto. Il fantasma di Spallani era lontano, nessuno ci pensava più.

«In che ospedale?» chiesi. Bepi me lo disse. Lo salutai e me ne andai.

Quando entrai nella stanza Camillo era sveglio. C'erano sei letti, tutti occupati. Camillo alzò appena le dita dal lenzuolo per salutarmi. Avevano ragione i medici. Me ne accorsi subito che avevano ragione. Anzi erano stati ottimisti. Guardando la sua faccia veniva da pensare che sarebbe morto la notte stessa. Aveva cambiato colore, e la fronte aveva guadagnato molto spazio sul viso magro. Due tubicini gli entravano dentro il naso, e sopra la sua testa c'era la boccia della flebo. Con un filo di voce mi disse che si sentiva molto stanco.

«Le fa piacere se vengo a trovarla spesso?» dissi.

«Non faccia domande stupide» sussurrò lui, poi chiuse gli occhi.

Prima di andare via chiesi alle infermiere il permesso di venire tutti i giorni a imboccarlo e a lavarlo. Mi dissero che potevo.

Con Bepi decidemmo che lui avrebbe passato le notti in ospedale, e io ci sarei andato durante il giorno. Camillo sarebbe morto presto, ma non da solo.

Il giovedì mattina andai da Camillo come al solito. Stava sempre peggio. Aveva la pelle grigia. Lo lavai e cominciai a imboccarlo, come ogni giorno. Intanto gli parlavo lentamente. Gli raccontai la storia di un libro che stavo leggendo, ero sicuro di fargli piacere. Poi lui sussurrò qualcosa, una frase breve in cui mise tutta la sua energia.

«Come dice?» chiesi.

«Non ho finito quella nave.»

«Non si preoccupi, la finisco io per lei.»

«Grazie.» Sapevamo tutti e due che non l'avrei mai fatto. Era solo un modo per dirsi qualcosa.

Dopo un'ora me ne andai, e tornai nel tardo pomeriggio. Camillo sembrava arrivato alla fine. Non mangiò nulla.

Alle nove venne Bepi per darmi il cambio. Si avvicinò al letto e prese tra le sue la mano scheletrica di Camillo. In quel momento pensai che dovevo assolutamente fare una cosa. La dovevo fare a tutti i costi. Salutai e uscii in fretta dall'ospedale.

Entrai alla Pentola d'Oro verso le dieci meno un quarto. Spallani e i suoi amici erano arrivati da poco, avevano appena finito di ordinare. C'erano molti tavoli pieni. Una serata normale.

Spallani mi dava la schiena. Presi qualcosa di forte al bar e mandai giù tutto in un sorso. Non mi fece niente. Aspettai ancora un po', ma non successe nulla. Al tavolo di Spallani arrivarono i primi piatti. Presi un altro bicchiere della stessa roba e lo bevvi come prima. Cominciarono a ronzarmi le orecchie.

'Sono pronto' pensai.

Andai dritto verso il tavolo del fascista. Vecchio o no immaginavo di colpirlo in faccia, o d'infilargli la testa nella minestra. Mi sentivo lucidissimo. Andavo a dire a un aguzzino che una delle sue vittime era ancora viva. Non era giusto che non lo sapesse. Doveva saperlo. E io glielo avrei detto. I miei piedi volavano sul pavimento. Guardavo la nuca di Spallani e pensavo: 'Non sarò mai come loro, non sarò mai come loro'. Arrivai al tavolo e mi fermai dietro il fascista. Stavano mangiando il primo. Spallani capì che dietro di lui c'era qualcuno, perché gli altri guardavano sopra la sua testa. Si voltò e mi guardò con aria perplessa. Era stupito che non fossi il cameriere.

«Cerca qualcosa?» mi chiese.

«Sì.» Presi una forchetta dal tavolo e me la piantai con forza nel palmo della mano, finché il sangue gocciolò sulla tovaglia.

«Ma che cristo fa?» disse lui scostandosi.

«Ciao Spallani... Camillo ti manda i suoi saluti.»

«Lei è pazzo!» gridò lui guardando i suoi amici. Il sangue continuava a gocciolare. Non sapevo cosa stesse succedendo nei tavoli accanto, vedevo solo la faccia di Spallani.

«Camillo è vivo» dissi.

«Ma chi lo conosce questo Camillo! Chi è?»

«Il cretino del reparto macelleria.» Lui diventò bianco come uno straccio.

«Ma che cazzo dice? Cameriere! CAMERIERE!»

«Ciao Spallani.» Mi avvolsi la mano in un tovagliolo e cominciai a camminare verso la porta. Dietro di me stava scoppiando il finimondo. Sentivo la gente alzarsi... non la finivano più di alzarsi, di rovesciare sedie. Non mi voltai. Continuai a camminare verso l'uscita. Vidi un cameriere davanti alla porta. Mi guardava con la faccia seria, probabilmente avrebbe cercato di trattenermi. Non era poi tanto grosso. Mi fermai a un metro da lui.

«Non sono forte, ma sono molto arrabbiato» dissi. Il cameriere ci pensò un attimo, poi si scostò di lato e mi lasciò passare. Fuori pioveva. Era bello sentire l'acqua fredda sulla faccia.

IL PORTAFOGLI

E non può ritornare alla terra paterna,
perché non ha navi armate di remi, non ha compagni
che lo trasportino sul dorso ampio del mare.

OMERO

Un freddo mercoledì sera di febbraio Barolini uscì a fare due passi, così, senza meta. Aveva già cenato e i fagioli gli erano rimasti un po' indigesti. Si sentiva leggermente depresso, e aveva bisogno di prendere una boccata d'aria. Camminando pensava distrattamente al suo lavoro, ragioniere presso la Premiata Ditta Cartiera Cantoni e Mignardi s.a.s., quarant'anni di servizio, mai un inconveniente.

La sua vita era semplice come la struttura di un lombrico. Casa lavoro, lavoro casa, qualche pensiero impuro davanti alla televisione, mitigato da una camomilla prima di andare a letto. Le pulsazioni della città che cresceva intorno a lui gli arrivavano ovattate. Quando era per strada la gente gli scorreva ai lati degli occhi e lui vedeva solo figure indistinte. Era sempre pensieroso.

Passeggiando nel freddo guardava come sempre i particolari che nessuno notava. I campanelli, i cornicioni antichi, le maniglie dei portoni, e non mancava di esaminare i marciapiedi. Individuava ogni macchia e ogni sporcizia. Aveva il tic di tossirsi nella mano, lo sapeva ma lo faceva lo stesso. Non gli sembrava una cosa grave, in fondo. Tutti hanno una piccola mania, pensava. O forse era solo troppo indulgente con se stesso.

Girò in una via buia e stretta. Non c'era un'anima. Gli piaceva camminare nelle strade dove non incontrava nessuno. Di lontano vide sotto un lampione una macchia scura sul marciapiedi, e cercò di capire cosa fosse. Non era un escremento canino, aveva una forma troppo regolare. Ed era troppo grande per essere un pacchetto di sigarette. Quando arrivò più vicino scoprì che era un portafogli. Era piuttosto sciupato, e si vedeva che era pieno di cose. Barolini rimase in piedi a guardarlo, toccare oggetti sconosciuti gli faceva un po' senso. Era tentato di spostarlo con il piede verso il muro, perché nessuno lo pestasse. O magari poteva aprirlo con la punta della scarpa per vedere se c'era qualche documento con il nome dello sfortunato. Ma nessuna di queste cose lo soddisfaceva. Alla fine tirò fuori il fazzoletto e raccolse il portafogli. Poi lo avvolse con cura e lo mise in tasca. Lo avrebbe esaminato con comodo, a casa.

Il ragionier Barolini aveva pochi capelli, all'apparenza unti, ma ordinati. Era un uomo piccolo ma di grande onestà. Fisicamente aveva un'aria debole e malata. Spalle strette e spioventi. Sulla faccia magra aveva i segni di una tristezza inevitabile, accettata con rassegnazione, e intorno agli occhi rughe sottili come capelli, prodotte dalla decennale concentrazione sui libri contabili.

Entrò in casa, si tolse le scarpe e si mise le pantofole. Andò a sedersi al tavolo di cucina, sotto il neon. Aprì un foglio di giornale per coprire il tavolo, e sopra ci appoggiò l'involto con il portafogli. Si mise gli occhiali, s'infilò i guanti da bricolage, e con la punta delle dita cominciò a esaminare il portafogli. Si sentiva a disagio all'idea di frugare in qualcosa che non gli apparteneva, ma per riportarlo al legittimo proprietario era obbligato a farlo. Era necessario trovare un indirizzo. Però doveva ammettere che avvertiva anche una certa emozione piuttosto piacevole, e dunque colpevole, come quando da bambino spiava i suoi genitori. Svuotò uno a uno gli scomparti e allineò tutto sul giornale. Dodici banconote da centomila, sei da cinquanta, tre da dieci, una da mille, qualche spicciolo, vari biglietti da visita, qualche foglietto spiegazzato con numeri di telefono e indirizzi, una carta d'identità, un Sant'Antonio logorato dagli anni e piegato in due insieme a uno scontrino, la foto di una donna giovane e carina, una tessera dell'Arcicaccia. Niente di speciale insomma. L'uomo che aveva perso il portafogli doveva essere un bel disordinato. Aprendo il documento di identità Barolini fece un lungo sospiro, poi guardò la fototessera. Una testa tonda e pelata, con lo sguardo un po' assente. Poi lesse: *Giovanni Strano, nato a Bolletta il 6 dicembre del 46...* subito dopo la guerra, pensò con tristezza, ricordando che lui invece quel brutto periodo lo aveva vissuto da bambino. Continuò a leggere. *Professione macellaio, residente in via del Ciliegio centoquarantadue, alto un metro e sessantasette, capelli* c'era un frego, *occhi marroni.* Barolini rimise tutto a posto con cura, avvolse il portafogli in un fazzolettino di carta e andò a metterlo direttamente in una tasca del cappotto, per non rischiare di dimenticarlo la mattina dopo. Via del Ciliegio era a pochi isolati di distanza da casa sua, e tornando dal lavoro lo avrebbe riportato al proprietario. Ecco, ora si sentiva meglio. Riempì un pentolino di acqua minerale e lo mise sul fuoco. Aspettando che bollisse andò a sedersi davanti al televisore. Saltò da un canale all'altro per un po', gustando la comodità del telecomando che lui aveva solo da poche settimane. Il vecchio Philips che aveva comprato suo padre nel 1958 era andato in pensione dopo quasi quarant'anni. Anche lui, Barolini, prima o poi sarebbe andato in pensione. Questo pensiero era gradevole e triste nello stesso momento, come molte cose complicate della vita. Ma aveva già deciso che con la liquidazione avrebbe fatto subito un viaggio a Roma, dove era stato solo una volta da bambino con i genitori. E forse avrebbe scritto quel famoso romanzo che da tanti anni fermentava nella sua testa. Un romanzo d'amore.

Continuava a cambiare canale senza trovare niente di interessante, e alla fine si fermò su un litigio familiare in diretta. Una figlia incolpava il padre di urlare a tavola e di non ascoltare nessuno. Il padre era un analfabeta, un uomo enorme. La sua faccia buona e stupefatta galleggiava sopra la cravatta televisiva, e si difendeva con dei borbottii annaspando nella sua commovente ignoranza. Barolini provava per lui una grande compassione. La figlia continuava a elencare le sue accuse con gli occhi ubriachi di vendetta, sempre più incoraggiata dagli applausi. Ma dietro lo spettacolo Barolini sentiva altre cose. Più che una vera accusa sembrava che la ragazza volesse rinnegare le origini umili di suo padre, la sua ignoranza, la sua indegna paternità. Lo avrebbe voluto più ricco, suo padre, e più colto, più tutto. Si vergognava di lui, questo era il vero problema. Davvero una cosa molto triste.

Sentì bollire l'acqua e tornò in cucina a preparare la camomilla. Se ne versò una tazza bollente e ci mise molto miele. La bevve a piccoli sorsi davanti alla televisione, con una coperta piegata sulle gambe. Si addormentò un paio di volte, con la tazza vuota in mano.

Mezz'ora dopo s'infilò a letto e spense la luce. Il sonno gli era un po' passato. Stava con gli occhi aperti a fissare il buio. Un milione e cinquecentotrentunomilalire, una somma consistente. Era più della metà del suo stipendio. Era rischioso portarsi dietro tutto quel denaro. Il signor Giovanni Strano sarebbe stato contento di riavere il suo portafogli. Un milione e cinquecentotrentunomila lire. A fare il macellaio si guadagna bene, pensò, e per certi versi doveva essere perfino un bel mestiere, anche se a dire il vero ci voleva passione. Via del Ciliegio era a pochi isolati, ci sarebbe andato domani rientrando dal lavoro.

Alle sei e tre quarti Barolini aprì gli occhi. Rimase immobile sotto le coperte, senza accendere la luce. Si svegliava sempre quindici minuti prima che suonasse la sveglia, e seguendo pensieri malinconici aspettava il trillo. Quelli erano minuti tutti suoi, senza tempo, rubati alla giornata. La sveglia suonava alle sette e dava inizio alla vita ufficiale, per metà sua e per metà della Cartiera Cantoni e Mignardi s.a.s. Con un gesto collaudato dagli anni allungava la mano nel buio e schiacciava il tastino, senza mai sbagliare. Accendeva la luce, si alzava, si metteva la vestaglia sulle spalle, apriva le persiane e dava un'occhiata al cielo, per vedere che tempo faceva. In inverno a quell'ora era ancora notte, ma si capiva lo stesso se ci sarebbe stato il sole. Barolini amava molto il sole. Poi abbassava lo sguardo sulla strada, senza un vero motivo, e prima di chiudere la finestra avvicinava gli occhi al termometro avvitato all'infisso, per capire come doveva vestirsi. Una breve sosta in bagno, poi in cucina a mettere sul fornello l'acqua per il tè. Tornava in bagno, si lavava la faccia e le ascelle, poi di nuovo in cucina per mettere il tè nell'acqua, e poi ancora in bagno a lavarsi i denti. Quando tornava in cucina il tè era pronto. Lo versava nella tazza grande, ci metteva un goccio di latte, due cucchiaini di miele, e lo beveva seduto al tavolo di cucina, con calma, inzuppando tre o quattro biscotti spalmati di marmellata. Poi mangiava mezza mela di quelle rosse e dolci, sparecchiava il tavolo, lavava la tazza e tornava in bagno per prepararsi con pazienza alla rasatura. Aveva peli durissimi, e dopo anni di esperienza aveva adottato un sistema molto efficace. Prima di tutto si passava con cura sulla faccia un prodotto polveroso, per aiutare lo scivolamento. Si radeva con due rasoi elettrici. Quando il primo si surriscaldava lo spegneva per farlo raffreddare e accendeva l'altro. Se per un motivo qualsiasi era in ritardo li usava contemporaneamente. Poi si lavava i piedi e li cospargeva di borotalco. Aveva sempre fatto così fin da bambino, e badava bene di non rimanere mai senza quella polverina bianca e profumata. Dopo essersi pettinato si vestiva con cura e sceglieva il fiocchino nero fra i quattro che aveva. Non erano proprio uguali.

Nell'ingresso guardava l'ora e di solito erano le sette e quaranta. Prendeva la borsa, si metteva il cappello, usciva sul pianerottolo e chiudeva bene la porta con tutte le mandate. Scendeva lentamente le scale, e al primo piano alzava appena il cappello per salutare la signora Marcella, che a quell'ora lavava i pavimenti di casa con la porta aperta. Scendeva le ultime rampe pensando che la signora Marcella era una brava donna, e non solo perché si occupava di lavare e stirare la sua biancheria. Era una gran brava donna, come se ne trovavano poche. Sospirando senza un vero motivo apriva il portone del palazzo e usciva nella via ancora deserta. S'incamminava verso la fermata dell'autobus sentendo nelle ossa un brivido fresco, simile a una gioia intensa. La giornata era appena cominciata, e la vita era piuttosto bella.

Sette e quarantacinque. Il trentasei nero arrivava con i soliti cinque minuti di ritardo, ma a quell'ora si trovava facilmente un posto a sedere. Dopo nove fermate Barolini scendeva, voltava in via Cento Stelle e davanti alla pescheria ancora chiusa aspettava l'arrivo del diciassette nero. Altre dodici fermate e scendeva in piazza Leopoldo. Tre isolati a piedi e alle otto e venticinque imboccava via Fabbroni. Al numero sedici bis dava un'occhiata rispettosa alla targa di ottone della Premiata Cartiera Cantoni e Mignardi s.a.s., poi entrava nel portone, apriva con le sue chiavi personali la porta della sede amministrativa della Cartiera e andava dritto nel suo ufficio. Appende-

173

va cappotto e cappello all'attaccapanni, e dopo aver dato un'occhiata panoramica tutto intorno si metteva al lavoro con addosso un senso di pace e di protezione. Era sempre il primo ad arrivare e l'ultimo ad andare via. La signorina Erminia, la vecchia segretaria del dottor Cantoni, lo canzonava dicendo che dormiva in ufficio, e lui sorrideva. Era una brava donna Erminia, strano che non si fosse mai sposata.

Tutto questo andava avanti da molti anni, come un rito benefico e inattaccabile. Alla Cartiera si sentiva benvoluto e rispettato. La sua calligrafia era ammirata da tutti, la scrivania era il suo regno, e in quell'ufficio si svolgeva gran parte della sua esistenza. La Cantoni e Mignardi s.a.s. era un'antica azienda tramandata di padre in figlio, e lo stesso destino ricadeva molto spesso sui dipendenti, come era successo a lui quando aveva preso il posto di suo padre, quasi quarant'anni prima.

Le caratteristiche della carta e dei suoi derivati avevano subito nei decenni molti cambiamenti. Alcuni imposti dalle nuove tecnologie, altri dai nuovi usi cui veniva destinato quel materiale nobile e naturale. La Cantoni e Mignardi si era adeguata prontamente alle nuove esigenze del mercato, ma le usanze interne e polverose della Premiata Ditta rimanevano invariate. Ci si dava del lei anche fra persone di livello diverso, non si alzava mai la voce, ognuno aveva le sue specifiche mansioni di cui era interamente responsabile, e nessuno si sarebbe mai permesso di sindacare l'operato di altri dipendenti. Solo i padroni della Ditta potevano farlo, e con il dovuto rispetto. La solennità del lavoro allontanava l'idea del vile guadagno, il clima di sacralità educava moralmente anche l'ultimo dei magazzinieri. Occuparsi di carta non era come vendere benzina o sigarette, non era solo una faccenda di denaro, era una missione.

Anche gli uffici erano gli stessi di un secolo prima, e l'odore di storia vissuta avvolgeva il lavoro silenzioso del ragionier Barolini.

Alle tredici suonava una campanella, il ragioniere posava la penna e andava a mangiare qualcosa alla trattoria di Giannino, dove aveva il suo posto da sempre. Ordinava quasi ogni giorno le stesse cose, e scambiava almeno due parole con tutti, padrone e camerieri. Anche quella era una bella cosa, perché dava un senso speciale allo scorrere degli anni. Alle quattordici rientrava alla Cartiera e lavorava fino alle diciotto e cinque. Chiudeva la porta con le sue chiavi personali e si avviava alla fermata. Prendeva il diciassette e il trentasei e tornava a casa.

Quel giorno invece scese alla fermata successiva e andò a piedi fino a via del Ciliegio. Al numero settantasei c'erano otto campanelli, ma nessun nome. Gli sembrò una cosa un po' insolita. Si tossì nella mano e decise di suonare al primo campanello in basso. Si aprì una finestra del piano terra e si affacciò una donna sui sessanta.

«Chi cerca?»

«Abita qui il signor Strano?»

«Non sono affari miei» fece la donna, e richiuse la finestra. Barolini si rimpicciolì tutto e con una certa esitazione suonò a un altro campanello. Il portone scattò, era pesante e dovette spingerlo con tutte e due le mani. L'androne polveroso era quasi buio, si vedeva solo il chiarore di una luce appesa in cima alle scale. Salì i gradini sfiorando il muro con le dita per mantenere dritto il cammino. Al primo piano vide una porta socchiusa e si avvicinò. Dalla fessura usciva una lama di luce che illuminava il pianerottolo, e da dentro veniva il lamento di un bambino. Barolini bussò piano, e istintivamente spiò dalla fessura. Vide una donna grassa e spettinata che avanzava a grandi passi. Si ritrasse di colpo e la porta si spalancò. La donna era in vestaglia e puzzava di cucina, ma fece quasi un sorriso.

«Ha suonato lei?»

«Sì signora, mi scusi. Sono il ragionier Barolini, abita qui il signor Strano?» Il sorriso della donna si chiuse all'istante.

«Quel porco? No davvero, sta su all'ultimo piano» disse fissandolo.

«Allora mi scusi tanto. E grazie, grazie mille.» Un bambino con il pollice in bocca sbucò da dietro la donna e si aggrappò alle sue gambe. Ma non era lui quello che piangeva, perché il pianto si sentiva ancora, veniva da una stanza in fondo all'appartamento. Barolini fece un sorriso al bambino e lui nascose la faccia sporca nella sottana della donna.

«E sta' buono» fece lei tirandolo da un lato.

«Bene signora, allora tante grazie» disse Barolini.

«Che fa? Ci va?»

«Prego?»

«Dico su da quel porco... ci va?»

«Certo.»

«Contento lei...» La donna richiuse la porta e Barolini la sentì ciabattare sui pavimenti. Nelle scale era tornato il buio. Salì otto rampe strusciando come prima le dita sull'intonaco, fermandosi ogni tanto a riprendere fiato. Quando arrivò in cima trovò due porte. Aiutandosi con i fiammiferi cercò le targhette con il cognome, ma non c'erano. Rimase davanti a una delle due porte con l'orecchio teso, come se dai rumori potesse capire se proprio lì abitasse il macellaio. Non sentiva nulla, tranne un televisore a volume alto. Andò all'altra porta e sentì la stessa cosa. Doveva decidersi. Bussò tre volte e subito si pentì, forse la porta giusta era l'altra. Gli dispiaceva disturbare la gente per nulla, ma ormai era tardi. Dietro la porta sentì la voce di un uomo che urlava.

«Vai te a vedere chi è, Cristo!» Una donna rispose con un grido isterico.

«Vado, vado.» Barolini pensò quasi di correre via, poi si ricordò del portafogli e lo strinse nella tasca, come un salvacondotto. La porta si aprì di colpo, e il volume del televisore aumentò di conseguenza. Una ragazza giovane con grandi ciocche bionde sulle orecchie lo guardò senza parlare. Aveva un mestolo fumante in mano, e una ruga di domanda tra gli occhi.

«Mi scusi signorina...»

«Magari fossi ancora signorina.»

«Mi perdoni signora. Cerco il signor Strano, abita qui oppure...» fece Barolini indicando l'altra porta. La ragazza non rispose. Sembrava distratta da qualcosa che fissava con intensità, proprio sotto al mento di Barolini.

«Non è mica uno delle tasse, lei?» disse alla fine.

«Come dice?»

«Quelli delle tasse hanno tutti il farfallino come lei.»

«Parla di questo?» Barolini sfiorò con l'indice il suo fiocchino nero, consumato dagli anni La donna annuì e lui fece un sorriso doloroso.

«No signora, non sono delle tasse, sono un dipendente della

Cartiera Cantoni e Mignardi, per la precisione sono il contabile...» Poi si accorse che quei discorsi non c'entravano nulla e si raddrizzò sulla schiena, come per un singhiozzo.

«Mi scusi signora, abita qui il signor Strano?»

«No, è l'altra porta. Ma che ci va a fare lei da quel cafone? Non che siano affari miei...» Da dentro si sentì la voce maschile che scavalcava il volume del televisore.

«Allora? Chi cazzo è?» Lei alzò gli occhi al cielo e voltò appena il viso verso l'interno.

«Nulla» gridò.

«Come?»

«Ho detto nullaaa...»

«Che cazzo vuol dire nulla?»

«Vuol dire nulla, cercano il macellaio.»

«Come?»

«Il macellaiooooo!»

«E che vuole da noi il macellaio?»

«Te lo dico dopo» mormorò la donna, scocciata. Poi guardò Barolini.

«Carino eh? Prima che lo sposassi mi portava i fiori, lo stronzo.» Barolini fece un lieve inchino e alzò appena il cappello.

«Mi scusi signora, mi scusi tanto, e grazie, grazie mille.» La ragazza fece un cenno con il capo e richiuse la porta. Dentro risuonò ancora la voce dell'uomo.

«Che si fa? Si mangia o no?»

«Arrivo, accidenti a te.»

Barolini si sentiva già stanco, e poi non era abituato a bussare alla porta di persone che non conosceva. Andò davanti a quella del signor Strano. Il televisore non si sentiva più. Alzò la mano per bussare, ma rimase fermo con le nocche in aria pensando che era stato uno stupido. Avrebbe potuto consegnare il portafogli ai carabinieri, così ci avrebbero pensato loro. Ormai l'idea di incontrare il signor Strano gli dava il vuoto allo stomaco. Però adesso era lì, gli dispiaceva aver bussato a tante porte inutilmente. Se ora se ne andava aveva sprecato il tempo per nulla, e lui non amava lo spreco. Meglio bussare. Liberò la mano e i tre toc lo sorpresero per il gran rumore che fecero. Gli sembrò di sentirli risuonare giù per le scale, fino all'androne. Si

aspettava che tutti gli inquilini del palazzo uscissero sul pianerottolo per chiedere cosa fosse successo. E lui nel mezzo, a scusarsi... non volevo dare fastidio, ho solo bussato... cerco il signor Strano, ho trovato il suo portafogli...

Si era incantato su quei pensieri, guardando in direzione
della tromba delle scale, e quando si voltò di nuovo verso la
porta si trovò davanti un ragazzino con gli occhiali spessi e un
libro in mano. Era pallido e delicato, con due labbra rosso fegato che spiccavano sotto il naso minuscolo. Barolini gli sorrise,
rinfrancato. Le due signore non avevano detto nulla di quel
bambino grazioso.

« Ciao carino, abita qui il signor Strano? »

« È il mio babbo, ma ancora non c'è. Conosci Giacomo Leo-
pardi? »

« Sì certo, lo conosco. » Il ragazzino aprì il libro e ci tuffò
dentro gli occhiali.

« Te lo ricordi questo? *Che fai tu luna in ciel dimmi che fai silenziosa luna sorgi la sera e vai contemplando i deserti indi ti posi
ancora tu non sei paga di riandare i sempiterni calli...* cosa vuol
dire *sempiterni*? » disse alzando gli occhi. Barolini allacciò le
mani dietro la schiena, quasi felice.

« Significa eterni, ma con un accento più marcato e soprattutto più aulico. »

« Cosa vuol dire *aulico*? »

« Potremmo dire che sta nel mezzo tra il poetico e il solenne. »

« Il babbo arriva tra poco. Cosa vuoi dal mio babbo? »

« Vorrei parlargli un minuto, però se c'è la mamma è lo stesso. »

« La mamma non c'è, è morta... lo conosci Schubert? »

« Mi dispiace... »

« Cosa ti dispiace? »

« No, dicevo della mamma. »

« La mamma è morta. Lo conosci Schubert o no? »

« Intendi Franz? Franz Schubert? »

« Ti piace la Quinta sinfonia? »

« La Quinta? Direi che è magnifica. »

« La vuoi sentire? »

« Non so se... A che ora torna il tuo babbo? »

« Tra poco. Allora la vuoi sentire? »

« Va bene, perché no. Così aspetto il babbo. »

« Vieni. » Barolini si levò il cappello e scavalcò la soglia come se entrasse in una chiesa. Aveva una grande considerazione degli spazi altrui, così grande che in casa d'altri si trovava a disagio.

L'ingresso era spoglio, con i muri ingialliti. Al centro di una parete vuota era appesa la foto di una donna grassa e sorridente. Probabilmente la mamma, pensò Barolini. Il ragazzino gli chiuse la porta alle spalle e si avviò nel lungo corridoio facendogli cenno di seguirlo. Barolini gli andò dietro con passi felpati, come se non volesse toccare il pavimento. Era un corridoio molto lungo. Arrivarono in fondo ed entrarono in una stanza quadrata, illuminata da un grande lampadario centrale pieno di lampadine. La luce era troppo forte per uno come Barolini, abituato a lampadine di basso wattaggio. A destra c'era uno scaffale di ferro verniciato, con sopra qualche libro, a sinistra un televisore acceso con il volume a zero, e di fronte si apriva un finestrone che dava sul muro un po' ammuffito di una corte interna.

Il ragazzino infilò il CD nel lettore e spinse un bottone, poi prese un altro libro dallo scaffale e andò a sedersi sopra un divano di pelle nera, lucidissimo. I violini vivaci e tristi della Quinta cominciarono a riempire la stanza. Barolini si sedette sopra una sedia, e seguendo la musica chiuse gli occhi. Quella melodia maestosa e infantile, malinconica e allegra insieme, lo riportava a molti anni prima, quando preparava l'esame di maturità studiando anche di notte. Rivedeva una ragazza, la più bella della scuola. Aveva due grandi occhi neri e luminosi, e le rare volte che lui incontrava il suo sguardo, arrossiva.

Anche Barolini si era innamorato di lei, come altri cento, ma forse era l'unico a mandarle poesie anonime. Per la precisione sonetti, composti all'alba con le borse sotto gli occhi e un senso di eroismo che tagliava il respiro. Lei si chiamava Alvara, e le rime erano sempre le stesse... *amara, chiara, avara, cara*. Il rimario dantesco era sempre aperto sul tavolo. Tempi lontani avvolti dalla nebbia, ancora tutti da ricordare e da rimpiangere. Durante l'intervallo Alvara saliva sopra un banco, alta lassù, con le sue gambe da regina e il viso che mandava luce, e leggeva quei sonetti a tutta la classe, declamandoli un po' ironica e un po' fiera, tra le risa generali. Lui stava là sotto e fingeva di ridere con gli altri, guardando Alvara... la bellissima Alvara... seguiva con gli occhi la forma della sua testa perfetta, avvolta di capelli neri... la sua figura snella, il suo sguardo prodigioso... mentre lei continuava a declamare e a gesticolare, consapevole della propria bellezza e dolorosamente distante da lui...

Barolini volava sopra la Quinta di Schubert, e a un tratto si rese conto che in casa sua mancava la musica. Da molto tempo non accendeva il giradischi, e alla radio amava soprattutto ascoltare una voce che parlava. Doveva senz'altro tirare fuori i suoi vecchi dischi. Era bella la musica. A occhi chiusi fluttuava sulle note, gli sembrava di galleggiare sopra un fiume che scendeva lento fino al mare.

«Lo conosci Ugo Foscolo?» fece il ragazzino, svegliandolo di soprassalto. Era in piedi accanto a lui con un libro aperto in mano.

«Caro, ma non sei troppo piccolo per queste cose?»

«*All'ombra de' cipressi e dentro l'urne...* che vuol dire *l'urne?*»

«Le urne... Sono dei vasi dove si mettono le ceneri.»

«La cenere di che?»

«Vorresti sapere tutto, vero?»

«La cenere di che?» Barolini fece un sorriso educativo.

«*Fatti non foste a viver come bruti, ma per seguir virtute e canoscenza...* ma è bene andare per gradi» disse. Il ragazzino lo guardò perplesso.

«Che cos'è?» disse.

«Che cos'è cosa, caro?»

«Quella cosa dei bruti.»

«È Dante, il più grande di tutti.»

«Il più grande che?»

«Il più grande poeta.»

«È ancora vivo?»

«No.»

«E quand'è morto?»

«Dante? Io credo... nel...» Si sentì il rumore della porta

d'ingresso che si apriva e si richiudeva con un tonfo, poi dei passi strascicati, come se qualcuno camminasse con un peso sulle spalle. Il ragazzino impallidì, corse a spegnere la musica e a rimettere il libro a posto.

«C'è babbo» disse in un sussurro, guardando l'ombra che si allungava nel corridoio.

«Non... non gli corri incontro?» chiese Barolini con un tremito. Il bambino era fermo in mezzo alla stanza e fissava il vano della porta aperta. Barolini scattò in piedi, e un secondo dopo sulla soglia apparve un uomo enorme, largo e basso, con una grinza di carne sotto il mento. Sulla sua testa calva correvano i riflessi della luce. Si bloccò come se avesse visto un topo camminare sul pavimento.

«E te chi sei?» disse, sfregandosi le mani aperte sulla giacca. Barolini gli andò incontro e gli tese la mano.

«Piacere, ragionier Barolini. Mi scusi il disturbo.» Il signor Strano ignorò la mano e spostò lo sguardo sul figlio.

«Io e te ci siamo capiti, fila a studiare» disse. Barolini volle mettere una buona parola.

«Guardi che è un bravo omino, legge poesie e ascolta musica classica» disse con convinzione, anche se gli tremava un po' la voce. Il macellaio puntò di nuovo gli occhi su di lui. Occhi bianchi e sporgenti che facevano pensare a uova sode.

«Chi ti ha chiesto nulla a te? Chi cazzo sei?»

«Sono il ragionier Barolini, contabile alla Cantoni e Mignardi...»

«Questo l'hai già detto» disse Strano.

«È una cartiera, Premiata Ditta» precisò Barolini. Il macellaio si passò una mano sul cranio, poi guardò di nuovo suo figlio.

«Ehi! Allora?» disse calmo, ma con una voce tutta nuova. Il ragazzino sbatté gli occhi una decina di volte, paralizzato, poi scattò in avanti e sparì dietro una porta pattinando sul pavimento.

«Mi scusi il disturbo» ripeté Barolini, porgendo di nuovo la mano al macellaio, ma lui non lo guardò nemmeno.

«Quel bamboccio non sembra nemmeno figlio mio, gli mancano le palle, tutte e due. Vuoi vedere che mi diventa finocchio. Ma io l'ammazzo, giuro che l'ammazzo » disse tra i denti, come se pensasse a voce alta. Andò a sedersi sul divano, spiaccicando i cuscini come mozzarelle. Si tolse le scarpe e agitò con piacere le dita grasse dentro i calzini.

« Me lo vuoi dire chi cazzo sei? » disse, come se all'improvviso si fosse ricordato che in casa sua c'era un estraneo. Barolini non trovava le parole. Per entrare subito in argomento sfilò di tasca il portafogli e lo liberò dal fazzoletto che lo avvolgeva.

« Credo che questo portafogli sia suo, l'ho trovato sopra un marciapiede » disse. Il macellaio gli fece cenno di avvicinarsi e glielo levò di mano.

« Certo che è mio. »

« Lo ha perso in una strada qua vicino » disse il ragioniere. Strano rovistò dentro il portafogli, poi alzò di nuovo gli occhi.

« Eh no, così non va. Mancano dei soldi, due pezzi da cento, e forse anche tre. »

« Ne è sicuro? »

« Sono sempre sicuro. »

« Le giuro che io... »

« E ora magari vorresti anche la mancia, eh? »

« Ci ho guardato dentro solo per... »

« Te la do io la mancia pidocchio, non crederai mica di fregarmi? » fece Strano. Il ragioniere rimase immobile. Non sapeva cosa dire, non si era mai trovato in una situazione così spiacevole. Ma ora avrebbe chiarito tutto e sarebbe tornato a casa... una bella cenetta davanti al televisore e poi a letto.

Il macellaio si alzò in piedi, buttò il portafogli sul tavolo e prese Barolini per un polso.

« Pensi di essere furbo, eh? » Lo trascinò fino al telefono e fece un numero.

« Polizia? Ho beccato un ladro, ce l'ho qui a casa mia. » Il ragioniere s'irrigidì fino ai piedi.

« Guardi che si sbaglia, non sono un ladro. »

« E sta' zitto che non capisco un cazzo... Come? Eh? Certo... Via del Ciliegio settantasei, ultimo piano. Ma no che non scappa, è un vecchietto segalitico, se rompe le palle me lo appendo alla cintura. Però fate presto che ho fame. » Buttò giù e si frugò un orecchio con molta energia. Poi guardò Barolini con la faccia schifata, scuotendo il capo.

« A me non mi frega nessuno » disse.

« Non sono un ladro. »

« Certo. » Il macellaio lo trascinò nel cesso e ce lo chiuse dentro, poi si allontanò urlando:

« Pippo! Pippoooo! Portami a vedere i compiti di oggi! »

Barolini abbassò la predella della tazza e si sedette. « Non sono un ladro » bisbigliò. Ma ancora di più gli bruciava l'appellativo che aveva usato il signor Strano per parlare di lui: *vecchio seg...* No, non poteva nemmeno pensare a quella parola. Lui non era così. Vecchio forse sì, poteva accettarlo, anche se a malincuore, ma l'altra parola no, non aveva nulla a che fare con lui.

« Pippo! Vieni subito qua! Che cazzo è questa roba? Cristo! Se trovo ancora questa merda in casa mia ti appendo a un gancio e ti lascio lì tutta la notte! Pippoooo! Dove cazzo sei? »

Al commissariato gli dissero di aspettare seduto sopra una panca, in un lungo corridoio con grandi finestre protette da sbarre. La luce illuminava con violenza il soffitto e ricadeva giù bianchissima. Barolini sentiva il desiderio di stare in penombra, per potersi riposare e anche un po' nascondere, e tutta quella luce gli procurava molto disagio. La mascella gli tremava ancora per lo spavento, e soprattutto per la vergogna. Eppure era innocente.

Dovevano essere già le nove. Di solito a quell'ora lui aveva già cenato e stava guardando la televisione.

I poliziotti che erano andati a prenderlo a casa del macellaio erano stati più o meno gentili, e si erano meravigliati che un ladro potesse avere quell'aspetto mite. Barolini aveva detto due o tre volte: « Io non sono un ladro ». E i poliziotti ogni volta: « Questo lo dirai al giudice ». Alla fine lo avevano caricato in macchina e gli avevano offerto una sigaretta, ma Barolini l'aveva rifiutata alzando le due mani insieme.

Dietro la panca c'era un radiatore rovente. Barolini ci appoggiò la schiena per scaldarsi, e poco dopo sentì la gola secca. Senza contare che l'aria sapeva di fumo e di polvere vecchia.

Doveva assolutamente chiedere a qualcuno dove potesse trovare un bicchiere d'acqua fresca, però non gassata. Passò un poliziotto con dei fogli in mano. Barolini si alzò e fece un piccolo inchino.

«Mi scusi il disturbo, dove posso trovare un bicchiere d'acqua fresca, possibilmente non gassata. Pagando, s'intende.»

Il poliziotto gli andò incontro e lo rimandò a sedere sulla panca.

«Stai seduto qui e fai il bravo.»

«Vorrei parlare con qualcuno. Non sono un ladro, sono il ragionier Barolini, il contabile della Cartiera Cantoni e Mignardi, Premiata Ditta.»

«E allora? I ragionieri non rubano mai?» Il poliziotto si allontanò ridendo. Barolini aveva la testa bagnata di sudore, e dentro il petto uno sconforto immenso. Non vedeva l'ora di parlare con qualcuno che lo ascoltasse. Avrebbe chiarito tutto in pochi minuti, così poteva tornarsene a casa. Non vedeva l'ora di fare la sua bella cenetta davanti al televisore.

Due ore dopo non era cambiato nulla. Davanti a lui era passata molta gente, ma nessuno gli aveva rivolto la parola. Tutti sembravano indaffarati in qualcosa di urgente. I pavimenti erano molto sporchi, e quando passava qualcuno si vedevano correre grandi bioccoli di polvere. La sete di Barolini aveva raggiunto livelli preoccupanti, gli sembrava di avere in gola la carta vetrata. Cercava di inghiottire ma non aveva più saliva, e la lingua gli si appiccicava al palato. Non era un ladro, doveva dirlo a qualcuno. Anzi aveva voglia di dirlo a tutti. Il portafogli lo aveva trovato per terra, l'aveva aperto solo per cercare l'indirizzo, non era un ladro. Chissà alla Cartiera cosa avrebbero detto se lo avessero visto seduto su quella panca. Arrossì e si passò una mano sulla faccia. Il peso di quell'accusa gli schiacciava il petto. Era come se davvero fosse un ladro, si sentiva addosso la pelle di un ladro, e si vergognava. Non di quello che lui era veramente, ma di come gli altri pensavano che lui fosse. Le parole degli altri erano più forti della verità.

Sentì uno schiamazzo di voci femminili, e una porta si aprì di colpo. Sospinte da un poliziotto entrarono una dopo l'altra quattro donne, camminando sui tacchi a spillo. Tre parlavano insieme a voce alta e non si capiva nulla. La quarta sembrava giovanissima e stava distante dal gruppo, indifferente a tutto. I capelli ondulati le nascondevano il viso. Il poliziotto indicò alle donne la lunga panca dov'era seduto Barolini, l'unica che c'era.

«Mettetevi là e buone.»

«Agli ordini generale, ci mettiamo qui buone buone e facciamo l'uovo.» Il poliziotto richiuse la porta e la più bionda del gruppo gli sputò dietro.

«Spero che ti caschino le palle, figlio di puttana.» Una rossa con un grande neo sul labbro si lasciò cadere sulla panca a gambe aperte, a due metri da Barolini.

«Ma cosa vuoi che gli caschi a quello, se non ce l'ha nemmeno.» Risero tutte tranne la più giovane. Lei stava in disparte e si mordeva le unghie fino al sangue. Alla fine andò a sedersi accanto a Barolini, ma era come se lui non ci fosse.

«Dai Emma, falla finita con quelle unghie... che a volte servono.» La ragazza non rispose. La rossa si rialzò in piedi e si mise a passeggiare con le altre due, su e giù per il corridoio, fumando e bestemmiando contro la polizia. Il ragioniere aspettò che fossero lontane e fece un lieve inchino in direzione di Emma.

«Permette? Ragionier Barolini. Non voglio disturbarla, sono qui per uno sbaglio, ho trovato un portafogli per terra...»

La ragazza continuava a fissare il pavimento, e le sue spalle cominciarono appena a sussultare.

«... non sono un ladro, sono il contabile della Cartiera Cantoni e Mignardi, tra poco chiarirò tutto e mi rimanderanno a casa, anche perché mi sento un po' stanco, di solito a quest'ora sono già coricato, mi sveglio tutte le mattine alle sei e quarantacinque, ma la sveglia però la imposto sulle sette in punto, è un'abitudine che ho da molti anni. Sono qui dalle nove ma nessuno viene a chiamarmi... Perché piange?»

La ragazza si voltò verso di lui e lo guardò, e il ragioniere sentì un brivido tra i polmoni. Quella ragazza somigliava molto ad Alvara, aveva gli stessi occhi, neri e luccicanti.

«Perché piange?» disse ancora Barolini. Lei si passò il dorso della mano sotto gli occhi, spandendo il rimmel fino agli zigomi.

«Mi è morto il gatto» disse.

«Oh, mi spiace molto. Com'è successo?» chiese Barolini. Le prese una mano e la carezzò. Lei per un attimo s'irrigidì, poi gli crollò sulla spalla singhiozzando.

«Ercole...» disse, tirando su col naso come i bambini. Le tre amiche si voltarono un secondo a guardare, poi ricominciarono a chiacchierare.

«Ercole...» continuava Emma. Barolini sentì ancora quel brivido tra i polmoni, più forte e più lungo di prima.

«Un altro gatto... ci vuole subito un altro gatto.»

«Non voglio un altro gatto, voglio Ercole.»

«Ma sì, pianga pure, pianga che le fa bene agli occhi. Sa che lei ha dei begli occhi?» Le fece una carezza sui capelli, e un profumo intenso gli salì su per il naso.

In fondo al corridoio si aprì una porta e sbucarono fuori due poliziotti. Emma alzò la testa e si staccò da Barolini. I poliziotti avanzavano a grandi passi. Il più basso accennò con una mano a Barolini e poi guardò l'altro.

«Quello del portafogli?»

«Sì, è lui.»

«Ehi nonno, lascia perdere le donne, che ti fanno male.» I poliziotti lo presero per le braccia e se lo portarono via... e il profumo di Emma svanì di colpo. Lo spinsero in una stanza e lo misero in piedi di fronte a un poliziotto con la faccia larga e gommosa, seduto dietro una scrivania. Poi se ne andarono. Quello seduto aveva la divisa piena di grinze. Era anche un po' spettinato.

«Non sono un ladro, mi deve credere.»

«Eccoti qua» disse il poliziotto, alzandosi in piedi. Era più alto di quello che Barolini si aspettasse. Girò dietro la scrivania ravviandosi i capelli Poi cominciò il suo lavoro. Nome e cognome, indirizzo, svuotare le tasche, togliere le stringhe, le dita nell'inchiostro e due foto con un numero appeso al collo. Alla fine mise via tutto, si affacciò alla porta e fece un urlo. Poi andò a sedersi dietro la scrivania e si mise a sfogliare delle carte. Dopo un po' entrarono i due poliziotti di prima. Quello seduto alzò gli occhi.

«Qui ho fatto, portatelo a Sollicciano» disse. Barolini alzò un dito.

«C'è un errore, lasciatemi spiegare le cose per bene. Ho trovato il portafogli del signor Strano sopra un marciapiede, ieri sera. Sono un dipendente della Cartiera Cantoni e Mignardi, sono il contabile, ora dovrei andare a casa perché a quest'ora...» Mentre lui parlava l'uomo con la faccia larga accese una sigaretta e sventolò in aria il fiammifero per spegnerlo.

«Non è a me che devi dirlo, nonno. Portatelo via» disse, cercando il posacenere sotto i fogli. I due poliziotti lo presero per le spalle, e in quel momento entrò senza bussare un uomo in maniche di camicia. Quello seduto si alzò in piedi e tutti fecero il saluto.

«Ribaudo, vedi se riesci a trovarmi questo fascicolo» disse il nuovo arrivato, lasciando cadere un foglietto sulla scrivania. Era più grosso e più alto dell'altro, e aveva la faccia come il cattivo dei film western.

«Bene commissario.»

«Non ci mettere un anno» disse il commissario. Aveva il collo sudato e la camicia bagnata sotto le ascelle.

«No dottore, non si preoccupi.»

«Bene.» Avviandosi alla porta il commissario lanciò un'occhiata distratta al prigioniero, poi tirò dritto. Barolini pensò che quel signore doveva essere un poliziotto piuttosto importante. Forse lui avrebbe capito.

«Signor commissario, sono qui per sbaglio, non sono un ladro» disse. Il commissario si voltò.

«E questo chi è?» chiese agli altri.

«Ha rubato un portafogli» semplificò uno dei poliziotti.

«C'è uno sbaglio, io stavo camminando per la strada e ho visto sul marciapiede una cosa scura, mi sono avvicinato e...»

«Tempo scaduto» disse il commissario, e uscì senza chiudere la porta. I due poliziotti presero di nuovo Barolini per le braccia, ma in quel momento il commissario rientrò nella stanza, e tutti fecero di nuovo il saluto.

«Comodi» fece il commissario. Andò incontro a Barolini e gli si piazzò davanti con le mani abbandonate nelle tasche. Gli altri poliziotti stavano zitti a guardare, senza capire. Il commissario continuava a osservare il prigioniero, con le sopracciglia abbassate sugli occhi. Barolini ebbe un brivido di speranza. Forse quel signore aveva capito che lui non era un ladro.

«Fatti vedere un po' meglio» disse il commissario. Lo prese per una spalla e lo portò sotto la luce, come si fa con una scatola di pelati per leggere meglio l'etichetta.

«Senti un po', non sarai mica te il maniaco che corre dietro alle bambine?»

«Come dice? Quali bambine?» Il commissario continuava a stringergli la spalla, e non lo ascoltava. Si rivolse a uno degli agenti.

«Che dici Cannamela, la descrizione corrisponde, no? Basso, magro, con la faccia brutta.» Cannamela si grattò la testa.

«Be', perché no? Facciamo un riconoscimento.» Il commissario guardò di nuovo Barolini da cima a fondo, girandolo un po' per valutarlo meglio.

«Stai a vedere che abbiamo risolto la grana del maniaco» disse. Gli altri poliziotti lo guardavano con ammirazione, costretti ancora una volta a capire qual era la differenza fra un semplice agente e un commissario. Il ragioniere avrebbe voluto parlare, ma il commissario lo spinse verso gli agenti e disse piano:

«Mettetelo dentro in attesa di controlli, 'sto vecchio porco».

Il secondino gli indicò la branda vuota senza dire una parola. Sull'altra c'era un tipo grosso che dormiva e russava, la faccia contro il muro. Prima che se ne andasse, Barolini chiese al secondino se per favore poteva avere un bicchiere d'acqua non gassata, possibilmente fresca. Il secondino gli coprì la faccia con una grande mano sudata e lo spinse via.

«Vedi di non rompere le palle, nonno.» Barolini provò una grande pena per quell'uomo, e disse piano:

«Ti perdono». Questa cosa fece imbestialire il secondino. Avanzò verso quell'omino sfacciato e gli tirò uno schiaffo sul labbro, mandandolo giù come un birillo. Barolini si rialzò con il desiderio di farsi capire.

«Non volevo offenderla, mi creda. Volevo solo dirle che comprendo la sua sofferenza.»

«Un'altra stronzata e ti schiaccio la testa.» Barolini fece un lieve inchino e non disse più nulla. Il secondino se ne andò senza voltarsi e chiuse la porta con un tonfo. Barolini restò ad ascoltare i suoi passi che si allontanavano nel corridoio, poi si lasciò andare sopra il materasso e si coprì con la coperta fin sopra la testa. Faceva molto freddo. Nel letto accanto il suo compagno di prigione continuava a russare. Non si era svegliato nemmeno quando il secondino aveva sbattuto la porta della cella. Russava in modo orribile. Ogni tanto s'incantava come se gli mancasse il respiro, per un tempo infinito, poi un risucchio potente lo riportava in vita.

Sdraiato in quella cella con i muri gocciolanti Barolini pensava a Emma. Chiuse gli occhi e si rannicchiò tutto. Se non fosse stato per quel portafogli non avrebbe mai visto gli occhi di Emma, neri e luccicanti come quelli di Alvara, amara, cara, avara...

Non chiuse occhio per tutta la notte, ma il pensiero degli occhi di Emma gli fece molta compagnia. Si commuoveva per il suo povero gatto che era morto, e quando ripensava a quella testolina che piangeva sulla sua spalla viveva anche attimi di felicità. Ogni tanto però si ricordava della Cartiera e rabbrividiva. Domani non lo avrebbero visto arrivare al lavoro, e chissà cosa avrebbero pensato. Una cosa del genere non era mai successa.

All'alba il tipo del letto accanto si svegliò con un mugolio e si stirò. Vide con la coda dell'occhio la sagoma di Barolini sotto la coperta, e mise i piedi nudi giù dal letto. Piedi grandi come filoni di pane. Guardava il nuovo arrivato e continuava a sbadigliare, con le mani infilate nelle mutande. Poi allungò una mano e con un solo movimento scoprì Barolini da capo a piedi. Appena vide la faccia del ragioniere scoppiò a ridere.

«E te chi sei? Ti ha portato la Befana?» Barolini si era appena addormentato e provò un certo spavento. Davanti a lui c'era un uomo enorme e senza capelli, con il corpo sfatto e le orecchie accartocciate. Si fece coraggio, si mise seduto sul materasso e gli porse la mano.

«Ragionier Barolini, piacere. Sono qui per un errore, non sono un ladro, e non sono nemmeno un maniaco, lavoro alla Cartiera Cantoni e Mignardi, sono il contabile.»

«Cos'è questa storia del maniaco?» fece l'altro senza dargli la mano.

«C'è stato uno sbaglio, signore.»

«Non sarai mica uno di quei vecchi schifosi che vanno in giro a toccare le bambine?»

«C'è stato uno sbaglio signore, non so nulla di quelle bambine.»

«Sai che gli faccio io ai maniaci? Gli stronco il collo così.» Il gigante mimò il gesto con le mani, grandi come mattoni, e Barolini sentì la nuca irrigidirsi. Subito dopo il galeotto fece un sorriso sdentato.

«Ma no, te non sei il tipo del maniaco... come cazzo hai detto che ti chiami?»

«Barolini, ragioniere contabile alla Cartiera Cantoni e Mignardi.»

L'uomo sfilò una mano dalle mutande e strinse forte quella del ragioniere.

«Io sono Brondi.»

«Piacere di conoscerla.»

«Sono dentro per omicidio ma non me ne frega nulla, almeno ho tolto quel bastardo dalla faccia della terra. Ti va un caffè?» Alla parola omicidio Barolini aveva incassato il capo tra le spalle, e aveva guardato di sfuggita le mani assassine di Brondi.

«Un caffè? Sì grazie, lo gradisco volentieri.»

«Ma come cazzo parli? Qui non siamo mica a Montecarlo.» Brondi gli dette una pacca sulla schiena che gli fece ballare gli occhiali, poi lo tirò in piedi come un fuscello. Lo abbracciò e lo baciò sulle guance, lasciandogli addosso un odoraccio aspro di pelle sudata e risudata. Gli ridette la mano in modi strani, e alla fine sputò tre volte di lato.

«Benvenuto tra noi.»

«Mi scusi... noi chi?»

«Noi delinquenti» rise Brondi.

«Mi scusi, ma io non sono il maniaco che cercano, e nemmeno un ladro. C'è stato un errore, tra poco dovrò andarmene da qui.» Brondi sventolò in aria una mano come per dire che si faceva presto a correre con le parole.

«Prima che tu esca da quella porta faremo in tempo a conoscerci bene, te lo dico io.» Barolini barcollò e si appoggiò al lavandino.

«Ne sarei molto onorato, ma io dovrei uscire presto. Non sono un ladro, e nemmeno un maniaco. Tra non molto verrà fuori la verità e mi manderanno a casa.» Il ragioniere cercò con gli occhi le sue scarpe, ma non le vide. Brondi andò a mettere il caffè a scaldare sul fornellino, lasciando impronte bagnate sul pavimento gelido.

«Caro Baroncini, la verità è di chi comanda. Guarda me, ho strangolato un maiale e invece di ringraziarmi mi hanno chiuso qua dentro... e allora dov'è 'sto cazzo di verità?» Barolini non si reggeva sulle gambe e si sedette sul letto di Brondi, che era il più vicino. Dalla coperta sentiva salire un fetore insopportabile, ma non disse nulla. Brondi andò a stirarsi davanti alla finestrella e si dette due manate sulla pancia.

«Dai che oggi è venerdì, ci danno il pesce... ti piace il pesce?»

«Direi di sì, anche se le vongole non le digerisco.» Brondi sorrise, aveva l'aria di divertirsi un sacco. Andò a togliere il caffè dal fuoco e prese due tazze sudice dal lavandino.

«Ah, le vongole non le digerisci... allora gli va detto subito, sennò poi ti farà male la pancia.» Gli passò la tazza e fece una risata. Ma non era una risata cattiva.

«Sai che ti dico, Barallini? Comincio anch'io a pensare che sia tutto un errore.» Barolini fu molto contento di quelle parole. Appoggiò la tazza bollente sul pavimento e si tirò su.

«Mi fa un grande piacere che lei mi creda, glielo assicuro» disse ravviandosi i capelli con una mano. Il gigante scosse il capo.

«Tanto io non conto mica nulla, io vado a naso. È a loro che lo devi dire. Ma a loro, caro Barallini, delle parole non gliene frega un fischio.» Barolini crollò di nuovo. Se il cuscino di Brondi non fosse stato così sporco ci avrebbe tuffato dentro la faccia.

«Ho solo riportato quel portafogli al suo proprietario... l'avevo trovato sul marciapiede.» Brondi ebbe uno scatto del collo, e gli si piazzò di fronte.

«Non ho capito bene» disse. Il labbro di sotto gli pendeva come se dovesse cadere.

«Ho trovato un portafogli per la strada, l'ho aperto per vedere l'indirizzo e il giorno dopo sono andato a riportarlo. Tutto qui.»

«C'erano soldi?» disse il gigante, con gli occhi tondi.

«Sì» disse il ragioniere. Brondi fece un sospiro e si sedette accanto a lui, con la tazza in mano.

«E quanto?» chiese. Barolini rifece a mente la somma delle banconote del macellaio. Sentiva il respiro trattenuto del galeotto, che continuava a fissarlo con gli occhi sbarrati.

«Un milione e cinquecentotrentunomila lire, a parte le monetine» disse. Sentì la grande mano puzzolente di Brondi calargli sulla testa come un colbacco.

«Non ci posso credere.» Il galeotto fece scendere la mano fino alla base del collo di Barolini e lo tirò a sé, fino a far scontrare le loro teste.

«Fesso, fesso, fesso...» Ogni *fesso* faceva sbattere leggermente la sua fronte contro quella del fesso. Il ragioniere teneva le labbra sigillate, per respingere i batteri che uscivano a miliardi dalla bocca di Brondi. Quando Brondi allentò la presa scostò la faccia e ricominciò a respirare.

«Lo so bene che ho sbagliato. Il portafogli dovevo portarlo ai carabinieri, così ci pensavano loro e io non mi sarei trovato... come dire...» Poi pensò a Emma, ai suoi occhi neri che non avrebbe mai visto se non avesse trovato quel portafogli... se il signor Strano non avesse... come dire...

Brondi fece un gran sospiro e mise la faccia dentro le mani aperte. Scuoteva il testone e mugolava. Barolini non capiva cosa avesse.

«Si sente bene?» chiese. Brondi rialzò il capo e lo guardò come si guarda un cane abbandonato.

«Senti Barontini, per me sei senza speranza ma te lo voglio dire lo stesso. Quando uno trova un portafogli per terra, lo sai cosa fa?»

«Cosa fa?»

«Va in un posto appartato, lo apre, prende tutti i soldi comprese le monetine... e poi se vuole fare il bravo lo butta in una cassetta della posta. Così il postino lo trova, lo porta ai carabinieri e la cosa è fatta. Ora ripeti con me... cosa si deve fare quando si trova un portafogli per terra? » Barolini si strinse nelle spalle.

« Lo so che ho sbagliato, potevo andare subito dai carab...»

« Dai carabinieri no, non si può e non si deve » lo interruppe Brondi.

« Non si deve? »

« La fortuna ha le sue regole, oggi a me domani a te. Offendere la fortuna porta male. Dovresti averlo già capito, no? »

« Sì ma... non si può prendere del denaro che non ci appartiene. »

« E chi lo dice? Un milione e mezzo, un milione e mezzo... cazzo! » Brondi si era come afflosciato, e si guardava i piedi.

« Un milione e mezzo... un milione e mezzo... » continuava a borbottare.

Dal corridoio arrivò un rumore di passi, poi la porta della cella si aprì. Entrò un secondino basso, con la faccia piena di baffi e un foglio in mano.

« Scattare in piedi quando entra un superiore » disse. Brondi e Barolini si alzarono in piedi.

« Sei te il maniaco? » fece il secondino guardando Barolini.

« Mi scusi signore ma c'è stato uno sbaglio, le posso spiegare tutto, io sono qui perché ho trov...»

« Come ti chiami? »

« Sono il ragionier Barolini, contabile presso la Premiata Ditta Can...»

« Allora sei te. Vedi di non farmi incazzare. »

Brondi aveva incrociato le braccia sulla pancia e guardava il ragioniere, poi il secondino, poi il ragioniere. Aveva sulla faccia un'espressione seccata. Il secondino prese Barolini per la spalla e lo spinse verso la porta, poi vide che ai piedi aveva solo i calzini e si fermò.

« Mettiti le scarpe, fai presto. »

« Mi rimandate a casa? »

« Senti bello, se cerchi rogna con me l'hai trovata. »

« Non era mia intenzione disturbarla...» Il secondino socchiuse gli occhi, fece un sorriso e si mise il foglio in tasca. Poi appoggiò le mani aperte sulle guance di Barolini, ispide di barba.

« Pane e salame, ragioniere? »

«Come dice scusi?» Il secondino staccò le mani dalla faccia di Barolini e ce le riappiccicò di schianto, facendolo sobbalzare.

«Eccoti pane e salame. Ora infilati le scarpe e smetti di scoreggiare.» Barolini si toccò le guance infuocate.

«Mi scusi, volevo solo dire che...»

«Non ti è bastato? Giù le mani!» fece il secondino. Gli abbassò le braccia con un gesto secco e gli fece assaggiare un altro pane e salame. Brondi ebbe una scossa e strinse i pugni, facendo scricchiolare le dita. Il ragioniere aprì ancora la bocca per parlare, ma non fece in tempo... il secondino gli dette uno spintone e lui si ritrovò in terra accanto alle sue scarpe. Le aveva trovate finalmente. Se le infilò in fretta e si alzò in piedi, con il cuore che gli rimbombava nel cervello.

«Così mi piaci, stronzetto» fece il secondino. Poi lo prese per un orecchio e lo trascinò verso la porta. Quando erano già sulla soglia Barolini ebbe il primo moto di ribellione della sua vita.

«Insomma io non sono un ladro, e nemmeno un maniaco, lavoro alla Cartiera Cantoni e Mignardi, sono il contabile.» Lo disse con un tono piuttosto deciso, e nell'impeto si aggrappò addirittura alla divisa del secondino.

«Ti avevo avvertito, vecchio maiale.» Un cazzotto sul petto mandò il ragioniere a sbattere contro il muro, dall'altra parte della cella. Poi il secondino gli arrivò addosso e gli tirò un calcio nello stomaco. Barolini si piegò in due, e cadde in terra sbattendo la faccia. Non aveva ancora cominciato a vomitare che il secondino si ritrovò sospeso in aria, tenuto per le palle e per il collo dalle potenti mani di Brondi.

«Non mi piacciono le persone manesche, merdoso di un secondino.» Brondi piegò le braccia per caricarle come una molla, e lo scaraventò contro il muro con tutta la forza che aveva. Il secondino sbatté sulla parete e cadde sul pavimento. Svenne per qualche secondo, e quando riaprì gli occhi si alzò a fatica, strusciando la schiena contro la parete. Scosse il capo per ritrovare il nord e il sud, poi si precipitò zoppicando fuori dalla cella e chiuse la porta con rabbia. Allontanandosi lungo il corridoio si mise a soffiare dentro il fischietto con tutto il fiato che gli era rimasto. Brondi si avvicinò a Barolini, lo prese per un braccio e lo rimise in piedi.

«Come stai, fesso?»

«Lo stomaco...»

«Dai che non è niente. Però mi sa che non ci rivedremo per un pezzo. Addio fesso.»

Barolini tirò fuori il fazzoletto e si pulì il mento dal vomito e dal sangue. Sentiva nel cuore una grande pena, ma anche un certo orgoglio. Uno sconosciuto lo aveva difeso a proprio danno, e questa gli sembrava una cosa molto bella. Guardò gli occhi docili di Brondi, affogati in quella faccia da assassino, e mentre si toccava il labbro ferito gli uscì un singhiozzo di pianto.

«Per un labbro rotto fai tutto questo puzzo?» disse il gigante. Barolini avrebbe voluto manifestare al signor Brondi tutta la sua riconoscenza, ma non trovava le parole. Poi a un tratto si sentì un gran correre nel corridoio.

«Ora spacco un po' di ossa, te contale» disse Brondi. Un attimo dopo la porta si spalancò e la cella si riempì di secondini armati di manganelli e di corde. Ci fu una bella lotta. Diversi uomini volarono in aria e non mancarono né sangue né bestemmie. Ma alla fine riuscirono a legare Brondi e a trascinarlo via tirandolo per i piedi.

«Allora Barolini, ha passato solo una notte in galera e mi dicono che ha già combinato un sacco di guai.» Il giudice lo guardava con le mani intrecciate, appoggiate mollemente sul piano della scrivania. Era piuttosto giovane, rasato e pulito, con un paio di occhiali d'oro sulla faccia magra. Tutta la sua figura dava un senso di ordine. E questa era una bella cosa, in fondo, pensò Barolini rattrappito sulla sedia. Cercava di inghiottire, ma la sua gola era come annodata. Si teneva una mano sullo stomaco dolorante, e sbatteva gli occhi di continuo. Gli ronzavano le orecchie perché non aveva quasi dormito, ma la cosa che lo metteva più a disagio era l'età del giudice, che aveva almeno vent'anni meno di lui. Era umiliante essere molto più vecchio di quel giudice che lo interrogava e lo trattava con sufficienza, come se avesse altre cose più importanti da fare. Barolini era rimasto all'epoca in cui l'età delle persone aveva la sua giusta funzione, e i ruoli non si invertivano mai. I vecchi venivano rispettati, i giovani erano rispettosi. È così che doveva essere. Ora invece si sentiva come un bambino in castigo, e davanti a lui c'era un uomo che poteva essere suo figlio. Lui, Barolini, di figli non ne aveva, ma se li avesse avuti avrebbe insegnato loro che l'età ha la sua giusta funzione. Non aveva figli anche perché non aveva una donna... ecco, una donna.. e di nuovo pensò a Emma, che aveva gli occhi di Alvara, amara, avara... cara, cara Emma... se non fosse stato per quel portafogli... non avrebbe mai saputo che... che... ci pensava ma non riusciva a trovare le parole adatte... non avrebbe mai saputo che...

Alla fine rinunciò. Si era imbambolato con gli occhi fissi su un portapenne, e sentì ancora la voce del giudice.

«Non mi dice nulla, Barolini?» Il ragioniere si riscosse e mandò la testa in avanti, forse troppo, perché il giudice fece un piccolo scatto all'indietro.

«Signor giudice, c'è stato un errore. Non sono un ladro, e nemmeno un maniaco. Lavoro alla Cartiera Cantoni e Mig...»

«Stia calmo, Barolini. Cominciamo dal principio, mi parli di quel portafogli.»

«Signor giudice, il portafogli l'ho trovato per terra, sopra un marciapiede, i soldi non li ho toccati. Ho guardato i documenti per trovare l'indirizzo, signor giudice. Ammetto di aver sbagliato, avrei dovuto portare subito il portafogli ai carabinieri. È stata una mia leggerezza, ora l'ho capito. Ma non sono un ladro, sono il contabile della Cart...»

«Sì sì, lo ha già detto.» Ma Barolini continuava, non riusciva a stare zitto.

«Lavoro da più di quarant'anni e non ho mai rubato nulla. È un errore, signor giudice. Non sono un ladro, e nemmeno un maniaco. La prego di credermi.» A un tratto gli venne in mente Brondi. Lui sì che gli credeva, e non aveva esitato a difenderlo a proprio danno. Chissà ora dove lo avrebbero messo, povero Brondi.

Il giudice sospirò e si mise a leggere un foglio scritto a macchina.

«Cosa devo fare con lei, Barolini?» disse, picchiettando le dita sulla scrivania. Barolini arrossì.

«Signor giudice, è molto semplice, telefoni alla Cartiera Cantoni e Mignardi, si faccia passare il dottor Cantoni o l'ingegner Mignardi, parli con loro.»

«A quale scopo?»

«Chieda di me, del ragionier Barolini.» Pronunciò il proprio cognome con una certa fierezza, come forse non gli era mai capitato. Eppure continuava a vergognarsi come se fosse colpevole, solo perché qualcuno pensava che lui lo fosse. Non riusciva a ignorare l'opinione e il giudizio degli altri.

L'idea che il giudice telefonasse alla Cartiera lo spaventava, aveva il timore che nonostante tutto potessero rimanere delle ombre sulla sua persona, o anche solo un minimo dubbio. Ma non aveva altra scelta. L'errore andava chiarito in fretta, e in quella telefonata Barolini vedeva la salvezza. Il giudice aprì un cassetto e tirò fuori una busta. Dentro c'erano delle fotografie.

«Eccole qua, Barolini. Queste sono le bambine assalite dal maniaco. Le guardi bene. Molte di loro non saranno mai più persone normali. Non crede che sia giusto fermare quel pazzo?»

«Signor giudice, parole sacrosante. Le auguro di arrestare oggi stesso quell'uomo. Ma c'è un errore, io non sono un maniaco.»

«Non dica sempre le stesse cose, Barolini, ho capito.» Il ragioniere si leccò il labbro gonfio e spaccato, che aveva ripreso a sanguinare.

«La prego signor giudice, non mi rimandi in prigione. Telefoni alla Cartiera Cantoni e Mignardi, chieda di me. Sono un ragioniere, non un maniaco.» Il giudice sbuffò.

«E secondo lei un ragioniere non può essere anche un maniaco? O magari un ladro?» Barolini non sapeva cosa rispondere. Chinò la faccia e piegò la schiena in avanti. Lo stomaco gli bruciava ancora. Si guardò le scarpe senza stringhe, e gli sembrarono molto tristi. Il giudice fece un sospiro.

«Be', perché no?» disse. Barolini non ebbe nessuna reazione, perché si era incantato di nuovo sul portapenne. In mezzo a molte biro c'era anche una vecchia Parker d'oro, ma in quel momento non gli dava nessuna gioia.

«Dico a lei Barolini. Facciamo pure questa telefonata, non ci costa nulla. Che cos'ha? Mi sente?» disse il giudice, con una certa pena. Barolini fece di sì con la testa, senza alzare gli occhi. Si sentiva perduto, immerso in un grande mare di vergogna. La telefonata alla Cartiera gli era sembrata fino a quel momento l'unica salvezza, ora invece... solo al pensiero sentiva caldo e freddo in tutto il corpo. Il giudice alzò la cornetta.

«Mi dia il numero.» Per un attimo Barolini fu tentato di darglielo sbagliato, poi si rassegnò e bisbigliò l'antico numero della Cartiera Cantoni e Mignardi. Il giudice pigiò i tasti e si lasciò andare contro la spalliera, il telefono all'orecchio.

«Buongiorno, sono il dottor Calamandrei, vorrei parlare con il dottor...» Si era dimenticato il nome e fece schioccare le dita verso Barolini.

«Come si chiama?» disse, tappando il microfono.

«Dottor Cantoni.»

«Il dottor Cantoni, prego... sì grazie, aspetto.» Barolini guardava il giudice, che aveva una specie di sorriso sulle labbra.

«Dottor Cantoni? Buongiorno, sono il dottor Calamandrei, la chiamo dal Tribunale... il signor Barolini è un vostro dipendente?... Ragioniere, certo...» Barolini si sentì sprofondare. Immaginò il viso austero del dottor Cantoni che si abbuiava sotto l'effetto della parola *tribunale*... così come si abbuiava quando sentiva pronunciare *ipoteca, cambiale, protesto*. Il giudice fissava Barolini con la faccia seria.

«Vorrei, se non le spiace, delle referenze sul vostro dipendente... sì, il ragionier Barolini... diciamo che ci sono dei sospetti... come dice?... ah sì... certo... certo... capisco...» A questo punto il giudice smise di parlare e ascoltò con attenzione, attraversando con lo sguardo la figura del ragioniere come se avesse davanti una finestra aperta. Barolini fissava gli occhi del giudice, cercando di capire dalla sua espressione le parole del dottor Cantoni. Provò a immaginarsi cosa stesse dicendo di lui il titolare della Premiata Ditta dove era impiegato da più di quarant'anni... viaggiò nella memoria per cercare le sue colpe passate, e gli vennero in mente solo delle brutte macchioline d'inchiostro sulle pagine dei libri contabili. Una cosa abbastanza grave, certo, ma nulla più di questo. Eppure si sentiva come se dalla bocca del dottor Cantoni potesse uscire qualcosa di grave sul suo conto, magari una di quelle cose che si bisbigliano solo in assenza del colpevole... eppure... c'erano solo quelle macchioline d'inchiostro, solo quelle, che però erano pur sempre delle macchie, delle brutte macchie... come quelle raffigurate sul cuore del bambino cattivo, al catechismo, quando ancora portava i calzoni corti e non aveva ancora conosciuto Alvara... cara, amara... Alvara che aveva gli stessi occhi di Emma, neri e luccicanti... e se non fosse stato per quel portafogli... Poi rivide il secondino sospeso in aria, sopra il testone di Brondi, l'assassino Brondi, con le sue grandi orecchie accartocciate... e risentì nel naso il puzzo del suo sudore e di quella coperta sporca... un uomo, un assassino lo aveva difeso, così, senza guadagno, anzi rimettendoci di persona... era una cosa bella, molto bella... una cosa davvero bella...

« Bene, la ringrazio. Buona giornata dottor Cantoni, arrivederci.» Il giudice mise giù il telefono e rimase un po' in silenzio a pensare. Barolini si era svegliato, e trattenendo il fiato aspettava di sentir parlare il giudice. E alla fine il giudice parlò.

« Bene signor Barolini... non le sto a raccontare la telefonata, ma ora vedo tutto sotto un'altra luce » disse, con lo sguardo grave. Stava per continuare a parlare quando bussarono alla porta.

« Avanti.» Si affacciò un poliziotto magrissimo, con le labbra enormi.

« Mi scusi signor giudice, dovrei consegnarle un telegramma. Ma se disturbo vengo più tardi.»

« No no, dai qua, grazie.» Il poliziotto entrò e consegnò la busta nella mani del giudice, sbirciando Barolini. Aspettò la firma sulla ricevuta e se ne andò. Il giudice appoggiò la busta sulla scrivania per aprirla più tardi, poi cambiò idea e l'aprì subito. Lesse, dilatando appena gli occhi, poi mise giù il foglio e si tolse gli occhiali con un sospiro. Sembrava imbarazzato. Rimase un po' in silenzio, a grattarsi il mento. Alla fine allargò le braccia.

« Ragioniere, lei è libero. Stamattina all'alba hanno arrestato il maniaco. E in quanto al portafogli di quello Strano... be', lasciamo perdere.» Barolini rimase come paralizzato, e dentro di lui si scatenò una grande confusione. Gli mancava quasi il respiro. Barcollò sulla sedia e si tenne con le mani alla scrivania. Il giudice si allarmò.

«Si sente male?»

«Non è niente, la ringrazio dell'attenzione. Posso farle una domanda?»

«Prego, ragioniere.» Il dottor Calamandrei aveva l'aria di chi vuole farsi perdonare qualcosa. Barolini riprese fiato e lo guardò negli occhi. Gli sembrava che il giudice fosse contento di poter fare un favore a lui, al ragionier Barolini, contabile e innocente, impiegato presso la Premiata Ditta Cantoni e Mignardi, finalmente libero da ogni sospetto e con la mente accarezzata dal ricordo di Emma... che aveva gli stessi occhi di Alvara...

«Anzi vorrei farle due domande, se mi è concesso.» Il giudice fece un sospiro e piegò la testa di lato.

«Prego» disse, socchiudendo gli occhi con impazienza. Se voleva essere perdonato, voleva che fosse in fretta.

«Ecco... come dire, mi piacerebbe... nel senso che avrei piacere... di sapere, se è possibile... cosa le ha... detto... di me... il dottor Cantoni.» Il giudice si mosse sulla sedia e si rimise gli occhiali.

«Lei lo sa meglio di me, signor Barolini, non me lo faccia ripetere...»

«Certo, sì... è vero, lo so bene, certo.» Invece mentiva, non lo sapeva, e di questo si stupì moltissimo. Cercò di leggere la vera risposta sul viso ordinato del giudice. Cosa voleva dire *lei lo sa meglio di me signor Barolini*? Quella frase si poteva intendere in due sensi. Provò a immaginare tutte e due le possibilità, sentendo un leggero dolore alle tempie. Ci pensò a fondo, con coscienza, ma non sapeva proprio immaginarsi cosa potesse aver detto di lui il dottor Cantoni. E nemmeno cosa avrebbe potuto dire l'ingegner Mignardi, o la signorina Erminia, invecchiata insieme a lui alla Cartiera. Cosa pensavano di lui? Era triste non saperlo, ma in fondo la colpa era sua. Cosa pensavano di lui alla Cartiera? Era una domanda che non si era mai posto, e della risposta non aveva mai sentito il bisogno, come se il suo pensiero bastasse per tutto il mondo. Un atteggiamento piuttosto presuntuoso. Sentì un brivido di freddo sulla pelle.

Erano più di quarant'anni che lavorava come impiegato alla Cartiera, e il dottor Cantoni poteva aver detto di lui bene o male, così come avrebbero potuto dirlo l'ingegner Mignardi e anche tutti gli impiegati. Se ne rendeva conto solo adesso. Non c'è nulla che possa garantirci agli occhi degli altri. Come si vedeva e si considerava lui, Barolini, non aveva nessuna importanza. Gli altri sono gli altri, hanno altri occhi, altri metri di misura, altre idee. Siamo tutti diversi. Forse la solitudine non è che questo, pensò, l'impossibilità di trovare qualcuno che ti veda con i tuoi stessi occhi. Che bello se invece fosse possibile, così da non dover sempre parlare, spiegare, difendersi... e chissà se gli occhi di Emma... E immaginando quegli occhi sentì un tremito caldo in mezzo ai polmoni, come un'onda benefica... però no, nemmeno lei lo vedeva come si vedeva lui... e lei non vedeva se stessa come la vedeva lui, Barolini...

Alla fine scosse il capo. Per quanto ne sapeva, il dottor Cantoni poteva aver detto di lui bene o male, era questa la verità. E dopo averla saputa non gli importava più niente di sapere cosa avesse detto per davvero il dottor Cantoni, e nemmeno gli importava di capire cosa volesse dire *lei lo sa meglio di me signor Barolini*. La verità era un'altra, da un'altra parte, incomprensibile come sempre.

«E la seconda domanda?» disse il giudice. Aveva ricominciato a picchiettare le unghie sulla scrivania, con un sorriso a metà sulla bocca. Barolini si passò ancora le dita sul labbro ferito, e sentì la barba dura che gli invadeva la faccia. Provò un grande imbarazzo. Era proprio conciato male, senza i lacci alle scarpe, sporco e non rasato... proprio lui, che si faceva la barba ogni mattina, anche la domenica, lui che si lavava i denti due volte al giorno.

«E la seconda?» ripeté il giudice. Barolini si drizzò sulla schiena.

«Certo, sì... vede, mi farebbe piacere... cioè sarebbe mio desiderio... se è possibile... salutare il signor Brondi.» Il giudice fece un sospiro di noia.

«Chi sarebbe questo Brondi?»

«Il mio compagno di cella, signor giudice. Vorrei salutarlo.» Lo disse con un tono piuttosto orgoglioso. Soprattutto *compagno di cella* gli era uscito fuori con una certa decisione. Il dottor Calamandrei fece una faccia stupita.

« Vuole salutare quell'energumeno? E come mai? »

« Lo so che ha dei modi un po' rozzi, ma con me è stato molto gentile. Vorrei salutarlo... se è possibile. » Il giudice cominciò a muovere le spalle.

« Guardi... no Barolini, questo non è proprio possibile, non me lo chieda. Questo no. »

« Mi scusi, cosa succederà adesso al signor Brondi? »

« Io Barolini proprio non la capisco. »

« Lo puniranno? »

« È molto probabile, dopo quello che ha fatto. Forse gli daranno una settimana di isolamento, forse un mese. Ma non capisco perché le interessi tanto. Vi conoscevate da prima? »

« Assolutamente no, signor giudice. Sono solo dispiaciuto, molto dispiaciuto. È stata tutta colpa mia. »

« Lasci perdere, ragioniere... ora chiamo qualcuno e la faccio accompagnare a Sollicciano a prendere la sua roba. » Barolini fece un sorriso stanco e si guardò di nuovo le scarpe.

« E i lacci me li renderanno? Dico quelli delle scarpe. »

Quando il secondino gli chiuse dietro il portone del carcere erano le tredici e venticinque. Barolini pensò per un attimo che affrettandosi poteva arrivare alla Cartiera per la riapertura del pomeriggio, poi si toccò la barba lunga e scartò l'idea. Non poteva farsi vedere conciato così da tutte quelle persone che lo avevano sempre visto pulito e ordinato. E del resto dopo una brutta notte come quella un po' di riposo se lo meritava. Affrettò il passo sperando di trovare presto una fermata dell'autobus. Non vedeva l'ora di arrivare a casa e di levarsi dalla pelle il cattivo odore della prigione. Per non sprecare il tempo si preparò un programma. Decise che per prima cosa avrebbe fatto un bel bagno, poi si sarebbe fatto la barba con i suoi rasoi e subito dopo avrebbe mangiato qualcosa di caldo. Poi avrebbe telefonato al dottor Cantoni, per chiarire definitivamente quello spiacevole errore, in modo che non restassero ombre. E dopo avrebbe scritto una lettera a Brondi, indirizzata al carcere di Sollicciano.

> *Gentile Signor Brondi, forse come ha detto Lei non ci rivedremo più, ma sappia che non dimenticherò il Suo gesto. Mai nessuno aveva preso le mie difese con tanto coraggio e senza curarsi del danno che poteva riceverne, come invece ha fatto Lei. E dunque sappia che avrà per tutta la vita la mia stima. Le auguro tutto il bene del mondo. Il suo affezionato, ragionier Barolini.*

L'avrebbe scritta sulla carta intestata della Premiata Ditta Cantoni e Mignardi s.a.s. Poi si sarebbe vestito e avrebbe fatto una passeggiata nelle strade del centro, senza nascondersi. Anzi avrebbe cercato di guardare tutti negli occhi. Magari avrebbe fatto anche una capatina al commissariato, per salutare, così avrebbe colto l'occasione per dire a tutti i poliziotti che lui non era un ladro, e nemmeno un maniaco. Perché un conto era se qualcun altro lo vedeva diverso da come si vedeva lui, ma il fatto che qualcuno lo credesse un ladro e un maniaco... questo lo umiliava enormemente. Era meglio andare a chiarire quella spiacevole faccenda. E poi era solo questione di dieci minuti. Entrare, spiegare a tutti, e uscire. E magari poteva avere la fortuna di incontrare ancora una volta Emma, e avrebbe rivisto i suoi occhi neri e brillanti, come quelli di Alvara... e se lei avesse accettato l'avrebbe accompagnata a cercare un altro gatto, bello come l'altro, quello morto, e passeggiando con lei per la strada si sarebbe sentito un re. E lei sarebbe stata la regina. Ma se non la incontrava poteva lasciare al commissariato una lettera per lei.

> *Gentile Signorina Emma, La prego, non mi fraintenda, non voglio importunarLa. Non so se si ricorderà di me. Sono quel fortunato che ha avuto l'onore di ricevere le Sue lacrime sulla propria spalla. Forse non ci rivedremo mai più, ma tengo a dirLe che il ricordo che ho di Lei mi accompagnerà fino al cimitero...*

... no, cimitero no, forse era meglio... fino alla tomba... anzi no, niente tomba, le avrebbe ricordato il gatto morto...

... ma tengo a dirle che il ricordo che ho di Lei non potrà mai essere sbiadito dal tempo e mi terrà compagnia per sempre. Le auguro di ritrovare presto un bellissimo gatto, che senza dubbio sarà un gatto fortunato. Tengo anche a dirLe che i Suoi occhi sono meravigliosi. Abbia cura di Lei e che il Cielo La assista in ogni passo. Il suo devoto, anzi... devotissimo ragionier Barolini.

Anche questa lettera l'avrebbe scritta sulla carta intestata della Cantoni e Mignardi, e l'avrebbe lasciata a un poliziotto con la preghiera di consegnarla il prima possibile alla signorina Emma.

Incrociò un gruppo di ragazzine che ridevano, e sentì che non provava nessuna vergogna. Lui non era un ladro, e nemmeno un maniaco. Ora finalmente lo sapevano anche gli altri. Poi pensò che probabilmente nella lettera per la signorina Emma avrebbe omesso la frase *forse non ci rivedremo mai più*, perché era troppo triste.

A fine pomeriggio si sarebbe fermato in un bar del centro a prendere una cioccolata calda, poi avrebbe fatto una bella passeggiata lungo il fiume, fino a piazza Ognissanti. Alle otto sarebbe tornato a casa. Un po' di televisione, poi a letto. Prima di addormentarsi avrebbe ripensato alla giornata, e a tutto quello che aveva imparato. Ce n'erano di cose su cui riflettere. Il gesto nobile di Brondi, il giudice che poteva essere suo figlio, gli occhi di Emma, neri e belli come quelli di Alvara... la superba Alvara che non si era mai accorta della sua esistenza, e che adesso doveva avere una certa età... una bella donna con i capelli bianchi e gli occhi neri... Alvara... Emma...

Sentì un brivido di freddo in tutto il corpo, ma era solo un po' di stanchezza. Una notte di buon sonno lo avrebbe rimesso in sesto, e la mattina dopo, alle sei e quarantacinque, quella spiacevole giornata gli sarebbe sembrata un brutto sogno, come si diceva in questi casi. Dopo colazione avrebbe trotterellato giù per le scale condominiali e avrebbe salutato la signora Marcella del primo piano, che a quell'ora lavava i pavimenti di casa con la porta aperta, poi avrebbe sceso le ultime rampe pensando che la signora Marcella era una gran brava donna, e sospirando senza un vero motivo avrebbe aperto il portone sulla strada e sarebbe uscito nella via ancora deserta. Incamminandosi verso la fermata dell'autobus avrebbe sentito nelle ossa un brivido fresco, simile a una gioia intensa. Il trentasei sarebbe arrivato con i soliti cinque minuti di ritardo, ma a quell'ora si trovava facilmente un posto a sedere...

Passò davanti a un'edicola chiusa e guardò distrattamente le locandine dei giornali. Appesa a una molletta vide la sua foto, cioè la foto di lui, di Barolini, e più in là ce n'erano altre uguali, una accanto all'altra, grandi quasi come un foglio A4. Si fermò e rimase a guardare. In alto sulla pagina c'era una scritta, a lettere gigantesche. Si sistemò gli occhiali sul naso per vedere meglio, e lesse: ARRESTATO IL MANIACO DELLE BAMBINE.

TRADIMENTO

Inverno 1994

Lo stradone era deserto, e nell'aria stagnava un po' di nebbia. La luce dei lampioni era appena sufficiente per vedere dove si mettevano i piedi. Aveva piovuto tutto il giorno, e continuava a piovigginare. Il ragazzo camminava accanto a me con movimenti nervosi. Aveva sì e no sedici anni. Mi sembrava di aver capito che si chiamasse Spera, qualcuno almeno lo aveva chiamato così, doveva essere un soprannome. Mi stava portando da un marocchino, uno che vendeva fumo a grammi. Ne volevo centomila, però l'avevo detto chiaro, solo se mi trattava bene. Il ragazzo all'inizio era un po' diffidente, e mi aveva annusato per capire se ero un poliziotto. Non mi avevano mai visto da quelle parti, ero apparso all'improvviso a chiedere in giro chi aveva un po' di fumo. Un quarantenne in mezzo ai ragazzini. Erano già tre giorni che ci provavo. Mi rispondevano che lì non si trovava nulla, e magari mi dicevano di un certo bar a dieci chilometri da lì, sul lungomare per Viareggio, oppure mi parlavano di un bar vicino a Massa dove forse potevo trovare qualcosa. Capivo bene che era solo un modo per mandarmi via. Ero finito nei quartieri più desolati di quella cittadina di mare desolata, in pieno inverno. Poi quella sera avevo trovato un gruppo di ragazzi fumati e meno diffidenti, e alla fine Spera si era convinto che io ero a posto e mi aveva detto di seguirlo. Pochi isolati a piedi, aveva detto, non c'era bisogno della macchina, ci volevano solo cinque minuti. Allora avevo fatto io il diffidente.

« Niente scherzi perché mi arrabbio. »

« Stai calmo, non ho mai fregato nessuno, chiedilo a chi ti pare. »

Erano già dieci minuti che gli andavo dietro, il doppio di quello che mi aveva detto. Continuai a seguirlo in mezzi a quei palazzoni nuovi già invecchiati, logori come bunker nazisti. Le mani mi si gelavano nelle tasche, e mandavo vapore dalla bocca. Finalmente il ragazzo voltò in una stradina laterale. Poco dopo entrammo in un cancellino aperto, attraversammo un prato stitico e ci infilammo sotto un porticato di cemento armato. Bisognava evitare i manubri di biciclette e motorini appoggiati al muro, ma almeno non ci pioveva sulla testa. Il ragazzo si girò di colpo con la faccia seria.

«Aspetta qui, vado e torno» disse. Sembrava che trattasse coca a quintali, invece era solo un ragazzino che cercava di alzare qualche soldo per fumare gratis. Si divertiva un sacco a giocare al fuorilegge. Io volevo solo fare presto.

«Aspetto cinque minuti poi vado.»

«Se vuoi fumare devi aspettare il tempo che ci vuole» fece lui, un po' offeso. Poi s'incamminò sotto il porticato e lo vidi sparire dietro l'angolo del palazzo. Mi misi a sedere sulla sella di un vecchio scooter. La pioggerella non accennava a smettere, e anche dal cemento sopra la mia testa gocciolava un po' d'acqua. Se fossi stato un inquilino del palazzo mi sarei preoccupato. Accesi una sigaretta e pensai a come sarebbe stato bello essere davanti a un caminetto acceso, con una donna sdraiata accanto a me sul tappeto che mi faceva le coccole. Una bottiglia di vino, un sacco di cose da dirsi e tutto il resto. Era ovvio che mi venisse in mente Isabelle, una francese bellissima che mi aveva stordito, appena un anno prima. Mi ricordavo ancora l'odore buono della sua pelle, e i suoi incisivi leggermente accavallati. Parigi era diventata in pochi giorni la città dove avrei voluto morire, e Ménilmontant il mio quartiere preferito. Ma il sogno era durato solo due settimane. Una sera Isabelle non mi aprì la porta, senza dare spiegazioni. Bussai ancora, e lei disse che se non me ne andavo avrebbe chiamato la *police*. Andai via e non tornai più. Da quel giorno non mi era più piaciuta nessuna, o quasi. Di Parigi ricordavo bene la Gare de Lyon il giorno che ripartii per l'Italia. Non avevo mai odiato così una stazione.

Mi alzai e mi misi a camminare su e giù in mezzo a quel cemento. Una goccia fredda mi cadde sulla testa, e un'altra più grossa centrò la brace della sigaretta. Buttai la cicca sul prato e cercai di non pensare a Isabelle. Guardai l'orologio, era quasi un quarto d'ora che aspettavo. Incollato a un pilastro c'era un vecchio manifesto, spettacolo di can can in provincia. Nel disegno si vedevano cinque ballerine con la gamba alzata e le piume sulla testa.

Dentro la tasca stringevo un biglietto da centomila arrotolato. Non ne potevo più di aspettare. Se il ragazzino non tornava entro cinque minuti me ne sarei andato. Dopo quindici secondi guardai di nuovo l'ora, e in quel momento Spera sbucò dall'angolo del palazzo. Mi venne incontro a passi svelti, con le mani in tasca. Era solo, e aveva gli occhi ancora più fumati.

«Il marocchino dov'è?» dissi.

«Non viene, faccio io con te.»

«Fammi vedere.»

«I soldi?»

«Non la fare troppo lunga.» Gli feci vedere le centomila e le rimisi in tasca. Anche io ero diffidente. Lui aprì la mano, e sul palmo vidi una pallina nera grande come un filtro di sigaretta. Presi con calma il pezzo di fumo, lo schiacciai fra le dita e lo annusai. Era buono, «marocco» molto fresco. Ma era poco, pochissimo. Presi il ragazzo per il collo e lo appoggiai sul pilastro del can can.

«Mi hai fatto aspettare un'ora per questa stronzata?» Lui dilatò gli occhi, sembrava terrorizzato. Mi pentii di aver fatto il duro con un ragazzino, e allentai la presa per discutere sul prezzo. Aprii la mano e guardai di nuovo quel pezzetto di fumo, era davvero poco per centomila lire.

«Te ne do cinquanta, e se mi piace poi te ne compro un etto... che ne dici, Rambo?» Come risposta mi arrivò un pugno dritto nel fegato, e mi piegai in avanti con la bocca aperta. Mi mancava il respiro. Lo stronzetto mi raschiò il fumo dalla mano e scappò via correndo. Alzai un po' la testa per guardarlo. Scavalcò una cancellata lavorando di braccia, una scimmia non avrebbe fatto meglio. Atterrò sul marciapiede e si mise a correre. Sentii per un bel pezzo il rumore delle sue scarpe che battevano sull'asfalto bagnato. Gli dedicai un vaffanculo. Con movimenti lenti mi sedetti per terra e appoggiai la schiena a un pilastro. Mi mancava ancora il fiato, e sulla fronte avevo un velo di sudore.

Dopo un po' ricominciai a respirare quasi normalmente, ma ancora non me la sentivo di alzarmi. Continuava a piovere. Feci una riflessione sulla serata, e mi scappò da ridere. Mi ero fatto fregare come un coglione. Non bisogna mai sentirsi troppo sicuri di sé. Il dolore al fegato diminuiva molto lentamente.

Dovevo ricominciare tutto da capo, e forse con più difficoltà. Quel ragazzo, Spera, avrebbe raccontato in giro che il *quarantenne* era uno da evitare, e di sicuro in un posto come quello si conoscevano tutti. Mi annusai la mano. Sul palmo era rimasto l'odore del fumo. In quella faccenda non c'era di mezzo nessun marocchino, ne ero più che convinto. Conoscevo bene quel genere di storie. Il ragazzo aveva nascosto il fumo da qualche parte e quando gli serviva andava a prenderlo. Per rendere la faccenda più credibile si faceva senza fretta una bella canna e tornava dopo venti minuti. Una storiella da niente. Be', mi era andata male. E la colpa era solo mia.

Restai seduto in terra a gustarmi l'ultima sigaretta. Il pacchetto vuoto lo buttai in quella specie di prato. Un pugno nel fegato per nulla. Sono cose che succedono. Fumando proteggevo la sigaretta dalle gocce d'acqua. Poi gettai via la cicca, e mi ricordai di avere in tasca mezzo panino avanzato dalla mattina. Lo tirai fuori. Non era in buone condizioni, il pane si era seccato e il salame puzzava di rancido. Buttai tutto nel prato, per i gatti. Con i miei rifiuti quell'erba malaticcia aveva un'aria un po' più viva.

Quando sentii che stavo meglio mi alzai in piedi. Uscii da sotto il porticato e seguendo un vialetto asfaltato arrivai sulla strada. La pioggia veniva giù fredda e obliqua. Camminavo piano, tanto ormai ero bagnato fino alle mutande.

La sera dopo, sul tardi, ci provai di nuovo. C'era la stessa nebbia sfilacciata e la stessa pioggerella. Giravo con la macchina in quelle strade vuote, alla ricerca di un bar aperto o di un gruppetto di ragazzi. Percorrevo viali passando in mezzo a cemento e desolazione. Supermercati e magazzini, immensi spiazzi sterrati senza lampioni, file di palazzi con qualche finestra illuminata, terreni recintati ancora da cementificare. Un posto difficile. A Pasolini sarebbe piaciuto per girarci un film. Ritornai sul vialone che portava a Carrara, e dopo un po' parcheggiai lungo il marciapiede. Scesi con le mani in tasca. Davanti a un bar avevo visto cinque o sei ragazzi che scherzavano e ridevano. Mi avvicinai e feci la solita domanda, cercavo centomila di fumo. Vidi le solite facce stupite, sembrava che non sapessero di cosa stessi parlando.

«Non sono un poliziotto» dissi, un po' incazzato. Per mandarmi via mi dissero di provare al circolo Endas di Avenza, che stava dietro un piccolo supermercato. Era a pochi chilometri da lì, dovevo andare verso il mare e al quinto semaforo voltare a destra. Salutai con un cenno e me ne andai.

Al quinto semaforo voltai a destra e mi trovai in un viale di medie dimensioni, costeggiato dai soliti palazzi e capannoni. Ero quasi sicuro di esserci già passato, ma non avevo visto nessun circolo. Aveva smesso di piovere quasi del tutto. La mia Peugeot faceva rumori strani. Forse era la pompa dell'acqua, una rogna da due o trecentomila lire. Girai in quelle strade deserte per un bel pezzo, senza trovare nessuno a cui chiedere informazioni. Quando stavo per rinunciare voltai a caso in una strada buia, e mi trovai davanti il circolo Endas. Era un tendone verde incastrato in mezzo ai palazzi, nell'unico spazio non cementificato del quartiere. Sopra l'entrata c'era un'insegna al neon, Endas Circolo Culturale. Doveva essere uno di quei posti provvisori che provvisoriamente erano diventati permanenti. Davanti all'ingresso e sulla strada c'erano gruppi di ragazzi che fumavano e chiacchieravano, chiusi nei giubbotti. Di macchine ferme ce n'erano poche. Parcheggiai lì accanto senza problemi, ed entrai nel tendone. Dopo il buio, la luce bianca dei neon faceva male agli occhi. Mi guardai in giro. Ai tavolini c'era qualche vecchio che giocava a carte, e in fondo vidi un paio di flipper lampeggianti. Il pavimento di linoleum era bruciato dalle sigarette e cosparso di segatura. Dietro il bancone di alluminio c'era un tipo che guardava la televisione. Uscii fuori e seguendo il mio istinto cercai di individuare la persona giusta. Sul marciapiede di fronte vidi tre ragazzi e una ragazza, strafatti di roba.

Stavano discutendo con una certa animazione. Si grattavano il naso e gridavano, con gli occhi mezzi chiusi e la tipica voce di chi si è appena bucato, rauca e un po' tremante. Volavano offese pesanti, e ogni secondo si sentiva dire *duecentomila*. Uno di loro ripeteva di continuo come erano andate le cose... lui era stato ai patti e che andassero tutti a fanculo... dal negro ci sono andato io, mica voi...

Mi avvicinai e mi fermai a un paio di metri da loro. Continuavano a urlare. La ragazza ripeteva di continuo, 'pezzo di merda, pezzo di merda'. Uno dei ragazzi si voltò a guardarmi. Mi avvicinai di un passo e ignorando gli altri dissi che cercavo un po' di fumo, se possibile centomila. Lui mi venne incontro e mi chiese una sigaretta. Accendemmo insieme, e alla luce dell'accendino vidi le sue pupille piccole come capocchie di spillo Lui dette un'occhiata in giro, poi fece un gesto con la mano in direzione del viale.

«Se aspetti dovrebbe arrivare qualcuno» disse, spellandosi il naso con le unghie. Mormorai un grazie e attraversai di nuovo la strada. Mi misi ad aspettare in mezzo ai gruppetti di ragazzi, come se fossi uno di loro. Nessuno mi considerava, era quello che volevo. Una macchina accostò al marciapiede e una ragazza ci sparì dentro senza dire una parola. Mi misi a camminare su e giù. Avevo i piedi gelati, ma era colpa mia. Mi mettevo le Superga da tennis anche d'inverno, era una specie di fissazione. Quando camminavo mi piaceva essere silenzioso.

Sulla strada c'era un continuo via vai di macchine. Rallentavano, a volte si fermavano, caricavano o scaricavano qualcuno e ripartivano. Dall'oscurità che avvolgeva i palazzi sbucò un ragazzo magro come uno stecco. Si avvicinò al tendone con le mani in tasca e la testa chiusa nel cappuccio di una giacca a vento. Dal tipo di gente che gli si appiccicò addosso capii che l'argomento era la « roba », non il fumo. Spiai la scena fingendo indifferenza. Il tipo appena arrivato disse qualcosa a bassa voce a tutto il gruppetto, poi se ne tornò in fretta verso i palazzi che lo avevano vomitato. Nello stesso momento alcuni ragazzi se ne andarono a passi svelti, altri invece rimasero sul marciapiede a battere i denti. Probabilmente il magro era venuto a dire dov'era il movimento quella sera. Qualcuno gli aveva dato retta, altri no. Poi vidi due ragazzi allontanarsi insieme, sparirono dietro l'angolo e dopo un po' ne tornò uno solo. Quella era una storia di fumo. Che avesse venduto o comprato, quel tipo doveva sapere dove potevo trovare un po' di hashish. Gli andai incontro con calma e gli chiesi a bassa voce se aveva qualcosa da fumare. Mi lanciò un'occhiata assente, scosse la testa e tirò dritto. I quattro sull'altro marciapiede continuavano a discutere, ma il peggio sembrava passato. Poi la ragazza e uno dei ragazzi se ne andarono, gli altri due rimasero a borbottare. Dall'angolo sbucarono dei ragazzotti con l'aria un po' punk e s'infilarono nel tendone senza guardare nessuno. Ricominciò a piovigginare, e andai a fumare una sigaretta nella Peugeot. Il parabrezza era punteggiato di goccioline d'acqua. Guardando quella lunga fila di palazzi cercavo di pensare a nulla, e ovviamente pensavo a un sacco di cose... soprattutto a una, Isabelle.

In quello stesso periodo, un anno prima ero a Parigi. Una sera Isabelle si addormentò fra le mie braccia. Anche io avrei voluto dormire, ma non avevo sonno. Provai a leggere qualcosa in francese, ma non servì a nulla. Ero sveglio come un gufo. Verso le due uscii di casa, senza sapere dove andare. Ménilmontant era animata dalle notti del Ramadan. Anche quella sera piovigginava, ma non ci facevo caso. Con Isabelle era appena cominciata, e mi sentivo felice. Ancora non sapevo come sarebbe andata a finire. M'incamminai verso Belleville. All'angolo con rue Timbaud un magrebino enorme mi si parò davanti e disse qualcosa in francese. Aveva l'aria tranquilla. Gli feci capire che non parlavo una parola di francese, e lui passò all'inglese. Lo parlava da cani come me, ma un po' ci capivamo. Mi stava chiedendo dieci franchi per una birra. Da come era vestito non sembrava un barbone. Si affrettò a spiegarmi che gli avevano rubato il portafogli sulla metro. Abitava a Lione, e doveva aspettare la mattina dopo per andare alla posta a ritirare dei soldi che gli aveva spedito suo fratello. Non m'importava di sapere se fosse vero. Gli dissi che anch'io avevo voglia di una birra, e magari potevamo andare insieme a cercarla. Lui sorrise, soddisfatto della proposta, poi si guardò intorno con aria pensierosa. Disse che il problema era trovare qualcosa di aperto nei paraggi. Andammo alla ricerca, ma i locali erano tutti chiusi. Lui disse che c'era un posto aperto di sicuro, un benzinaio notturno che aveva anche un frigorifero con le birre. Era in un boulevard a un chilometro da lì. Non ci speravo più, ma lo seguii lo stesso.

Il benzinaio era aperto, e aveva anche le birre. Bottigliette da 25 cl. Dopo tutta quell'attesa decisi di comprare un cartone da dodici. Ne stappammo subito due e continuammo a camminare, portando a turno le birre sotto il braccio. Lui mi disse che era berbero, e che viveva in Francia da più di dieci anni. Aveva molta nostalgia della sua terra. Buttammo via i vuoti e ci fermammo per aprire altre due birre. Le stappava lui aiutandosi con un accendino.

Stanchi di camminare ci sedemmo su una panchina di Place de la République. Lui stappò altre due bottiglie. Nel suo inglese magrebino mi parlò della sua infanzia e di qualche donna. Si baciava le dita e usava toni dolcissimi, aveva una devozione straordinaria per il passato. Per lui ricordare era una specie di Grande Consolazione. Io parlai quasi solo di Isabelle, immaginandola nel suo letto con i capelli sparsi sul cuscino. Lui mi ascoltava e sorrideva. Aveva denti grandi e bianchi. A ogni birra la sua nostalgia aumentava. Mi stringeva un braccio e mi raccontava di sua madre o di una città lontana. Ogni tanto brindava a quello che non c'era più, alzando la bottiglia verso il cielo. Si ubriacò lentamente ma inesorabilmente, e diventò sempre più cupo. Alla sesta bottiglia si mise a cantarmi nelle orecchie. Puzzava di alcol e di sudore. Un ragazzino con la faccia pallida montò sul marciapiede con la moto e ci chiese se avevamo un po' di eroina. Gli dicemmo di no e se ne andò deluso verso Bastille, stirando le marce.

Dopo poco il berbero si addormentò seduto. Erano le cinque passate. Gli misi in tasca venti franchi e me ne andai. Non sapevo nemmeno come si chiamava. Tornai a casa da Isabelle. Lei dormiva tranquilla, con le labbra socchiuse. Il letto era un materasso appoggiato sopra la moquette. Mi sedetti davanti a lei e fumando una sigaretta mi misi a guardarla. Aveva al collo un ciondolino che le avevo regalato. Nulla di speciale, ma molto carino. Una di quelle cose che hanno valore solo per gli innamorati rincoglioniti. Isabelle si mosse nel sonno, e un piedino nudo sbucò fuori dal lenzuolo. Ero un po' ubriaco, e mi misi a studiarlo nei particolari. Era il piede più carino che avessi mai visto, e pensai che mi sarebbe piaciuto morderlo. Spensi la cicca e mi spogliai. Mi sdraiai accanto a lei, e dopo un minuto mi addormentai. La mattina dopo, alle nove, mi svegliò una musica a tutto volume che veniva dal cortile accanto. L'aria sapeva di caffè, Isabelle si era già alzata. Le chiesi cos'era quella musica. Lei mi spiegò che un collezionista fanatico di Edith Piaf aveva allestito in casa propria una specie di museo dedicato a lei, e tutte le domeniche mattina suonava i suoi vecchi dischi con le finestre aperte. S'infilò di nuovo nel letto e...

Nello specchietto vidi una macchina bianca che si avvicinava molto lentamente, a fari spenti. Mi passò accanto, era una R4. Salì con le ruote sul marciapiede e si fermò davanti al tendone dell'Endas. Si aprirono le portiere e scesero quattro persone. Mi colpì quello che guidava. Non era un ragazzino, doveva avere quasi la mia età. Sul davanti aveva i capelli tagliati corti, dietro invece erano lunghissimi e legati con un elastico. Non era alto, ma stava piantato in terra come un re in mezzo ai sudditi. Scesi dalla macchina e andai dritto da lui, che in quel momento era staccato dagli altri. Come al solito dissi che cercavo centomila di fumo.

«È più di una settimana che cerco, possibile che in questo posto non si trovi un cazzo?» Lui mi fissò divertito, ma non disse niente. Lo guardai bene. Mi ricordava qualcuno, ma non riuscivo a capire chi. Aveva l'aria del capo. Lo squallore di quel posto non arrivava a toccarlo.

«Mi hanno detto che qui si trova» dissi.

«Può darsi» fece lui.

«Sei tu che ce l'hai?»

«Non avere fretta.» Si allontanò di qualche passo e si mise a parlare con i suoi amici. Sulla strada davanti al circolo il movimento aumentava ogni minuto. Arrivavano quasi tutti a piedi, sbucando dal nulla. Qualcuno entrava nel tendone, altri si fermavano davanti al circolo e rimanevano sul marciapiede a battere i piedi dal freddo e a guardarsi in giro, con gli occhi lucidi. Alcuni chiedevano notizie di persone che avrebbero dovuto essere già lì, e si asciugavano il naso con le dita. Si vedeva lontano un miglio che erano «in calo» e cercavano una pera. In fondo alla strada sbucò una grossa berlina scassata, e passando davanti al circolo rallentò. Si affacciò un tipo dal finestrino di dietro.

«Paris, Paris, la plus belle ville du monde» disse. Tutti risero, e la macchina andò a fermarsi più avanti. Sentir nominare Parigi mi fece venire ancora in mente Isabelle, e per un istante ripensai a tutti i giochi idioti che con lei erano *très rigolos*.

Finalmente il tipo con la coda tornò da me. Mi guardò bene negli occhi, poi alzò le braccia per attirare l'attenzione e chiese a voce alta se qualcuno mi conosceva. C'era un bel po' di gente sul marciapiede, ma ovviamente tutti dissero di no. Non mi avevano mai visto. Sentii anche qualche battuta, e cercai di anticipare il problema.

«Non sono un poliziotto» dissi. Il tipo con la coda mi girò intorno.

«E chi ha detto nulla» fece. Un ragazzino con i capelli lunghi e neri mi si piazzò davanti. Aveva meno di vent'anni, la faccia magra e lunga. Anche lui era sceso dalla Renault bianca guidata dal tipo con la coda.

«Ora ci arresti tutti, eh?» disse, e mi passò una mano dietro la schiena, in basso. Voleva sentire se avevo la pistola infilata nella cintura dei pantaloni, come i poliziotti. Non trovò niente, e sorrise come se avesse scherzato. Quello con la coda continuava a guardarmi. E finalmente capii chi mi ricordava. Al Pacino. Non solo fisicamente, aveva anche lo stesso modo di fare. Mi venne in mente di dirglielo, poi pensai che forse non era il momento adatto. Lui decise di darmi un'ultima possibilità.

«Conosci qualcuno in zona?» disse. Sospirai con aria rassegnata, e pensai quasi di andarmene... poi mi ricordai di un tipo. L'avevo visto qualche giorno prima seduto su una panchina, e gli avevo chiesto se aveva del fumo. Lui aveva detto di no, ma stava per fare una canna e se mi andava potevo fumarla con lui. Mi ero seduto anch'io sulla panchina. Se non ricordavo male si chiamava Gino. In pochi minuti mi aveva raccontato la sua vita... sedici anni di pere, un po' di galera... Ora però era pulito, si faceva solo qualche *speed-ball* una volta ogni tanto. Mesi prima aveva distrutto una macchina finendo dritto in un fosso, una Land Rover nuova di zecca. E non era nemmeno sua. Dopo l'incidente avevano pescato il relitto con il carro attrezzi e lo avevano portato direttamente alla rottamazione. Lui era stato fortunato, non si era fatto nulla... a parte una bella pera, disse ridendo. Dopo una mezz'ora ci eravamo salutati e me ne ero andato via, stonato dal suo « marocco ». Non potevo certo dire che fosse un mio amico, ma non avevo altro da offrire.

« Be', conosco un tipo che si chiama Gino » dissi, con la sensazione di giocare la mia ultima carta. Al Pacino cambiò faccia.

« Gino? Hai detto Gino? » Cominciò a bestemmiare fra i denti come se avessi nominato la galera, ma intanto sorrideva.

« Gino » dissi ancora.

« Non voglio nemmeno sentirlo pronunciare quel nome... cazzo, avevo appena comprato una bella Land Rover... »

« Ah, quella macchina che ha distrutto era tua? » dissi, per fargli vedere che conoscevo bene quella storia.

« Già, quel bastardo è mio cugino » fece lui, fingendosi molto incazzato. Mi era andata di lusso, adesso godevo di un grammo di fiducia in più.

« Abbiamo fumato insieme proprio un paio di giorni fa » aggiunsi. Al Pacino e il ragazzo con la faccia magra si allontanarono di qualche passo, e scambiarono qualche parola. Poi tornarono da me. Mi chiesero cosa ci facevo lì, e spiegai che avevo una casa ai Ronchi. Ci venivo con i miei fin da bambino. Adesso ero in vacanza e cercavo qualcosa da fumare

« Che si fa? Lo portiamo da Tarek? » disse il ragazzino, con un'alzata di spalle.

« Andiamo con la mia macchina » disse Al Pacino. Li seguii fino a una Kadett beige parcheggiata dietro l'angolo della strada, e partimmo. Io stavo dietro, Al Pacino guidava e accanto a lui c'era il ragazzino. Imboccammo il viale a mare verso Carrara. Il ragazzino faceva un casino del diavolo, sembrava che non potesse dire due parole senza agitarsi. Tutto il contrario di Al Pacino, che sprigionava calma e sicurezza. Voltammo in una traversa, e dopo una serie di stradine entrammo in un parcheggio numerato, chiuso in mezzo a dei palazzi. Loro si sporsero in avanti per guardare in alto.

« Non c'è » disse Al Pacino.

« È troppo presto » fece il ragazzino. Mi avvicinai al vetro e guardai anch'io verso l'alto. Finestre buie, finestre illuminate, balconi pieni di piantine. Al Pacino si voltò verso di me.

« Che vuoi fare? Si torna più tardi o lasci perdere? »

« Se per voi non è un problema torniamo più tardi » dissi.

« Bene » fece lui. Mise in moto e uscimmo dal parcheggio. Poco dopo prendemmo di nuovo il viale in direzione di Carrara. Il ragazzino continuava a parlare da solo, e quando non parlava si agitava sul sedile. Al semaforo dell'Aurelia Al Pacino voltò a destra.

« Ti faccio vedere una cosa » disse. Andò avanti per un paio di chilometri, poi voltò ancora, e poco dopo arrivammo nella vecchia zona industriale. Sotto il cielo scuro si alzavano da terra immensi capannoni abbandonati, impianti colossali che sembravano distrutti dalla guerra, una città intera diventata improvvisamente inutile per colpa delle nuove tecnologie. Costava meno abbandonarla che raderla al suolo. Se fosse rimasta in piedi ancora per qualche decennio poteva diventare un museo dove portare i bambini.

Al Pacino guidava lentamente. Guardava quella desolazione come se ammirasse dei monumenti.

« Mi ci trovo bene, qui » disse. Il ragazzino buttò la cicca dal finestrino e si dette due colpi sul petto, poi chiese a Pacino se gli facevano mai male i polmoni. Pacino fece un sorriso da cowboy.

« Chissà se ce l'ho ancora, i polmoni. » Lo disse come se della morte non gliene fregasse poi così tanto.

Continuammo per un po' a girare in quelle strade deserte, in mezzo ai cadaveri dell'era industriale. Sembravamo dei sopravvissuti che tornano dopo un conflitto atomico. Il giro turistico finì di fronte a una fabbrica di armi dell'ultima guerra, continuamente riconvertita senza successo e poi abbandonata.

« È il cimitero più grande che conosco » disse Al Pacino. Poi fece inversione e tornammo indietro per la stessa strada. Arrivammo al viale, imboccammo la traversa di prima e ci fermammo nel solito parcheggio. Loro due guardarono in alto e dissero che adesso si poteva fare. Il ragazzino si voltò a guardarmi.

« Quant'è che ne volevi? »

«Centomila» dissi. Lui scese, e Al Pacino restò in macchina con me. Tirai fuori le sigarette e gliene offrii una. Accendemmo insieme. Poi gli chiesi come si chiamava.

«Antonio, e tu?»

«Filippo. Sai che assomigli spiccicato a un attore...»

«Quale?»

«Al Pacino.» Lui sembrò soddisfatto del paragone, e disse ridendo che da ora in poi gli altri dovevano chiamarlo Scarfy. Aveva una bella faccia, da persona solida. Era una di quelle persone che non perdono mai la dignità, nemmeno in quel parcheggio aspettando il fumo di Tarek. Per entrare un po' in confidenza gli chiesi se aveva una donna.

«Fissa no. Con me non ci resiste nessuna» fece lui accennando un sorriso. Aveva chiuso il discorso in fretta, ora toccava a me. Gli dissi di Isabelle, e senza rendermene conto gli raccontai molto più di quello che avrei immaginato. Non parlavo mai di donne, soprattutto con gli sconosciuti. Non mi piaceva quella specie di complicità obbligata che i maschi presumono universale, e che sfocia quasi sempre in battute scontate e noiose. Invece con lui sentivo di poter parlare liberamente. Gli parlai del mio sogno parigino, di quanto lei fosse bella e di come era andata a finire.

«Non ho mai capito cos'è successo quella notte... e come mai non mi ha aperto» dissi.

«Sei più andato a cercarla?»

«No.»

«Io l'avrei fatto» disse lui.

Da un grande spazio buio in mezzo ai palazzi sbucò il ragazzino. Montò in macchina insieme a una ventata fredda e mi mise in mano un bel pezzo di «marocco».

«Dieci grammi pesati» disse. Pacino gli bussò sulla testa.

«Da oggi mi chiamo Scarfy, ricordatelo.»

«Eddai, mi fai male...»

Annusai il fumo, poi passai le centomila al ragazzino e lui scese di nuovo per portare i soldi a Tarek. Ammesso che esistesse davvero, questo Tarek. Ma in fondo non me ne importava nulla, mi bastava aver trovato quei dieci grammi di fumo.

Mentre aspettavamo, Scarfy infilò un nastro nello stereo.

Rock italiano. Disse che quando sentiva un pezzo gli piaceva capire le parole. Per creare un clima di complicità inventai che conoscevo i Litfiba, nel senso che li conoscevo personalmente, soprattutto Piero, e chiesi se gli piacevano.

«Ehi? Stai chiedendo a me se mi piacciono i Litfiba?» fece lui, imitando De Niro in *Taxi Driver*. Si aprì il giubbotto e scostò la maglia per scoprire la spalla. Sul braccio aveva il tatuaggio di *El Diablo*, identico all'originale.

«Non te lo chiedo più se ti piacciono» dissi.

«Sono forti, sono i migliori. Quando vedi Piero salutamelo» fece lui.

«Certo» mentii. Tornò il ragazzino e partimmo. Scarfy mi guardò nello specchietto.

«Non sei obbligato, ma se ti va puoi offrirci un po' di fumo.» Passai i dieci grammi al ragazzino.

«Fai tu» dissi. Il fumo era molto duro per via del freddo, e si aiutò con i denti. Ne staccò un pezzetto e me lo rese.

«Grazie» disse Scarfy.

«Grazie a voi. Ci sono anche storie più grosse in giro?» chiesi.

«Ci sono, ma bisogna saperle trovare» disse Scarfy. Per il momento lasciai perdere l'argomento. Il ragazzino stava già rollando. Intanto si muoveva a tempo di musica e trasformava in parole tutto quello che gli passava per la testa. Al Pacino m'inquadrò ancora nello specchietto.

«Che fai nella vita, Filippo?»

«Scrivo» m'inventai. Scarfy era curioso di saperne di più e fece un cenno al ragazzino.

«Zitto, m'interessa. E cosa scrivi?»

«Romanzi, racconti. Roba così.»

«Inventi tutto o scrivi cose vere?»

«A volte invento, a volte racconto cose vere... altre volte tutte e due le cose.» Non è che me ne intendessi molto di quelle cose.

«Magari un giorno scriverai di questa notte, di Scarfy e di Albertino che ti hanno fatto trovare il fumo» disse Scarfy.

«Potrebbe anche succedere...»

«Non metterci i nomi veri, eh? Sennò mi ritrovo la polizia alla porta» disse ridendo. Risi con lui.

«E tu che fai?» chiesi a Scarfy.

«Lavoro alle cave, domattina alle sei sono lassù.» Indicò una montagna fra le tante, bianca di marmo. Erano già le due e glielo feci notare. Non gli rimaneva molto tempo per dormire. Scarfy alzò le spalle.

«Ora ti porto a vedere un bel posto» disse. La canna era già pronta. Albertino la passò a Scarfy, e Scarfy la passò a me.

«È lui l'ospite» disse al ragazzino. Accesi, feci due tiri e la passai davanti.

Scarfy proseguì fino al porto e girò a sinistra. Oltrepassò la zona dei camping della Partaccia, che in quel periodo sembravano vecchi depositi abbandonati. Dopo una grande pineta recintata voltò a destra in una strada stretta. Fece un paio di curve ad angolo retto, costeggiando un enorme edificio squadrato e completamente buio, e sbucammo a una trentina di metri dal mare, su una larga strada sterrata. Era il proseguimento del viale lungomare che arrivava da Viareggio. Scarfy salì con la Kadett in uno spiazzo pieno di sassi e di sabbia, e cominciò a fare manovra. Eravamo a pochi metri dal mare, ma lui non mi aveva portato lì per vedere il mare. Voltò la macchina verso le Apuane e spense il motore. La vista delle montagne era coperta dalla facciata lunghissima e giallastra di un edificio fascista, su cui spiccava una grande scritta mezza rotta: Colonia Torino. Decine di finestre rettangolari e ogni tanto una tonda, tutte con i vetri rotti. Un altro cadavere abbandonato. Prima o poi sarebbe diventato un albergo per tedeschi.

«Ti piacciono le rovine» dissi.

«Mi piace pensare a tutta la gente che è passata là dentro» fece lui. Finimmo la canna e restammo un po' a chiacchierare. Albertino finalmente si calmò, e diventò silenzioso. Il fumo gli faceva quell'effetto, disse Scarfy.

Dopo una mezz'ora partimmo per tornare al tendone dell'Endas. Eravamo tutti e tre abbastanza stonati. Poco dopo ci fermammo accanto alla mia macchina. Scarfy si voltò e mi strinse la mano.

«Secondo me ci rivediamo» disse.

«Lo penso anch'io.»

«Se vuoi fare storie più grosse dimmelo. Solo coca e fumo però, niente merda.»

«Va bene.» Salutai il ragazzino con un cenno e scesi. Fuori si gelava. La Kadett di Scarfy se ne andò in retromarcia, e salii sulla Peugeot. Era peggio di un frigorifero. Misi in moto e regolai il riscaldamento al massimo. L'effetto della canna stava ancora salendo, e guidavo lentamente. Arrivai a Marina di Massa, alla pensione Annalisa, e salii nella mia camera. Un letto e un armadio. Misi il fumo nella borsa da viaggio. Sopra il comodino c'erano i resti della pizza che avevo mangiato per cena. L'hashish mi aveva fatto venire una gran fame, e ingozzai tutto. Poi mi spogliai e m'infilai a letto. Aprii il libro di Bukowski che stavo leggendo. Mi feci un bel po' di risate, e quando sentii che mi si chiudevano gli occhi spensi la luce. Nel dormiveglia ripensai a quella serata, alle fabbriche abbandonate, al fumo di Tarek, alla colonia fascista. E a Scarfy. Lui e il ragazzino mi avevano trattato come un amico. Scarfy mi piaceva, sentivo di ammirarlo per quello che era, per la solidità e la libertà che esprimeva. Poi pensai a Isabelle, come ogni sera. Forse aveva ragione Scarfy. Dovevo tornare a Parigi, e cercarla.

La mattina dopo telefonai in caserma a Firenze e mi feci passare il mio capo, il tenente Madonìa. Gli dissi che avevo trovato una pista abbastanza buona, anche se prima di capire dove mi poteva portare dovevo lavorarci ancora. Madonìa mi disse di stare molto attento, perché in quella zona la mafia era molto presente. Aggiunse di tenerlo informato su ogni minima novità.

«Prima di fare altre mosse devo aspettare qualche giorno. Che faccio? Torno in caserma?» dissi.

«Stai lì e goditi il mare» fece lui.

«Grazie, tenente.» Riattaccai e scesi al bar della pensione a bere un caffè. Goditi il mare... come se fossi stato in un'isola del Pacifico con tre modelle. Dovevo solo far passare un po' di tempo in quel posto allucinante, prima di tornare al circolo Endas. Provai comunque a considerarla una vacanza. Durante il giorno andavo a fare delle lunghe camminate sulle Apuane, e dopo cena restavo quasi sempre alla pensione a leggere, sdraiato sul letto. Un paio di sere me ne andai in Versilia a bere una birra, in qualche locale triste. In quella zona non ne mancavano, soprattutto d'inverno. Imboccavo il Lungomare e mi fermavo a caso quando vedevo un bar illuminato. Era solo un modo come un altro per non morire di noia.

Dopo una settimana tornai al circolo Endas. Ci andai verso le undici. Davanti al tendone c'era un gran movimento. Macchine che arrivavano, macchine che partivano, gente affacciata ai finestrini, soldi arrotolati che passavano da una mano all'altra. Detti un'occhiata in giro. Scarfy non c'era. Entrai nel tendone, ma non lo vidi nemmeno lì. Tornai fuori. Chiesi a due tipi infreddoliti se conoscevano Antonio e Albertino. Mi guardarono senza espressione, e mossero appena il capo per dire di no. Ero convinto che mentissero. Montai sulla Peugeot, e per far passare il tempo andai lentamente fino a Carrara. Fumavo e pensavo a Isabelle, ancora lei. Mi tornavano in mente un sacco di cose... il disegno delle sue orecchie, il suo seno perfetto... e anche tutto il resto, purtroppo...

Verso mezzanotte tornai di nuovo al circolo Endas. Sui marciapiedi c'era più gente di prima, e i due lati della strada erano pieni di macchine parcheggiate. Lasciai la Peugeot in seconda fila e scesi. M'infilai tra la gente, sembrava di essere al mercato. Nel naso mi arrivavano zaffate di hashish e di marijuana. Ma c'era anche un'alta percentuale di tossici pesanti, con le palpebre abbassate. Sentii uno che girava là in mezzo cercando un limone, e non era certo per metterne una fettina nell'acqua tonica. Probabilmente nel tendone non ne avevano più, o non lo davano per ovvi motivi. Mi guardai intorno per cercare Scarfy, ma non lo vidi. Pensai di tornare con calma il giorno dopo. Stavo per andarmene quando intravidi dentro il bar la faccia magra di Albertino. Mi avviai verso il tendone, e a qualche metro dall'ingresso vidi Scarfy. Non lo avevo notato perché stava giù, con le ginocchia piegate e i talloni contro il sedere. Mi avvicinai e gli feci un cenno con la mano, e lui mi salutò alzando appena il mento, imitando i siciliani. Stava giocando a rubamazzo con le figurine dei calciatori, contro due ragazzini fattissimi. Tutti e tre rivoltavano le figurine sul ginocchio di Scarfy. Toccava a lui giocare. Voltò la sua figurina, poi mi guardò con un sorriso consapevole e alzò le spalle, come per dire che gli toccava fare anche quello, giocare a rubamazzo davanti a quel tendone con due ragazzini fatti come culi. Gli dissi che volevo parlargli da solo. Lui annuì e fece un'espressione rassegnata, per dirmi che ormai doveva finire la partita. Indicai il tendone per fargli capire che lo aspettavo dentro. Entrai e presi una birra. Restai a berla appoggiato al bancone. Albertino stava giocando a flipper e mi salutò di lontano. Dopo qualche minuto arrivò Scarfy.

« Ciao » disse stringendomi forte la mano.

« Posso parlarti un minuto? »

« Te lo sei già fumato tutto? » rise lui.

« Non è per quello » dissi. Scarfy comprò una bottiglia di birra e andammo fuori. Montammo sulla mia Peugeot. Gli offrii una sigaretta e accendemmo.

« Mi sembra di aver capito che sai dove trovare della coca » dissi.

« Boliviana in cristalli. Te la faccio prendere prima che venga tagliata. »

« A quanto? »

« Settantamila. »

« Settantamila? »

« Guarda che una coca così non la trovi... e se ne prendi un etto te la porti via a cinquanta, forse anche a meno. Ti sembra troppo cara? »

« No, penso che possa andare » dissi. Altro che cara, dalle mie parti circolava a duecentomila al grammo, e al novanta per cento era mannite o pasticche tritate. Se qui la vendevano a così poco doveva arrivare a vagoni, pensai. Forse avevo imbroccato la pista giusta.

« Quanta te ne serve? » disse lui.

« Ne voglio un grammo per provare, poi vediamo. »

« Vieni qui domani alle undici. »

« È lontano? » dissi.

« Te lo dico domani. Ora devo andare » fece lui, guardando una macchina che si stava avvicinando lentamente. Fece un cenno al guidatore per farsi vedere, poi scese dalla Peugeot e salì sulla Thema, che partì sgommando.

Me ne andai anch'io. Tornando verso la pensione comprai un po' di pizza. Salii in camera, e prima di mangiare telefonai al mio capo. Lo cercai a casa, sapevo che a quell'ora non dormiva. Gli spiegai tutto e chiesi l'autorizzazione a spendere settantamila lire dello Stato senza presentare la ricevuta. Lui mi dette la sua benedizione.

«Per il resto tutto bene?» disse. Gli risposi che il Villino Annalisa era meraviglioso e che passavo le giornate a giocare a tennis o a nuotare nella piscina privata. Lui disse serio che non mi aveva obbligato nessuno a scegliere questo mestiere, e riattaccò.

La pensione Annalisa era una palazzina con dodici stanze in una traversa di piazza Betti, a Marina di Massa. A piano terra c'era il bar e la saletta per la colazione. La notte si sentivano rumori indecifrabili, come se l'intero edificio fosse un enorme stomaco che digeriva. La signora era una cicciona gentile che mi faceva perdere un sacco di tempo in chiacchiere.

Mangiai la pizza in fretta e uscii a fare due passi sul pontile, per cercare di digerire.

La sera dopo alle undici meno cinque parcheggiai davanti al tendone dell'Endas. Era sabato, e c'era già molto movimento Scarfy era più avanti, sull'altro marciapiede. Mi vide e mi fece cenno di aspettarlo in macchina. Accesi una sigaretta. Scarfy scrisse qualcosa su un biglietto e lo passò a una bionda infreddolita, la ragazza lo baciò sulla guancia e scappò via. Lui venne verso di me facendo lo slalom in mezzo ai gruppetti che parlavano sulla strada. Salutò da lontano due ragazze, si fece dare al volo una sigaretta da una tipa con i capelli azzurri, poi salì nella mia macchina e mi dette un pugno leggero sulla spalla.

«Tutto a posto, ci stanno aspettando» disse.

«Dove vado?»

«Prendi il viale fino al mare, poi ti dico.» Misi in moto e partimmo. La Peugeot faceva i capricci per via dell'umidità. Dopo qualche curva imboccammo il vialone a mare. C'erano un sacco di macchine in giro, ma si scorreva bene.

«Se ne volessi un etto o due?» dissi.

«Nessun problema.»

«Nemmeno per un chilo?» Scarfy si voltò a guardarmi.

«Sei da solo o lavori per qualcuno?»

«Segreto professionale. Però voglio roba buona.»

«Questa la puoi tagliare al duecento per cento e resta la migliore che hai mai sentito» fece lui.

«Sembra tutto troppo facile.»

«Sembra ma non è. Qui da noi se non c'è uno che garantisce per te non combini un cazzo.»

«Ma se non mi conosci nemmeno... com'è che...»

«Vado a fiuto, e mi sembri un tipo giusto... almeno lo spero» disse. Feci un sorriso d'intesa che mi costò molto.

«Fai male a fidarti, io sono un figlio di puttana» dissi, per scaricare un po' di tensione.

«Non più di me» fece lui ridendo. Il mio umore era cambiato, la fiducia di Scarfy mi faceva male. Arrivammo al semaforo del porto. Scarfy mi disse di voltare a sinistra e di prendere il viale interno.

«Ci pensi spesso alla tua francese?» mi chiese.

«Abbastanza» dissi.

«Fossi in te andrei a Parigi e cercherei di metterle il sale sulla coda...»

«Forse lo farò, ma non adesso.»

«A forza di rimandare si diventa vecchi» disse Scarfy. Cercai di sorridere, ma la scenetta del vecchietto rincoglionito pieno di rimpianti non mi piaceva per niente. Cercavo di convincermi che se non tornavo a Parigi non era per mancanza di coraggio, invece era proprio così. Avevo paura che lei mi ridesse in faccia, e non l'avrei sopportato.

Stavamo arrivando alla Partaccia. Il vento soffiava forte, e spostava la macchina di lato. Scarfy accese una sigaretta.

«Rallenta, siamo quasi arrivati» disse. Poco dopo mi indicò un piazzale sterrato, dalla parte del mare, e andai a parcheggiare. Scendemmo davanti a una fila di baracche, chiuse con catene e lucchetti. Erano i negozi della zona dei camping, che avrebbero riaperto solo in estate. Le insegne erano mezze rotte. Dietro c'era la pineta, sudicia e deserta. Più avanti la spiaggia, e poi il mare. Seguii Scarfy e andammo dietro le baracche. Il mare grosso faceva un rombo continuo, e l'aria sapeva di salsedine. Il vento faceva rotolare ogni schifezza. Continuai a seguire Scarfy. A un certo punto lui si avvicinò a una parete di legno senza porte e ci picchiò sopra con le nocche. Tre colpi vicini, poi tre distanziati.

«Vieni.» Girammo l'angolo della baracca e vidi filtrare luce da una fessura. Scarfy spinse la porta e mi fece strada. Dopo un corridoio stretto arrivammo in una stanza piuttosto grande, molto più grande di quello che si poteva immaginare da fuori. Sembrava una specie di deposito, ma c'erano anche quattro sedie intorno a un tavolino. Un uomo tarchiato sui cinquant'anni ci aspettava in piedi. Era vestito bene e aveva i capelli bianchi sulle tempie. Strinse la mano a Scarfy e poi guardò me.

«Facciamo presto» disse serio. Aveva un forte accento del Sud.

«Trattalo bene, è un mio amico» disse Scarfy, poi si fece da parte e lasciò che ce la sbrigassimo da soli. L'uomo aveva gli occhi piccoli e falsi.

«Vuoi un grammo per assaggiare, giusto?»

«Giusto. Da dove viene?»

«Bolivia.»

«Se mi piace ci rivediamo presto.»

«Aspetta qui.» Uscì da una porticina e se la chiuse alle spalle. Scarfy teneva i pollici infilati nella cintura, e guardava dei quadretti con le navi appesi alla parete. La porticina si riaprì e il tipo tarchiato mi porse una bustina di stagnola. L'aprii per controllare la coca. Era giallastra e piena di cristalli interi.

«È pesato» fece lui.

«Posso assaggiare subito?»

«Naturale.» L'uomo aprì uno sportello e tirò fuori uno specchietto tondo con sopra una lametta. Appoggiò tutto sul tavolo, davanti a me. Io mi aspettavo un completo d'argento, come nei film, e rimasi un po' deluso. Misi un cristallo di coca sullo specchietto e lo tritai molto fine. Preparai tre piste belle grosse. Arrotolai strette diecimila lire e le passai a Scarfy. Accettò volentieri. Si chinò sullo specchietto, tirò forte e fece uno scatto con il capo.

« Che botta » disse sorridendo. Per educazione passò il can-
nello al tipo, che aspirò la sua pista in tutta tranquillità. Toccava a me. Il tarchiato mi guardava fisso. Mi chinai e tirai forte.
Sentii un tremito all'occhio e in pochi secondi la mente mi si accese. Aveva ragione Scarfy, quella coca era una bomba.

« Non è male » dissi, per non dare troppa soddisfazione al tipo. Lui scosse il capo.

« Non dire minchiate, è la meglio che puoi trovare. »

« Di sicuro non è la solita merda. »

« Fanno settantamila » disse lui, con l'aria da duro. Mi trattava come un ragazzino. Gli misi in mano i soldi.

« Se ne volessi un certa quantità... ci sono problemi? » gli
chiesi.

« Come corri. »

« Sono venuto qui ad assaggiare, non a comprare un grammo. »

« Tu dimmi quanta ne vuoi e io ti faccio il prezzo » disse il
tipo.

« Un etto? »

« Quarantacinque. »

« E per scendere ancora? »

« Mezzo chilo a trentacinque » fece lui, come se parlasse di
roba grossa con un pivello. Capii che era un pesce piccolo.

« Se ne volessi... diciamo quindici chili? » dissi con aria tranquilla. Il tipo lanciò un'occhiata nervosa a Scarfy, senza muovere la testa. Scarfy si limitò a piegare le labbra, un po' sorpreso,
poi fece un gesto per dire che lui in quella storia non c'entrava.

« Mi stai prendendo per il culo? » fece il tipo, fissandomi.

« Se non ce la fai nessun problema » dissi io, calmo. Lui si
massaggiò il mento per un po'.

« Fammici pensare » disse.

« Non più di tre giorni. »

« Devo prima parlare con una persona. »

« Parla con chi ti pare ma fai presto » dissi. La situazione si
era ribaltata, ora era lui il pivello. Ci mettemmo d'accordo che
appena aveva notizie lo diceva a Scarfy, e lui lo avrebbe detto a
me. Ci salutammo con una stretta di mano e seguii Scarfy fuori
dalla baracca.

«Vedo che fai sul serio» disse lui.

«Ho dei buoni canali per vendere in fretta, ma i tipi che me la davano li hanno beccati tutti.»

«Cazzo...»

«Io mi sono salvato per puro culo» dissi.

«Ma con i libri non guadagni bene?» fece lui. Già, gli avevo raccontato che scrivevo romanzi.

«Per sopravvivere con i libri bisogna vendere almeno cinquantamila copie all'anno» sparai.

«E tu quante ne vendi?»

«Nessuna. Non ho ancora pubblicato nulla» dissi, per cercare di chiudere il discorso.

«In culo alla balena» fece lui. Montammo in macchina e tornammo verso il circolo Endas. Dal lato professionale mi sentivo piuttosto soddisfatto. Avevo trovato quello che cercavo, un pesciolino che con un po' di fortuna poteva portarmi dai pescecani.

«Ti va di fare un altro tiro?» disse Scarfy, facendo apparire uno specchietto.

«Perché no.»

«Gira di qua» fece lui. Seguii le sue indicazioni lungo stradine poco illuminate. Ci fermammo in uno spiazzo sterrato e buio, in mezzo a un gruppo di case basse. Davanti a noi si vedevano le montagne. Tirai fuori la bustina e gliela passai. Lui tritò la coca e mi avvicinò lo specchietto. Spinsi la banconota arrotolata in fondo alla narice e tirai con forza. Scarfy si fece la sua pista, poi strusciò il filtro di una sigaretta sulla polvere di coca rimasta appiccicata allo specchietto, e me la passò. Lo ringraziai e accesi. Sentii un buon sapore amaro sulla punta della lingua, e le labbra persero sensibilità. Era la coca migliore che avessi mai assaggiato. Scarfy accennò con un dito alle Apuane, bianche di neve e di marmo, che si stagliavano contro il cielo.

«Sono belle le montagne. Non so perché ma sono belle» disse, con gli occhi luccicanti. Accese anche lui una sigaretta, e aprì un po' il vetro per fare uscire il fumo.

«Le droghe dovrebbero essere libere, almeno quelle da fumare» disse con un sospiro.

«Sono d'accordo.»

«La solita vecchia storia... come mai l'alcol e il tabacco sì, e la marijuana no?» fece lui. Per nascondere l'imbarazzo mi limitai a sorridere. Dopo un po' misi in moto e partimmo. Il viale che portava a Carrara era pieno di cartelloni enormi con belle donne e macchine da sogno, come dappertutto.

Tre o quattro puttane si scaldavano intorno a un fuoco, in uno slargo sotto il ponte dell'autostrada. Una era giovanissima, molto carina. Passai oltre e la inquadrai nello specchietto. Aveva una minigonna cortissima e batteva i piedi dal freddo. Arrivai fino all'Endas e mi fermai a bere una birra con Scarfy. Dopo una mezz'ora lo salutai e tornai sul viale. Mi fermai dalle puttane. Feci un cenno a quella giovanissima per chiederle di avvicinarsi. Non mi ero sbagliato, somigliava un po' a Isabelle, abbastanza per farmi chiudere lo stomaco. Le chiesi quanto voleva.

«Centomila» disse lei con l'aria da dura. Dissi che andava bene e lei salì sulla Peugeot. Mi fece voltare in una traversa, e mi guidò in quelle stradine fino a un grande spiazzo sterrato, dove ci fermammo. Più avanti c'era una Volvo, probabilmente con un'altra prostituta al lavoro.

La ragazza cercò subito di aprirmi la cintura, come se avesse fretta di finire. La fermai e le tenni il polso.

«Non voglio scopare» dissi.

«E cosa vuoi?» fece lei, liberandosi il braccio con un piccolo strattone.

«Voglio solo fare due chiacchiere.» E soprattutto guardarti, pensai. Lei fece un viso preoccupato.

«L'ultima volta che un cliente mi ha detto così è finita a botte e non ho visto una lira» disse. Tirai fuori centomila lire e gliele passai.

«Somigli a una che conoscevo» dissi.

«Per favore niente lagne...»

«Come ti chiami?» chiesi.

«Monica.» Più la guardavo e più somigliava a Isabelle, ma forse erano i miei occhi a vederla così. Aveva diciannove anni. Disse che faceva la vita per essere libera. Non aveva nessun protettore. Qualcuno aveva provato a metterla sotto, ma lei gli aveva cavato gli occhi.

«Ti va una canna?» dissi.

«Va bene.» Mentre rollavo continuammo a parlare. Lentamente Monica perse la sua aria da puttana. Sembrava una ragazza intelligente e fragile, senza peli sulla lingua. Fumammo la canna con calma, poi lei disse che quella sera non aveva battuto chiodo, e mi chiese di riaccompagnarla. Misi in moto e tornai dove l'avevo presa. Mi salutò con un cenno e scese. Avevo speso centomila lire per guardare negli occhi una puttana di vent'anni che assomigliava a Isabelle. Non era incoraggiante. Sapevo già che non sarei più tornato in quel posto. Era una cosa troppo triste.

Tornai alla pensione Annalisa e nascosi la coca nella valigia. Mi sdraiai sul letto senza spogliarmi. Non lo volevo ammettere, ma mi sentivo molto triste. Tutta colpa di Isabelle. Presi dal comodino il libro di Bukowski e lessi fino a tardi.

La mattina dopo mi svegliai molto presto. Avevo sognato Isabelle. Non mi succedeva quasi mai. Guardandomi allo specchio mi vidi brutto, un mostro. Mi feci la barba, ma non servì a nulla. Quella faccia brutta che vedevo nello specchio era cucita nei miei occhi.

Telefonai al mio capo per informarlo della situazione, poi presi un caffè al bar della pensione e uscii a camminare. Una nebbiolina appiccicosa mi bagnava la faccia e i capelli. Pensai al tipo tarchiato della baracca. Sembrava proprio che avesse abboccato. Se la fortuna continuava a girare dalla mia parte potevo mettere le mani su qualche trafficante di un certo livello.

Andai sul Lungomare. Ogni tanto passava una macchina, e la guardavo finché non scompariva nella foschia. Arrivai quasi fino al Cinquale, poi tornai alla pensione. Erano appena le dieci. Cercai di liberarmi in fretta dalla proprietaria, che come sempre aveva voglia di chiacchierare, e salii nella mia camera. Mi feci una doccia, poi mi buttai sul letto e mi addormentai.

Mi svegliai verso le tre. Uscii in macchina e andai fino a Massa. Mi sedetti all'unico tavolo di un bar vuoto, vicino alla stazione. Ordinai due panini e una birra e scrissi due cartoline che avevo comprato già da qualche giorno. Una a mia madre e una a mia sorella. Non le vedevo quasi mai.

Finalmente arrivò la sera, e verso le undici andai al circolo Endas. Cercai Scarfy con gli occhi, ma non vidi né lui né Albertino. Gironzolai dentro e fuori dal tendone sperando di vederli arrivare. Non è che avessi urgenza di vedere Scarfy, ma a dire il vero mi annoiavo e avevo voglia di fare due chiacchiere con qualcuno.

Faceva più freddo del giorno prima, però non pioveva. Dopo un po' mi stancai di aspettare. Montai in macchina e andai a fare un giro. Arrivai fino alla costruzione fascista che mi aveva fatto vedere Scarfy e proseguii sul lungomare verso Viareggio. Guidando lentamente guardavo le sagome scure delle cabine abbandonate sulla spiaggia. Non c'era molto altro da vedere. Ristoranti chiusi e qualche discoteca con il parcheggio pieno di macchine costose. Le poche insegne luminose non bastavano a dare vita a quel vialone buio. Ripensai a quando andavo al mare da bambino, da quelle parti. Un'ora di bagno, poi la focaccia piena d'olio e di grandi chicchi di sale... divorata con il sedere sulla sabbia rovente, accanto alla sdraio della mamma che chiacchierava con le amiche. Erano cose di molto tempo fa.

Passai davanti alle puttane del Cinquale e arrivai fino al Forte, senza fretta, poi tornai indietro dal viale interno. A mezzanotte ero di nuovo all'Endas, ma Scarfy non c'era.

Lo rividi solo la sera dopo. Arrivai al tendone verso le undici e mezzo. Lui era appoggiato al muretto, e ascoltava un tipo vestito come un barbone che gli parlava fitto. Ogni volta mi stupiva la sua assoluta estraneità allo squallore che aveva intorno. Aveva sempre un'aria indipendente e consapevole. Lo salutai di lontano, senza scendere di macchina, e gli feci capire che volevo parlargli. Scarfy si staccò subito dal muro e mi venne incontro.

« Non so ancora nulla » disse, stringendomi la mano dal finestrino.

« Non posso aspettare troppo. »

« Il tempo che ci vuole, non è una storiella da niente. »

« Infatti ti volevo parlare. »

« Ti va di fumare? »

« Sali » dissi. Lui girò dall'altra parte e montò in macchina. Tirò fuori una canna già pronta.

«Questo è 'libano rosso'... roba d'altri tempi» disse, accendendo.

«E dove cazzo l'hai trovato? Non si trova più dai tempi di Beirut» dissi. Era un buon fumo. Ogni tiro un po' di nebbia nel cervello.

«Un mio amico è tornato da un viaggio» fece lui.

«Il tuo amico non ha mai visto *Fuga di mezzanotte*...»

«È un colonnello dell'esercito.»

«Ma dai...»

«Giuro. Abbiamo fatto le elementari insieme.»

«Ne ha portato molto?»

«Solo un etto, e se lo fuma tutto» fece lui, alzando le spalle.

Dopo due minuti eravamo stonati come campane. Ci veniva da ridere senza motivo, e questo ci faceva ridere ancora di più. Andammo avanti a dire cazzate per un sacco di tempo. La cosa che mi divertiva di più era l'effetto «rallentatore» del libano. Guardavo una persona che avanzava sul marciapiede, e mi sembrava che non arrivasse mai. Era come se ogni fotogramma venisse ripetuto molte e molte volte prima di passare al successivo. Quelle cose le avevo vissute da ragazzino, e adesso ero un finanziere che stava fumando insieme a Scarfy.

Accendemmo la seconda canna, un trombone che non finiva più. Tirai un po' indietro lo schienale, per stare più comodo. Anche lui fece lo stesso. Mi sembrava di essere entrato nel ritmo di vita degli abitanti del tendone. Continuammo a parlare. Non ridevamo più come prima, eravamo entrati nella fase oppiacea. Ci intendevamo bene, forse in un'altra vita eravamo stati due animali della stessa razza.

«Cos'è che volevi dirmi?» fece Scarfy.

«Pensavo a quel tipo della coca... è uno di cui ci si può fidare?»

«A quanto ne so non ha mai fatto stronzate, ma la mano sul fuoco non la metto nemmeno per me stesso.»

«Le storie grosse possono far perdere la testa a chiunque. Non vorrei sorprese» dissi. Pensai che se ci avessi aggiunto «baby» poteva essere la frase di un film, e mi venne da ridere.

«Vedremo di tenere gli occhi aperti» fece lui.

«Come sarebbe *vedremo*?» dissi, smettendo di ridere.

«Siamo in due, no?»

«Non sei mica obbligato a venire» feci, un po' preoccupato.

«Non ero obbligato nemmeno a portarti da Tarek o dal tipo della coca.»

«Se è una questione di soldi, guarda che...»

«Non è per quello, non voglio nulla.»

«Allora preferisco che tu non venga, non voglio che qualcun altro rischi la galera per colpa mia.»

«Nessuno decide per me» fece lui, calmo.

«Sto decidendo per me. Preferisco andarci da solo.»

«Ci andremo tutti e due.»

«Perché ci tieni tanto?»

«Perché mi diverto.»

«Non mi sembra un buon motivo per prendere dodici anni.»

«Così me la chiami addosso» fece lui, toccandosi.

«Preferisco andarci da solo» dissi ancora.

«Scor-da-te-looooo» cantò lui, imitando la voce di Pelù. Smisi di insistere, per paura che potesse insospettirsi. Però ero molto preoccupato, non volevo che lui ci andasse di mezzo. Io davo la caccia ai pesci grossi, ma una volta lanciata la rete chiunque poteva rimanerci impigliato.

A un tratto Scarfy si aggrappò al volante e si tirò su. Si mise a fissare il vuoto, con la faccia seria. Fece oscillare appena la testa, poi mi guardò dritto negli occhi. Sentii un brivido sul collo. Per un attimo pensai che avesse fiutato il pericolo come un animale, e che stesse per dirmi che l'affare non si faceva più. Forse una parte di me addirittura lo sperava. Invece tirò fuori due cartine e le incollò insieme.

«Dev'essere ganzo scrivere romanzi» disse. Mi rilassai.

«È bello, certo. Io non potrei farne a meno» sospirai, usando le parole di uno scrittore che avevo sentito alla radio qualche giorno prima. Lui mi guardò.

«Non immaginavo che uno scrittore potesse avere una faccia come la tua.»

«Che faccia ho?»

«Da spacciatore» fece lui, e ci mettemmo a ridere.

La faccenda prese una piega più complicata del previsto.

236

Prima dell'affare il pesce grosso voleva vedermi. Me lo venne a dire Scarfy da parte del tarchiato. Il pescecane non voleva avere a che fare con ragazzini e dilettanti, e voleva controllare di persona che tipo fossi. Si fidava solo di se stesso.

Scarfy mi disse che la sera dopo, alle sette in punto, dovevo farmi trovare nei pressi di un casa cantoniera che si trovava in una piccola traversa dell'Aurelia, e mi spiegò come arrivarci. Aggiunse che dovevo andarci disarmato. Queste erano le istruzioni del boss. O così o nulla. Accettai le condizioni, anche se la cosa non mi piaceva. Dovevo stare molto attento. Se per un caso sfortunato saltava fuori qualcuno che mi riconosceva... una pallottola in testa e Amen. A un mio collega era successo a Montecatini, con dei mafiosi siciliani, e ci aveva rimesso la pelle.

Accesi una sigaretta. A un tratto vidi nel buio qualcosa che si muoveva, un centinaio di metri davanti a me. Sembrava un grosso cane. Dopo qualche secondo capii che era un uomo. Avanzava verso di me camminando in fretta, e dopo un minuto si fermò accanto alla mia macchina. Abbassai tutto il finestrino. Lui mi fece un cenno per dirmi di scendere, e lo accontentai. Era un uomo sui quarant'anni, non troppo alto, con la faccia magra piena di foruncoli. Mi tastò addosso alla maniera dei poliziotti, poi tirò fuori una torcia elettrica e illuminò tutto intorno, con molta attenzione. Quando si sentì tranquillo fece un segnale con la torcia, in direzione del mare. Dopo trenta secondi vidi i fari di due macchine che ci venivano incontro. Rallentarono e si fermarono a qualche metro dalla mia Peugeot, con il motore acceso. Quella davanti era una Clio scura, quella dietro una Punto bianca. Dai tubi di scappamento usciva fumo bianco e denso. Il tipo che era arrivato a piedi entrò nella Clio, e nello stesso momento si aprì una portiera della Punto. Scese un uomo grasso. Mi venne incontro con le mani in tasca e si fermò di fronte a me. Aveva la faccia molle e gli occhi da bue, ma nel suo sguardo c'era qualcosa che faceva paura.

« Come ti chiami? » disse, con un forte accento calabrese.

« Che c'entrano i nomi con gli affari? » dissi io. Il bue fece un sorriso.

« Per chi lavori? »

« Con gente che si fa gli affari suoi. »

«Molto simpatico.»

«Tu vendi, io compro. Il resto non conta.»

«Perché dovrei fidarmi di te?» fece lui.

«Non sei obbligato.»

«Appunto...»

«Senti, perché non lasciamo perdere...» dissi, con le mani piantate nelle tasche. Il fumo degli scappamenti ci fluttuava intorno alle gambe. Avrei voluto filmarla, quella scena, per farla vedere ai miei colleghi. Il grassone rimase un po' in silenzio a fissarmi. Somigliava vagamente a Hitchcock, ma con gli occhi cattivi.

«Secondo me sei un bastardo poliziotto» disse, serio. Sentii i peli che mi si drizzavano sul collo, ma riuscii a fare un sorriso tranquillo, come se avessi appena sentito una storiella molto divertente. Non sprecai nemmeno una parola per difendermi. Comunque quella scena non avrei voluto filmarla. Lui continuò a guardarmi con aria cupa per qualche secondo, poi accennò un sorriso.

«Quindici chili, giusto?» disse. Sentii una specie di orgasmo in tutto il corpo.

«Solo se è quella che ho assaggiato, sennò non m'interessa» dissi.

«È la stessa.»

«A quanto?»

«Con soldi puliti a trenta, sennò costa cento.»

«Soldi puliti.»

«Io mi fido, ma ti avverto... Se uno fa il furbo mi arrabbio, e quando mi arrabbio mi torna in mente mio nonno, che faceva il macellaio.» Doveva essere una cosa che diceva spesso, la recitava con la voce giusta.

«Mi piace vivere tranquillo» dissi.

«Meglio per te. Un'altra cosa, niente armi.»

«Non c'è problema.»

«Ti farò sapere dove e quando» disse il bue. Voltò il culo, tornò con calma verso la Punto e ci montò sopra. Le macchine partirono e le vidi sparire in fondo alla stradina. Mi toccai la fronte, e sentii che era sudata.

La sera stessa sul tardi vidi Scarfy al circolo Endas. Salimmo nella sua Kadett, e mi disse che l'incontro era stato fissato per il mercoledì successivo, all'una di notte. Un minuto di ritardo e l'affare saltava. Dovevo passare a prenderlo al tendone alle undici e mezzo, e saremmo andati insieme.

«Dove si fa la cosa?» chiesi.

«Me lo diranno poche ore prima. Hanno paura delle soffiate.»

«Ci credo» dissi. Scendemmo dalla macchina e andammo dentro il tendone. Scarfy mi offrì una birra, poi ne pagai due io, e così via. Verso le due ci salutammo con un cenno d'intesa e tornai alla pensione Annalisa.

Non riuscii quasi a dormire. La mattina presto telefonai al mio capo e gli spiegai tutto. Mancavano sei giorni all'appuntamento con gli spacciatori, e lui mi disse di rientrare alla base per organizzare la faccenda insieme agli altri.

La mattina stessa, sul tardi, arrivai in caserma. Il mio capo convocò una riunione per definire ogni minimo particolare. Per prima cosa valutammo gli orari degli appuntamenti. Se dovevo trovarmi con Scarfy alle undici e mezzo e l'affare si faceva all'una, il posto non doveva essere né troppo vicino né troppo lontano. Stendemmo sopra un tavolo alcune carte geografiche dell'IGM, e tracciammo un cerchio che racchiudeva una zona di circa cento chilometri intorno ad Avenza. Guardammo anche una cartina stradale molto dettagliata. Poi cominciammo a stabilire le varie fasi dell'operazione, che ovviamente avrebbe coinvolto anche la guardia costiera.

Dopo un paio d'ore di discussioni arrivammo al dunque. Tre macchine in borghese si sarebbero appostate nelle strade intorno al circolo Endas, e avrebbero seguito a turno la mia Peugeot fino al luogo dell'appuntamento. Poi si sarebbero riunite alle altre auto, dodici in tutto. Con l'aiuto della cartina sarebbe stata scelta in fretta la zona da accerchiare. Quattro gruppi di dieci agenti si sarebbero avvicinati con cautela al centro del bersaglio, da direzioni diverse, e dopo aver individuato il sottoscritto si sarebbero appostati il più vicino possibile. Sei uomini sarebbero rimasti nei pressi della mia macchina, per controllare che da quella parte non arrivassero sorprese. Al momento giusto, un elicottero guidato via radio da un agente a terra sarebbe arrivato dalla parte delle montagne volando basso. Avrebbe illuminato a giorno la spiaggia con i riflettori, e gli uomini appostati sarebbe saltati fuori con le armi in pugno.

Il mio capo, il tenente Madonìa, contava molto sull'effetto sorpresa, per evitare fughe e sparatorie. Doveva essere un'azione pulita e fulminea, senza spargimenti di sangue.

Era un sacco di tempo che Madonìa aspettava un colpo del genere. Quel giorno gli brillavano gli occhi. Era un uomo enorme, con la faccia da bambino cresciuto. Ma nel suo lavoro era una bestia pericolosa. Dei piccoli spacciatori non aveva nemmeno un'opinione, ma a quelli grossi dava la caccia come un lupo.

«Non voglio morti» disse. Quando era teso gli veniva una specie di tic. Si prendeva fra le dita la pelle della fronte e la strizzava, poi cambiava punto e faceva lo stesso.

Bassanin disse la sua. Era nero e legnoso come certi siciliani, ma era veneto.

«Ci faccia portare le mitragliette nuove, tenente. Non si sa mai.» Erano armi precise, con un'altissima frequenza di fuoco.

«Sta bene, prendete le mitragliette. Ma non fate coglionate.»

«No, tenente.»

«Appena arriva l'elicottero uscite fuori tutti insieme e fate un bel casino. In quaranta potete far capire a quei signori che una reazione sarebbe inutile» disse Madonìa. Poi guardò me. Per ovvi motivi soltanto io non avrei avuto armi, e se qualcuno avesse fiutato la trappola la mia vita avrebbe perso quotazioni all'istante.

«Te la senti?» mi chiese il tenente, serio.

«Certo.» Pensai a Scarfy, a come mi avrebbe guardato mercoledì notte mentre lo portavano via. Mi convinsi che non potevo fare nulla per lui, e decisi di non pensarci più.

Finita la riunione il capo mi fermò sulla porta, e aspettò che fossero usciti tutti.

«Hai fatto un buon lavoro» disse.

«Dovere, tenente.»

«Dopo questa storia ti mando un paio di giorni in vacanza.»

«Non saranno troppi?»

«Non fare il bambino, lo sai bene come siamo combinati» fece lui, seccato.

«Scherzavo, tenente.»

«Vai pure.» Feci il saluto e me ne andai. Due giorni erano troppo pochi per andare a Parigi, mi dissi.

Passai tutto il pomeriggio in caserma a definire gli ultimi dettagli, e a coordinare l'intervento della guardia costiera.

La sera tornai a casa mia. Erano appena tre stanze, ma ci stavo bene. Mia madre era venuta a fare un po' di pulizie, e l'aria sapeva di pulito. Mangiai qualcosa e passai la sera allungato sul divano davanti al televisore, a guardare un po' di tutto. Volevo solo rilassarmi un po'.

Dopo molte notti passate alla pensione Annalisa, finalmente mi sdraiai nel mio letto. Mi sentivo un animale che ha ritrovato la tana. Accesi l'ultima sigaretta e spensi la luce. Cercai di immaginare quanto tempo ci metteva un detenuto a sentirsi un po' «a casa» nella sua cella, e pensai a come doveva essere penoso quando quel momento arrivava. Quella specie di riflessione doveva avere a che fare con Scarfy, mi dissi. Feci ancora un tiro e schiacciai la cicca nel posacenere. Adesso il buio era assoluto. Ma ero a casa mia, disteso sul mio letto, e questo rendeva quel buio diverso da tutti gli altri.

Il mercoledì successivo, alle undici e mezzo in punto, parcheggiai davanti al tendone dell'Endas. Piovigginava, e non scesi. Le auto civetta erano sicuramente già appostate lungo i tre possibili tragitti per allontanarsi dal circolo. Sapevo esattamente chi c'era dentro e dove erano parcheggiate, e al momento giusto avrei rallentato per farmi vedere meglio. L'operazione era stata studiata nei particolari, e tutti gli uomini impiegati erano molto esperti in questo genere di azioni. L'unico problema era Scarfy. Avevo già deciso di non pensare più a quella faccenda, ma non ci riuscivo fino in fondo. Avrei voluto che lui non venisse, e mi sentivo un po' agitato. Il cuore mi batteva più veloce del normale.

Scarfy sbucò dal tendone e venne con calma verso di me. Entrò in macchina.

«Ti senti bene, scrittore?»

«Tutto a posto.» Stavo per mettere in moto, ma lui mi fece segno di aspettare.

«Ti vedo un po' agitato» disse.

«Ora passa.»

«Stai calmo, andrà tutto bene» fece lui.

«Dov'è che andiamo?»

«Verso Sarzana.»

«Bene.»

«Ne hai fatte molte di storie così?» mi chiese lui.

«Non così grosse.» Cercavamo di rilassarci. Scarfy tirò fuori un po' di coca bianchissima e già tritata.

«Non sarà peggio?» dissi. Lui scosse il capo. Prese la custodia di un CD dal portaoggetti, ci rovesciò sopra un po' di coca, e aiutandosi con le chiavi della macchina preparò due piste.

«Questa è peruviana, la chiamano 'petalo di rosa'» disse.

«Come mai?» Lui sorrise e mi avvicinò il CD. Arrotolai una banconota e tirai con decisione. Sentii all'istante un profumo di rosa in fondo alla gola, e quando alzai la testa mi sembrò che i miei occhi vedessero meglio. Scarfy tirò la sua pista e mise via il CD.

«I soldi?» disse.

«Sono tutti qui.» Aprii appena il giubbotto per fargli vedere la cintura imbottita.

«Potrei rapinarti» fece lui, con lo sguardo da duro.

«E io potrei ammazzarti» dissi. Ci mettemmo a ridere. Accendemmo una sigaretta e restammo seduti a fumare. Avevo un po' di nausea. Non era la tensione per l'agguato. L'amarezza che Scarfy avrebbe inghiottito quella notte stessa mi pesava più di tutto il resto.

«Andiamo» disse lui. Aprì la portiera e mise un piede fuori. Lo presi per un braccio.

«Dove vai?» dissi.

«Stai calmo. Andiamo con la mia macchina.» Mi sentii gelare.

«Perché con la tua?»

«Così non perdo tempo a dirti la strada» disse Scarfy.

«Se vuoi guida tu...»

«Preferisco guidare la mia... che ti cambia?» fece lui fissandomi. Alzai le spalle.

«Be', qui so già dove nascondere la coca» dissi, calmo. Ma non ero calmo per niente.

«Smetti di fare le bizze e andiamo» fece lui.

«Come vuoi» dissi, abbozzando un sorriso tranquillo. Schiacciai la cicca nel posacenere e scesi dalla Peugeot con la voglia di prendermi a pugni. Avevo fatto un buon lavoro, certo, bravo coglione. Non avevo considerato la cosa più banale. Toccava a me pensarci, ero io che conoscevo la situazione da vicino. Avrei dovuto immaginare quella possibilità. Se i colleghi non mi vedevano passare andava tutto a puttane. Pioveva, il freddo faceva appannare i vetri, e loro si aspettavano di veder passare la mia Peugeot, non certo una Kadett beige. Mi meritavo un cazzotto in testa. Seguii Scarfy fino alla sua macchina, e mi sedetti accanto a lui senza dire più nulla. Dovevo trovare una soluzione. Scarfy mise in moto e fece inversione. Sembrava tranquillo.

«Quattrocentocinquanta milioni sono un bel po' di soldi... a Parigi ci si potrebbe vivere addirittura per qualche mese» disse, con un mezzo sorriso. Risi con lui, cercando disperatamente di farmi venire un'idea. Non avevo molto tempo. Ancora un minuto e saremmo passati davanti a una delle auto civetta. Mi spremevo la testa, ma mi venivano in mente solo cose impossibili da mettere in pratica.

Voltammo nella strada che portava al vialone di Carrara, e di lontano vidi la traversa dove era stato deciso che dovesse appostarsi l'auto civetta con Bassanin e Zedda. Per trovare una soluzione a quel casino avevo ancora cinquecento metri. Il cervello mi friggeva. Se passavamo oltre quell'incrocio senza che facessi qualcosa sarebbe stato un fallimento totale. I miei colleghi avrebbero visto una Kadett sbucare dall'angolo del palazzo e sparire dalla parte opposta. Era impossibile che mi riconoscessero. In quel caso sarebbe stato meglio lasciar perdere, non potevo certo andare all'appuntamento da solo. L'intera operazione sarebbe andata in fumo per una Kadett... cazzo... ancora duecento metri... In quel momento mi venne in mente una cosa che avevo visto fare in un film. Poteva funzionare, dovevo solo calcolare bene i tempi. Tirai fuori con calma l'accendino e le sigarette. Ne misi una in bocca, senza accenderla, e quando mancavano solo cento metri alla traversa di Bassanin feci un sospiro profondo.

«Nervoso?» fece Scarfy. Non risposi. Una trentina di metri prima della traversa accesi la sigaretta, poi tirai giù il vetro... e proprio davanti all'incrocio buttai via l'accendino come se fosse un fiammifero.

«Occazzo...» dissi.

«Che c'è?»

«Fermati un attimo, ho buttato via l'accendino.»

«Te ne compri un altro.»

«Me l'ha regalato una donna...»

«Era solo un Bic.»

«Per favore, ci sono affezionato... ci vuole solo un minuto» dissi, molto convinto. Scarfy accennò un sorriso e accostò, poi mise la retromarcia e partì all'indietro. Si fermò proprio davanti all'incrocio.

«Fai presto» disse. Scesi in fretta, e sotto quella pioggerella fastidiosa cominciai a cercare l'accendino. L'auto civetta era dove doveva essere, con i fari spenti. Cercai di ignorarla. Guardando in terra feci dei lunghi giri davanti all'incrocio, per dare modo ai miei colleghi di vedermi bene. L'accendino non riuscivo a trovarlo, ma non me lo aveva regalato nessuna donna. L'avevo comprato da un nero per la strada. Lanciai ancora un'occhiata distratta alla macchina di Bassanin. Era a una quarantina di metri, avvolta dal buio. Con il casino che avevo fatto non potevano non avermi visto, mi dissi, e rimontai sulla Kadett.

«Niente» dissi, scuotendo il capo con aria delusa.

«Possiamo andare o vuoi chiamare i pompieri?»

«Ci tenevo...»

«Ti metterai a piangere?»

«Scusa, sono un po' teso» dissi, asciugandomi i capelli con un fazzoletto.

«Quindici chili di coca non sono uno scherzo» fece lui, ripartendo.

«È lontano?»

«Siamo in orario, non ti agitare.»

«Ora mi calmo» dissi, fingendomi più nervoso di quanto non fossi. Invece mi sentivo un po' sollevato. Mi sembrava di essermi aggrappato a un ramo mentre cadevo nel vuoto. Poi mi venne il dubbio che Bassanin e Zedda non mi avessero visto, e che non fossero dietro di noi. Quell'ipotesi mi fece agitare di nuovo. Pensai di voltarmi con la scusa di voler controllare se qualcuno ci seguiva, ma scartai subito l'idea. Potevo trasmettere a Scarfy la voglia di guardare continuamente nello specchietto, e avrebbe potuto accorgersi che eravamo seguiti per davvero. Ma se i miei colleghi non erano dietro di noi e mi presentavo da solo di fronte a quella bella gente... be', poteva andare a finire molto male. Nella cintura avevo solo carta straccia, e non ero armato. Cercai di non pensarci.

Scarfy imboccò una via interna che andava verso la Liguria. Guardai l'orologio, mancava poco più di un'ora all'appuntamento. Nonostante il freddo e la pioggerella insistente c'era un bel traffico, soprattutto macchine con dentro un uomo da solo. A un semaforo rosso ci affiancò una macchina, e d'istinto mi voltai a guardare. Erano i carabinieri, ci stavano osservando. Girai di nuovo lo sguardo verso la strada, con il cuore accelerato. Se ci fermavano per un controllo rischiava di andare tutto a monte. Uno che viaggia con una cintura piena di carta straccia qualche spiegazione la deve dare, e i problemi erano assicurati. Scarfy si voltò versò di loro, fece un cenno di saluto e continuò a guardarli.

«Non guardare» borbottai. Lui non disse nulla e continuò a fissarli. Finalmente scattò il verde, e l'Alfa dei caramba partì sgommando. Scarfy mise la prima e attraversò l'incrocio senza fretta.

«Una volta o l'altra mi piacerebbe leggere quello che scrivi» disse, calmo.

«Sei matto a fare così? Se gli girava di fermarci erano cazzi.»

«Come vedi non l'hanno fatto.»

«Solo perché ci è andata bene...»

«Non ti agitare» fece lui. Andammo sempre dritti, lentamente, sotto quella pioggia sottile.

« Hai mai scritto un libro sulle donne? » mi chiese Scarfy dopo un po'.

« In che senso sulle donne? »

« Sulle donne, un libro che parla proprio delle donne. »

« Non so... forse sì, qualche racconto. » Non sapevo cosa dire, e mi pentivo di aver inventato quella balla dello scrittore.

« La prossima volta portami qualcosa di tuo da leggere » disse lui.

« Certo. »

A un tratto pensai che dovevo assolutamente fare qualcosa per evitare a Scarfy di essere arrestato. Qualunque cosa, anche a costo di mettere in pericolo l'operazione. Correvo un brutto rischio, potevo finire sotto inchiesta ed essere sbattuto fuori dalla Guardia di Finanza, ma se non ci avessi almeno provato mi sarebbe rimasta dentro troppa amarezza. Fino a quel momento avevo catturato solo grossi spacciatori e piccoli mafiosi, individui che era bene rinchiudere comunque, anche se le droghe non fossero esistite... e i signori che avrei incontrato fra poco erano di quella razza. Scarfy non era come loro, e nessuna legge riusciva a farmi credere che fosse giusto chiuderlo in una cella.

« Senti... perché non mi fai andare da solo? » dissi, con aria tranquilla.

« Che fai, ricominci? »

« L'affare è mio, e non vedo perché dovresti... »

« Perché mi va così » disse Scarfy alzando le spalle. Non c'era nulla da fare.

Andammo avanti per più di mezz'ora parlando pochissimo. Anche lui cominciava a sentire la tensione. A un certo punto rallentò e s'infilò in una traversa che andava verso il mare. Mise gli abbaglianti. Non c'era nessun'altra macchina, nemmeno parcheggiata. Altri due fari accesi in quel posto sarebbero stati molto sospetti. Se i miei colleghi erano dietro, dovevano spegnere i fari o lasciare la macchina e continuare a piedi. Ma per fortuna continuava a piovigginare, e questo facilitava le cose.

« Siamo arrivati? » chiesi. Scarfy annuì. La strada era sempre più stretta. L'asfalto finì e continuammo sullo sterrato. Le gocce di pioggia brillavano nella luce dei fari. Più avanti si vedeva una pineta, grandi alberi piegati dal vento che si alzavano sopra una fascia bassa e folta di vegetazione. Quando la strada s'interruppe Scarfy andò avanti sull'erba ancora per una cinquantina di metri, e si fermò a ridosso dei pini. Spense il motore e controllò l'ora. Mezzanotte e quaranta. Lui disse che era meglio aspettare. La puntualità era importante.

Pensai che i miei colleghi avevano pochissimo tempo per individuarci e scegliere il punto giusto dove piazzarsi... ammesso che ci avessero seguiti. Al pensiero di essere lì da solo mi venne un brivido.

«Tranquillo, andrà tutto bene» disse Scarfy.

«Certo.» Non immaginava che le mie speranze erano molto diverse dalle sue, e non sapeva in che genere di trappola stava per cadere. Mi sentivo un grande stronzo.

Aspettando l'ora giusta accendemmo una sigaretta, e aprimmo un po' i finestrini per far uscire il fumo. Nel silenzio si sentiva il rumore nervoso della risacca. Il mare doveva essere più o meno a un centinaio di metri. Ogni tanto una goccia di pioggia rimbalzava sul bordo del vetro e mi schizzava il viso. L'effetto della coca stava scendendo, e ci facemmo un altro tiro. Sentii di nuovo in gola e dentro il naso quel profumo di rosa, e la mente si riaccese.

Scarfy mi raccontò di una vecchia storia di fumo che aveva combinato quando era ragazzo. Cinque chili di «libano rosso». Come guadagno aveva fumato gratis per due o tre mesi. Lo guardai bene. La sua faccia mi piaceva, aveva gli occhi sinceri e decisi. Era uno di cui ci si poteva fidare. Lui non aveva nulla a che fare con quei mafiosi. Mi venne in mente di rivelargli come stavano le cose, per farlo scappare in tempo, poi mi dissi che le faccende personali non dovevano influire sul mio lavoro. Era la prima regola da seguire, se volevo dare un senso a quello che facevo.

Lui cominciò a raccontarmi di una donna che aveva conosciuto, una che valeva la pena di essere messa in un romanzo, una donna che era stata capace di fare una cosa molto coraggiosa... Si fermò un attimo per guardare l'orologio.

«Te lo racconto un'altra volta, dobbiamo andare» disse. Scendemmo dalla macchina. Continuava a venire giù quella pioggerella sottile, ma dalla parte delle montagne il cielo si stava aprendo, e si vedeva un quarto di luna. Seguii Scarfy in mezzo alla pineta. Oltrepassammo la vegetazione e ci trovammo su una spiaggia piatta, ricoperta di spazzatura. La luce della luna sbiancava la sabbia. Qua e là spiccavano dei tronchi neri portati dalle mareggiate. Avanzammo lentamente affondando con le scarpe nella sabbia. Il mare era leggermente mosso. Onde piccole e rabbiose battevano sulla riva, e si vedevano le strisce di schiuma bianca che si ritiravano nel buio.

«Se sapessi scrivere... avrei un sacco di storie da raccontare» disse Scarfy.

«Ci puoi provare» dissi io, pensando che il tempo in galera non finisce mai.

«Quando tu andrai a Parigi io scriverò un romanzo» fece lui.

«Allora non so se lo scriverai.»

«Tu quanti ne hai scritti?»

«Diversi» dissi. Quella balla dello scrittore cominciava a darmi la nausea. Ci fermammo a una trentina di metri dalla riva, di fronte alla massa nera del mare.

«Manca poco» disse lui controllando l'orologio. Mi sforzavo di stare tranquillo, ma la tensione mi chiudeva lo stomaco. Non sapevo se ero solo o se intorno c'erano i miei colleghi, anche se a dire il vero ero sicuro di essermi fatto vedere. Ma non era solo quello. Immaginavo Scarfy ammanettato, e stavo male. Mi venne di nuovo una gran voglia di dirgli tutto, e lo guardai dritto negli occhi. Lui capì che c'era qualcosa che non andava.

«Che c'è?» disse.

«Volevo dirti una cosa...» Stavo per dirglielo, sentivo le parole gonfiarmi in bocca... poi a un tratto capii che era troppo tardi. Se lo avessi fatto scappare lo avrei condannato a morte. Tutti arrestati tranne lui... lo avrebbero creduto una spia. Ero quasi certo che in quella storia ci fosse di mezzo la 'ndrangheta. Lo avrebbero ammazzato senza pensarci due volte. A quel punto se volevo salvarlo dovevo mandarlo in galera.

«Volevo dirti che sei un amico» dissi, e cercai di sorridere. Lui non ebbe nessuna reazione. Tirò fuori le sigarette, me ne offrì una e accendemmo.

«Magari un giorno scriverai la storia di questa notte di coca, e ci farai un bel mucchio di soldi» disse.

«Speriamo» feci io. Mi guardai in giro con indifferenza, convinto che i miei colleghi fossero già appostati là intorno. Dovevo crederci, sennò mi sarei sentito perduto. L'odore del mare era fortissimo. Scarfy guardò di nuovo l'orologio, poi tirò fuori una piccola torcia e fece un segnale verso il mare. Dopo qualche secondo nell'oscurità apparve un punto luminoso, e subito si spense. Riapparve per altre due volte, con ritmo regolare.

«Sono loro» disse Scarfy, e rispose al segnale. Non pioveva quasi più, ma si era alzato un vento freddo che tagliava la faccia. Guardavamo in silenzio verso il largo. Dopo qualche minuto, sopra il gorgoglio delle onde cominciammo a sentire il rumore sordo di un motore al minimo. Finalmente scorgemmo l'imbarcazione. La sagoma dell'entrobordo era poco più nera del mare. Si avvicinò fino a un centinaio di metri dalla spiaggia, poi il motore si spense. Si sentì chiaro il rumore di una scialuppa che veniva calata in acqua. Poco dopo la vedemmo avvicinarsi alla riva a forza di remi. Arrivò con la prua fino al bagnasciuga, e sbarcarono quattro uomini con gli stivali di gomma. Uno di loro aveva in mano una borsa di pelle, due tenevano le mani nelle tasche, il quarto aveva un mitra appoggiato alla spalla con la canna rivolta verso il cielo. Vennero verso di noi. Feci un bel respiro, e di nuovo mi augurai che nell'oscurità là intorno tutto stesse andando come era stato previsto.

Uno dei due con le mani in tasca era il bue che avevo già conosciuto. La sua figura tozza era inconfondibile. I quattro uomini arrivarono davanti a noi. Quello con la borsa aveva la faccia larga e il naso rotto come i pugili. Uno dei tirapiedi venne avanti e ci tastò addosso per sentire se eravamo armati, poi tornò al suo posto.

«Facciamo presto» disse il bue.

«Avevamo detto niente armi o sbaglio?»

«Decido a modo mio.»

«Se qualcosa va storto non conviene a nessuno, anche i miei amici sono molto permalosi» dissi, con la voce piatta.

«Tutto a posto. Facciamo presto.»

«Il tempo di controllare» dissi. Lui fece un cenno con la testa, e il tipo con il mitra andò lentamente a piazzarsi cinque o sei metri dietro di me. Non fu una bella sensazione. Poi il bue prese la borsa dalle mani del pugile e la lasciò andare sulla sabbia, davanti ai miei piedi.

«Ti do un minuto» disse. Mi piegai sulle ginocchia e aprii la borsa. Tirai fuori una bustina da un etto, e la strizzai appena. La coca era piena di cristalli. Tolsi l'elastico e c'infilai un dito. Era ancora un po' umida, raffinata da poco. L'assaggiai mettendomela sulla lingua. Purissima, molto amara. Il boss mi guardava, aspettando che dicessi qualcosa. Tendevo l'orecchio sperando di cogliere il frullio dell'elicottero, ma non sentivo niente. Dovevo guadagnare tempo.

«Sembra buona» dissi, soppesando la bustina. Lanciai un'occhiata a Scarfy. Era in piedi a un paio di metri da me, e mi fece l'occhiolino.

«I soldi?» fece il bue. Voltai appena la testa, e con la coda dell'occhio vidi che il tipo dietro di me aveva imbracciato il mitra e me lo teneva puntato addosso.

«Devo fare la prova con i reagenti, non sono solo in questo affare» dissi, con il cuore che batteva forte. Mi sentivo la faccia calda, e sotto i vestiti stavo cominciando a sudare.

«Basta che fai presto» disse il bue, nervoso. Il pugile e l'altro stavano immobili, piantati nella sabbia. Mi alzai in piedi, e con movimenti lenti sfilai dalla tasca il piccolo astuccio per il controllo chimico. Dovevo prendere tempo, ogni secondo in più era prezioso... ma se là intorno non c'era nessuno, se su quella spiaggia c'ero solo io... minchia, era meglio non pensarci.

A momenti mi sembrava di sentire il rumore lontano dell'elicottero emergere sopra lo sciacquio delle onde, ma era solo la mia fantasia. Tirai fuori dall'astuccio la provetta con il reagente, tolsi il tappo di gomma, mi chinai a prendere un pizzico di coca e lo lasciai cadere dentro la provetta, poi la ritappai e cominciai a farla vibrare con il movimento del polso. Nessuno parlava. Si sentiva solo quel rumore isterico della risacca. Smisi di agitare la provetta, e me l'avvicinai agli occhi per vedere il colore del liquido. In quel momento sentii un'onda calda nel petto... perché sopra al gorgoglio della risacca avevo sentito il rumore dell'elicottero. Non avevo più dubbi... mancava poco, pochissimo. Con la mente mandai un saluto a Scarfy, era l'unica cosa che potevo fare per lui.

Mostrai la provetta al bue, con un sorriso soddisfatto.

«Hai mantenuto la promessa» dissi. Il rumore dell'elicottero diventò più forte, e tutti alzarono gli occhi verso il cielo. L'Agusta 109 sbucò con un fragore assordante da sopra le chiome dei pini, volando a poche decine di metri da terra, e con una virata secca si abbassò sopra le nostre teste facendo turbinare la sabbia. Un istante dopo si accesero le luci accecanti dei riflettori, che illuminarono a giorno la spiaggia nel raggio di cinquanta metri. Nello stesso momento quaranta uomini in tenuta d'assalto sbucarono dalla sabbia e corsero verso di noi gridando come pazzi. Ci furono addosso in pochi secondi, e alzammo tutti le mani, io per primo. Il cabinato aveva già acceso i motori, e partendo alzò un grande spruzzo d'acqua biancastra. Mi voltai verso Scarfy, e dal suo sguardo capii che aveva capito tutto.

Né lui né gli altri quattro fecero resistenza, e in pochi istanti si ritrovarono tutti e cinque ammanettati dietro la schiena. L'elicottero si era alzato un po' per non far volare troppa sabbia, ma era sempre sopra di noi e illuminava la scena. Bassanin venne a darmi una pacca sulla spalla, e ci stringemmo la mano. Il bue mi guardò con odio, sputò in terra e disse qualcosa, ma il rumore dell'elicottero coprì le sue parole. Non ci voleva molto a immaginare cosa aveva detto.

In lontananza si sentivano già le sirene della guardia costiera. Mi voltai di nuovo verso Scarfy. Mi fissava con un leggero sorriso sulle labbra. Scossi il capo con aria abbattuta, per dire che avevo cercato di fare il possibile, e lui lo sapeva. Poi lo vidi portare via insieme agli altri, tenuto per le braccia. C'incamminammo tutti verso la pineta. Restai in fondo alla fila, e chiesi a un collega di farmi accendere. L'elicottero spense i riflettori, e lo vedemmo volare via lungo la linea della costa. Dopo un po' sentimmo di nuovo il rumore della risacca. Bassanin chiamò le macchine per dire che era andato tutto bene e che potevano avvicinarsi. Il bue era in cima alla fila, bestemmiava fra i denti e cercava di voltarsi per guardarmi, ma lo spingevano avanti. Me ne fregavo di lui. I tre scagnozzi e Scarfy camminavano in silenzio. Ci inoltrammo nella pineta illuminando il cammino con le torce elettriche. Avrei voluto che il tragitto fino alle macchine non finisse mai, per non rivedere la faccia di Scarfy e per non sentire più i suoi occhi addosso.

Via radio venne la notizia che il cabinato era stato fermato, e i colleghi fecero un mormorio di soddisfazione. Quando arrivammo vicino alle macchine mi feci forza, e dissi a Bassanin di lasciarmi parlare un minuto con Scarfy.

«Però vorrei che gli altri non se ne accorgessero» aggiunsi.

«Ci penso io» disse lui. Restai a distanza a fumare la sigaretta. Eravamo in un grande spiazzo di fronte a delle baracche, non lontani dalla Kadett di Scarfy.

Bassanin andò personalmente a caricare il bue su una macchina, e disse a Zedda di partire subito. Uno dopo l'altro fece caricare anche i tre gorilla. Le macchine si avviarono senza fretta lungo il sentiero. Le luci dei lampeggiatori facevano ballare la sterpaglia bassa là intorno, poi sparirono nel buio.

Erano rimaste solo due auto civetta e cinque uomini. Bassanin spinse Scarfy sul sedile posteriore di una macchina vuota, poi venne verso di me.

«Due minuti, non di più» disse. Avevano tutti fretta quella notte. Buttai la cicca in terra e la pestai con forza sotto il tacco. Avvicinandomi alla macchina feci un bel respiro. Salii al posto del guidatore, mi voltai indietro e mi ritrovai faccia a faccia con Scarfy. Lui mi guardava fisso, senza dire nulla.

«Ho cercato in tutti i modi di tenerti fuori» dissi. Lui non parlava.

«Ora non posso fare più niente. Se ti lasciassi andare ti ammazzerebbero... lo capisci, no?» Lui non rispose.

«Ho fatto solo il mio lavoro.» Scarfy mi guardava con occhi indifferenti. Avrei preferito sentirmi dire che ero un figlio di puttana.

«Parlerò con il giudice, vedrai che te la caverai con poco» dissi. Lui accennò un sorriso. Dai vetri vidi Bassanin che picchiava un dito sull'orologio, e alzai una mano per dire che stavo arrivando. Poi guardai di nuovo Scarfy.

«Voglio che tu sappia una cosa...» dissi, poi mi fermai. Non mi venivano le parole.

«Non ti affannare scrittore» mormorò lui, senza cambiare espressione.

«Non pensare che per me...» Mi bloccai di nuovo. Non mi sarebbe mai riuscito andare avanti. Scesi dalla macchina senza dire più nulla, e mi avvicinai a Bassanin.

«Lasciami un accendino» dissi.

«Non vieni con noi?»

«Vado a recuperare la Kadett di... di quel tipo. Puoi prendergli tu le chiavi, per favore?» dissi, accennando a Scarfy.

«Eri lì un minuto fa...»

«Non ci ho pensato. Vacci tu per favore.» Bassanin andò alla macchina, frugò nelle tasche di Scarfy e mi buttò le chiavi.

«Ci vediamo domani per il rapporto» disse.

«Ciao.»

Montarono tutti sulle macchine e partirono. Li guardai allontanarsi sotto una pioggia rada e finissima, e per un po' continuai a vedere attraverso il lunotto la testa di Scarfy. Era stata un'operazione magnifica, senza nemmeno un colpo sparato. Il tenente Madonìa sarebbe stato molto contento.

Non ti affannare scrittore, pensai.

Non avrei mai saputo la storia di quella donna che meritava di essere messa in un romanzo, e non avrei mai scritto nessun romanzo. Ciao Scarface. Lo so che sono solo un povero militare illuso, lo so che la politica e la finanza hanno le mani in pasta in tutta questa merda, lo so che i peggiori sono lassù in cima, lassù dove si decide anche il prezzo della coca. Lo so ma non posso fare niente.

Tirai fuori le sigarette, il pacchetto era vuoto. Lo accartocciai e lo lasciai cadere in terra. Aveva smesso di piovere del tutto. Accesi la torcia e m'incamminai lungo la pineta, verso la macchina di Scarfy. Chissà se a quell'ora avrei trovato un tabaccaio aperto.

Vidi di lontano la sagoma della Kadett, e mi avvicinai. Montai in macchina e frugai nel portaoggetti per vedere se c'era una sigaretta. Trovai una canna. L'annusai, doveva essere molto carica. Scesi dalla Kadett, attraversai la pineta e andai a fumarla seduto sulla spiaggia, di fronte al mare.

LA STRADA PER FIRENZE
Racconto inedito

Novembre 1970

Il sole stava tramontando dietro le colline, rosso da far male agli occhi. Il commissario Bordelli era andato in pensione da un paio di mesi, e all'improvviso si era trovato davanti un oceano di tempo in cui poter nuotare, e la cosa lo spaventava. Gli ultimi tre anni di lavoro erano stati davvero intensi, molto difficili per un sessantenne passato attraverso la guerra. Si sentiva un po' frastornato da quel vortice di violenza che riempiva le piazze, ma sentiva anche che era una cosa inevitabile.

Quel giorno era andato a fare un giro nel senese, per distrarsi e pensare al futuro. Non si sentiva poi così vecchio. Si era fermato a pranzare a San Casciano dei Bagni, poi aveva camminato nei boschi per digerire il maiale alla brace. Adesso voleva solo tornare a Firenze, con la sensazione di essere un cavallo che torna a casa da solo, senza padrone. Non era stato quasi mai in quelle zone, e guidando soprappensiero si era perso in quell'intrico di stradine che non conosceva. Forse era davvero un segno di vecchiaia, pensò. Arrivò a un bivio senza cartelli e voltò a sinistra. Intanto rifletteva sulla sua vita... non aveva mai fatto carriera nella polizia perché lo consideravano "troppo libero" e dunque imprevedibile, quasi uno di sinistra. Quando era nella San Marco badogliana e ammazzava nazisti per conto del re, non si sarebbe mai immaginato di ritrovarsi a rimestare con le mani nella merda in un'Italia meno giusta di prima, dominata da Mamma DC. Bastava questo per essere di sinistra? Bastava pensare che in Italia l'Ottocento era finalmente finito con i primi scontri fra studenti e polizia? Ora poteva pensare tutto il cazzo che gli pareva, era solo un commissario capo in pensione. Un vecchio che avrebbe ciondolato da una panchina all'altra leggendo il giornale da cima a fondo. Ma no, forse poteva andare un po' meglio di così. Doveva inventarsi un futuro migliore. Fatto sta che adesso si era perso fra quelle colline e stava ripassando per la terza volta dalla stessa strada. Vicino a Celle sul Rigo trovò un uomo seduto fuori da un'osteria, era l'unico in vista, e nonostante il freddo aveva la camicia aperta.

«Scusi, per Firenze?»

L'uomo si avvicinò barcollando e si affacciò al finestrino della macchina. Aveva il naso rosso sangue dei bevitori di vino, l'alito puzzolente di alcol e di denti marci. Era indispensabile fare in fretta o si rischiava l'asfissia. L'ubriaco storse la faccia e la infilò nel finestrino aperto a metà.

«Cosa cerca di preciso?»

«Vorrei andare a Firenze.»

«E che ci va a fare fino laggiù?»

«Ci abito.»

«E non sa come tornare a casa sua?»

«Per favore, può dirmi dove devo girare?»

«Non è che l'ho già vista da queste parti?»

«Penso di no.»

«Mi sembrava...»

«Come arrivo a Firenze?»

«È pratico della zona?»

«Mi scusi, ma se le chiedo...»

«Certo, è ovvio... Vediamo un po'. La potrei far passare da Cammattole, ma se poi sbaglia si ritrova al Camposanto e a quest'ora non è bene...»

«Come dice?»

L'uomo continuò a pensare, respirando forte dentro l'abitacolo. L'aria era irrespirabile. L'ex commissario Bordelli aprì il finestrino dalla sua parte e fece un bel respiro. L'uomo s'illuminò.

«Ecco di dove può passare... È più lunga ma non c'è da sbagliare... o sennò ce n'è un'altra che passa da Pianetto, è un po' brutta ma in un quarto d'ora ci arriva.»

«Arrivo dove?»

258

«Sulla Cassia... ma se poi non la trova ci sarebbe la discesa delle Caprarecce...»

«Va benissimo quella.»

«Quale delle due?»

«Una qualsiasi.»

«Ora che ci penso ce n'è ancora un'altra, la migliore è quella.»

«Mi dica.»

«No, forse è meglio quella di prima... Allora faccia così, torni indietro fino alla casa gialla. L'ha vista la casa gialla?»

«Di quale casa parla?»

«Da dove è venuto? Perché se è venuto da San Casciano non l'ha vista di sicuro.» Bordelli era confuso. Era quel fiato dolciastro a offuscargli il cervello.

«Non so, sono venuto dalla parte opposta, credo.»

«Allora c'è passato proprio davanti, si vede bene, e sulla strada.»

«Passato davanti a cosa?»

«Alla casa gialla... Ma mi segue?»

«Certo.»

«Bene. Dopo la casa gialla deve voltare a destra e cominciare a salire. Poi vedrà un bivio, c'è un cartello con scritto 'La Palazzina', è il podere del principe Giorgioni... è un bel podere sa? Tutto a solatìo...»

«Devo girare lì?»

«No, no, lasci perdere e vada sempre dritto. Subito dopo la chiesina del Palommaio vedrà un altro cartello mezzo rotto con scritto 'Benvenuti alla Pentolaccia'. Se ha fame ci si fermi, si mangia bene e si spende poco. Fanno una rosticciana... Dica che la manda Kennedy, che sarei io... mi chiamano così perché una ventina d'anni fa...»

«E dopo la Pentolaccia che faccio?»

«Vada avanti e segua la strada per un paio di chilometri. Dopo una salitina a sinistra vedrà una strada piccola e sterrata... stia attento perché si vede male.»

«È lì che devo girare?»

«No, vada sempre avanti. Dopo cento, centodieci metri vedrà un'altra strada che sale sulla destra, non può sbagliare, c'è un grande fico proprio sul bivio... lo sa com'è fatto un fico?»

«Certo...»

«Non si sa mai... Insomma prenda per di là e salga fino in cima. Alla fine troverà una strada asfaltata, prende a destra e dopo cinquecento metri vedrà il fienile di Tonino, ce l'ha presente il fienile di Tonino?»

«Certo, e chi non lo conosce...»

«Appunto... lì deve girare a destra, poi va avanti ancora... diciamo una decina di chilometri o poco più, forse undici o dodici, al massimo quindici. E quando arriva al crocicchio col tabernacolo bucato volta a sinistra. A quel punto è arrivato sulla Cassia, tutto dritto e prima o poi casca nell'Arno... contento lei.»

«Grazie mille.»

«Non c'è di che. Per caso non ha mica una moneta? Mi volevo fare un bicchierino ma ho lasciato il portafogli a casa.»

«Tenga.»

«Grazie. Mi raccomando non sbagli al bivio del Polacco sennò si ritrova al Fosso del Paglia...»

«Non si preoccupi.»

«Se poi dopo Tonino non volta a destra si mette nei guai, glielo dice uno che le cose le sa.»

«Le giuro che arriverò a Firenze. Addio.» Bordelli partì e ricominciò a respirare. Faceva un freddo cane ma tenne aperti i vetri per almeno cinque minuti. Voleva fare uscire anche l'ultima molecola di quel fiato di fogna. Dopo un'ora di strade sbagliate, a forza di tentativi si ritrovò finalmente sulla Cassia... ma aveva davvero voglia di tornare a Firenze? Forse era meglio se tornava da quell'ubriaco e si metteva a bere con lui fino a notte... e poi giù con i racconti di guerra e di donne, cercando di ritrovare qualche momento di giovinezza.

Per il racconto *Perché dollari?* ringrazio il commissario Bordelli, che ha avuto la pazienza di raccontarmi questa storia al limite dell'inverosimile. Se me l'avesse raccontata qualcun altro non ci avrei creduto.

Per *Reparto macelleria* un ringraziamento e la mia ammirazione per Luciano Bolis, da alcuni ignorato e da altri dimenticato. Il suo libro *Il mio granello di sabbia* è stato l'unico in tutta la mia vita che mi ha costretto a fermare la lettura per riprendere fiato. Il mio racconto deve molto al suo libro.

Per *Il portafogli* ringrazio una notizia del telegiornale, del tutto diversa dal racconto, che mi ha dato la scintilla per disseppellire questa storia. E ringrazio Melville per Bartleby lo scrivano, uno dei racconti più magici e sorprendenti che abbia mai letto: è fatto di nulla, ma lo scrivano Bartleby resta nella mente per tutta la vita, e a volte entra in altre storie.

Per *Tradimento* ringrazio una sera di molti anni fa.

INDICE

Finito di stampare nel mese di settembre 2014
per conto della TEA S.r.l.
dalla Elcograf S.p.A.
Stabilimento di Cles (TN)
Printed in Italy